中国近现代史纲要
学考指导书

本书编写组 编

安徽师范大学出版社

图书在版编目(CIP)数据

《中国近现代史纲要》学考指导书 /《〈中国近现代史纲要〉学考指导书》编写组编.—芜湖:安徽师范大学出版社,2010.8

ISBN 978-7-81141-014-3

Ⅰ.①中… Ⅱ.①中… Ⅲ.①中国—近代史—高等学校—教学参考资料 ②中国—现代史—高等学校—教学参考资料 Ⅳ.①K25

中国版本图书馆 CIP 数据核字(2010)第 173883 号

《中国近现代史纲要》学考指导书

本书编写组 编

出 版 人:张传开

责任编辑:吴毛顺

装帧设计:王 芳 桑国磊

出版发行:安徽师范大学出版社

芜湖市九华南路 189 号安徽师范大学花津校区 邮政编码:241002

发 行 部:0553-3883578 5910327 5910310(传真) E-mail:asdcbsfxb@126.com

经 销:全国新华书店

印 刷:芜湖新欣传媒有限公司

版 次:2010 年 9 月第 1 版

印 次:2010 年 9 月第 1 次印刷

规 格:787 × 960 1/16

印 张:13.25

字 数:244 千

书 号:ISBN 978-7-81141-014-3

定 价:20.00 元

编写说明

为了配合高等学校思想政治理论课的教学改革，帮助学生更简便、更快捷地掌握新教材的内容和提高考试成绩，根据中共安徽省委教育工委和安徽省教育厅的有关精神，安徽师范大学和省内相关院校组织长期从事思想政治理论课教学和研究的专家、中青年骨干教师，依据马克思主义理论研究和建设工程重点教材（2010年修订版），合作编写了这套高等学校思想政治理论课"学考指导书"丛书（包括《〈思想道德修养与法律基础〉学考指导书》、《〈马克思主义基本原理概论〉学考指导书》、《〈中国近现代史纲要〉学考指导书》、《〈毛泽东思想和中国特色社会主义理论体系概论〉学考指导书》）。

为使学生有效地利用该套丛书，充分理解和消化教材里丰富的内容，本着实用性的特点，编者按照新教材设置了相关栏目："学习目标"简明扼要，使学生明确学习目标；"学习要点"梳理提炼应重点关注的内容，解析学习中的疑难问题；"同步练习"涵盖单项选择题、多项选择题、简答题、论述题和材料分析题，设题采取难易结合的原则，既对教材深入探究，也对知识点进一步延展。

该丛书带给读者的收获不仅是释疑解惑，快捷准确地掌握教材及相关知识，顺利地通过学习考试，更可以节省宝贵时间为考研奠定扎实的基础。

本书的编写是高校思想政治理论课新方案实施的有益尝试，也是思想政治理论课新方案在实践中的探索和研究的过程，由于时间仓促，加之我们对新教材理解还需进一步提高，不当之处在所难免，真诚欢迎阅读本书的广大师生提出宝贵意见，以使我们在教学实践中进一步修改完善。

"学考指导书"丛书编写组

2010年8月

目 录

第一章 列强侵略与中国人民的抗争

学习目标

通过本章的学习，了解中国古代社会经济和文化的发展都对人类文明做出了巨大贡献;了解中国近代逐渐衰败的原因,从而正确认识资本—帝国主义侵略中国的危害；同时了解中国各阶层民众的不屈不挠的反抗斗争和爱国主义的传统;了解近代中国社会性质与社会主要矛盾的变化、中国近代社会的基本特征、中国革命的两大任务及相互关系。

学习要点

一、鸦片战争前的中国与世界

(一)中国灿烂的古代文明

中国创造过灿烂的古代文明，在世界四大文明古国中，中华文明是延续时间最长、唯一未曾中断的文化系统。它不像埃及、巴比伦、印度等文化那样无以后继,更不像古希腊、古罗马文化那样遭到蹂躏以至荒芜。

其特征是:

第一,源远流长;第二,博大精深;第三,影响深远,为世界文明发展做出了巨大贡献。

不过中国文化也有封建性糟粕,如纲常伦理、等级制度、特权思想及保守思想等。

(二)中国封建社会的衰落

自公元前5世纪的战国时代到鸦片战争,中国封建社会延续了2 000多年。

1. 封建地主土地所有制和小农经济束缚和限制生产力的发展

封建统治阶级从皇帝、贵族、官僚到一般地主拥有绝大部分土地,而占人口绝大多数的农民则很少或者没有土地。地主往往利用政治特权和通过暴力手段兼并土地,加重了对农民的剥削,从而激化了阶级矛盾和社会矛盾。

以个体家庭为单位并与家庭手工业牢固结合的小农经济是中国封建社会的基本生产结构,自给自足的自然经济占主要地位。这种小农经济曾有利于中国封建社会的经济发展和社会稳定，但同时又束缚和限制生产力的发展，对新的生产方式具有较强的排斥力和抵抗力。中国封建政府还实行重农抑商政策，阻碍了商品经济的发展。

在中国封建社会里，地主、商人、高利贷者这三者常常是结合在一起的，致使在社会内部缺乏促使工业迅速发展和社会结构深刻变动的有效机制，造成封建经济发展的迟滞。

2. 高度中央集权的封建君主专制制度，抑制了中国封建社会的生机和活力

中国封建社会政治的基本特征是高度中央集权的封建君主专制制度。从秦始皇建立中央集权制的封建帝国开始，历朝统治者不断加强皇权，以维护君主专制制度；同时不断加强中央集权，加紧对地方官员的控制和监督。隋、唐以后通过科举考试选拔官员，使官僚阶层具有一定的开放性、流动性。这种封建中央集权君主专制体制，巩固了封建统治，在一定程度上维护了多民族国家的统一，同时也在很大程度上抑制了中国封建社会的生机和活力。

3. 封建宗法等级制度的社会结构阻碍了社会的发展和进步

中国封建社会社会结构的特点是族权和政权相结合的封建宗法等级制度。其核心是宗族家长制，突出父权、夫权、君权。宗法等级制度在封建社会前、中期起过稳定和规范封建社会秩序的作用，但其保守性、落后性日益增强，阻碍了社会的发展和进步。

4. 以儒家思想为核心的文化思想体系限制了人们思想的发展

中国封建社会的文化思想体系以儒家思想为核心。儒学本是孔子创立的学派，自汉武帝确立独尊儒术的政策后，儒家思想成为中国封建社会的正统思想。它以三纲五常为伦理道德规范，主张仁政，提倡经世济民，以助君王，明教化。儒家还与佛教、道教相互吸收、融合，共同为维护封建统治服务。封建统治者同时吸收法家思想，严刑峻法，实行专制统治。他们还通过种种方法，笼络和控制知识分子，并采取镇压异端、兴文字狱等手段，实行文化专制主义。

中国封建社会的经济、政治、文化、社会结构，一方面巩固和维系了中国封建社会的稳定和延续，另一方面也使其前进缓慢甚至迟滞，并造成不可克服的周期性的政治经济危机。几乎每个封建王朝都跳不出从初期兴起，到逐渐昌盛，再到后期腐败、衰亡的“周期率”。到了鸦片战争前夜，清朝已经衰相尽显，与新兴的西方资本主义国家拉开了很大的差距。

（三）世界资本主义的发展与殖民扩张

1. 西方资本主义的发展及影响

16～19 世纪初，中国还处于封建社会晚期的兴衰更替之时，西方资本主义已经产生、发展，西方殖民主义势力也随之向外扩张。

14～15 世纪，在欧洲地中海沿岸的城市里，最早出现了资本主义的萌芽，出现了

使用雇佣劳动者的手工作坊主、控制家庭手工业的包买商等。欧洲的文艺复兴运动冲破中世纪神学蒙昧主义的精神束缚，为欧洲资本主义的产生作了思想上的准备。而15世纪的地理大发现，更为欧洲开拓世界市场、发展海外贸易、推动殖民扩张提供了条件，加速了欧洲资本主义的兴起。

资本主义生产方式的产生需要两大前提，即一方面少数人积累大量货币财富，另一方面劳动者丧失生产资料变成自由出卖劳动力的无产者。16～18世纪欧洲资本主义的原始积累为此创造了条件。如英国的圈地运动；西方殖民者掠夺美洲印第安人的土地和财富，掠卖非洲黑人充当奴隶；欧洲国家实行国债制度、税收制度和保护制度以积累财富，等等。

1640年的英国资产阶级革命标志着世界历史开始进入资本主义时代。至18世纪，英国、美国、法国等先后通过资产阶级革命，建立了资产阶级政权，为资本主义的发展创造了政治上的前提和保证。

18世纪中叶至19世纪初，从英国开始然后迅速推广到欧美各国的工业革命，使大机器生产取代了工场手工业，资本主义制度终于在欧美确立起来。

资本主义的发展逐步使人类历史成为世界历史。由于生产工具的改进和交通的发展，资产阶级把一切民族都卷到所谓的文明中来了。

2. 列强加强对东方的侵略

西方强国不断加强对亚洲、非洲、美洲、大洋洲等地区人民的剥削、掠夺和压迫、奴役。新航路的开辟使西方殖民主义势力东来成为可能。工业革命后，列强加大对东方侵略，把一些国家如印度等纳入资本主义的世界体系，成为殖民地、半殖民地，成为自己在经济上、政治上的附庸。

西方资本主义的发展及其向东方的殖民扩张，使古老的中国遇到了空前严重的挑战，面临着极其深刻的生存危机。

二、西方列强入侵与近代中国社会性质的演变

（一）鸦片战争：中国近代史的起点

1. 鸦片战争前中英贸易概况

19世纪初，英国已经基本上完成工业革命，成为世界最强大的国家。19世纪中叶，这个只占世界人口2%的岛国生产的工业品约占世界工业总产量的45%，并占有世界商船舰队数量的1/3，拥有全世界国际贸易总量的1/5。英国依靠政治经济优势，对外扩张、掠夺殖民地、扩大商品市场，建立了号称“日不落”的殖民大帝国。在亚洲，英国占领了印度，并入侵阿富汗、新加坡和缅甸等国家和地区，它的下一个侵略目标

就是中国。

在中英贸易中,英国工业品遭到中国自然经济和闭关政策的顽强抵抗,销量不大,而英国商人却需要用大量银元购买中国的茶叶、生丝等商品。结果,英国对华贸易长期处于入超状态。为转变这一现象,英国殖民者以走私鸦片作为改变贸易逆差的手段。据不完全统计,鸦片战争前40年间,英国运入中国的鸦片约有40万箱,从中国掠走了3亿至4亿银元。

2. 鸦片贸易给中国造成严重危害

英国的鸦片走私不仅造成了中国的白银大量外流和财政危机,还导致银贵钱贱,加重了劳动人民的负担,并直接毒害了中国人民的身体和精神,加重吏治和军队腐败。

3. 中国进行正义的禁烟斗争

中国人民强烈反对鸦片贸易,是理所当然的。清政府实行禁鸦片措施,特别是钦差大臣林则徐1839年6月在广东虎门销毁收缴鸦片的行动,完全是维护国家利益和民族尊严的正义行动。英国政府针对中国禁烟,加紧了发动侵华战争的准备。

4. 英国发动侵略中国的鸦片战争

1825年和1837年英国发生了两次资本主义经济危机,导致商品滞销,工厂倒闭,银行破产,工人失业,人民不满。为了摆脱危机和转移国内人民的视线,英国政府谋划侵华战争。1840年4月,英国国会通过对华战争的决定。6月,英国侵华舰队封锁了珠江海口和广东海面。鸦片战争正式爆发。

鸦片战争以清政府的失败而告终。1842年8月29日,清政府派钦差大臣耆英、伊里布与英国签订了中国近代史上第一个不平等条约《南京条约》。1843年10月,签订了中英《虎门条约》。美国、法国等西方列强也趁机逼迫清政府签订不平等条约,如1844年7月签订了中美《望厦条约》,10月签订了中法《黄埔条约》。

通过这一系列不平等条约,英国等西方列强在中国攫取了大量侵略特权,产生严重危害。如:割占香港岛,破坏了中国的主权和领土完整;外国船舰可在中国领海自由航行,破坏了中国的领海主权;外国人在华不受中国法律管束,享受领事裁判权,破坏了中国的司法主权;协定关税,则破坏了中国的关税主权,等等。

外国资本主义的入侵,使中国的社会性质开始发生质的变化,中国逐步成为半殖民地半封建国家。随着社会主要矛盾的变化,中国逐渐开始了反帝反封建的资产阶级民主革命。正因为如此,鸦片战争就成为中国近代史的起点。

(二)资本—帝国主义对中国的全面侵略与控制

资本—帝国主义势力对中国的侵略和本国封建主义势力对人民的压迫,给中国人民带来了深重的灾难,使中国的经济和社会发展受到了严重的阻碍。

1. 军事侵略

第一，发动侵略战争，屠杀中国人民。资本—帝国主义在中国发动的多次武装侵略的过程中，八国联军的侵华战争影响最为深远。因为八国联军的侵华战争迫使清政府签订了《辛丑条约》，这个条约的签订，标志着中国半殖民地半封建社会的最终形成。

第二，侵占中国领土，划分势力范围。资本—帝国主义破坏中国领土完整，它的表现可以概括为4个方面：第一是直接夺占中国领土；第二是直接驻兵；第三是设立租借地；第四是划分势力范围。英国是在中国建立租界最早的国家。沙俄是侵占中国领土最多的国家，也是掀起瓜分中国狂潮的急先锋。

第三，勒索赔款，抢掠财富。资本—帝国主义列强发动战争来侵略中国，向中国勒索巨额赔款。

在第一次鸦片战争期间，英国侵略者就强迫清朝地方政府交纳广州赎城费600万元（银元）。其后，更通过《南京条约》攫取赔款2 100万元（银元）。第二次鸦片战争，英法从清政府那里勒索了1 600万两白银的赔款。甲午中日战争，日本从中国勒索了赔款2亿3千150万两的白银。1901年《辛丑条约》，勒索的赔款，历史上叫做“庚子赔款”，总额是4亿5 000万两白银，相当于当时中国中央财政4～5年的总和。分39年还清，本息合计近10亿两之巨。

除勒索赔款外，列强还公开抢劫中国的财富，肆意破坏中国的文物和古迹。晚清到民国初年，中国文物流失海外主要有三个途径：一是战争掠夺，如以英法联军对圆明园的掠夺，再如“八国联军”对清宫珍宝的掠夺。二是多年以来，外国的“探险队”、“考古队”大批盗、骗文物。三是来华的外交官、商人、旅游者甚至学者，骗买甚至直接盗窃等获取文物。

2. 政治控制

为了统治中国，资本—帝国主义列强在政治上采取的主要方式，是控制中国政府，操纵中国的内政、外交，把中国当权者变成自己的代理人和驯服工具。

第一，控制中国的内政、外交。资本—帝国主义列强对中国政治的控制是逐步实现的。首先，逼迫中国允许外国公使常驻北京。《天津条约》的一项重要内容，就是允许外国公使常驻北京。从此以后，西方列强的公使可以在北京直接向中国政府发号施令。其次，辛酉政变后公开勾结。第二次鸦片战争期间，英法联军采取又打又拉的手法，在强迫清政府签订《天津条约》、《北京条约》的同时，表示愿意帮助清政府镇压太平天国，终于使清政府基本屈服。再次，在中国享有领事裁判权。1843年中英《五口通商章程》规定，在通商口岸，中国人如与英侨“遇有交涉诉讼”，英国领事有“查察”、“听诉”之权。1844年中美《望厦条约》更扩大领事裁判权的范围，即所有美国人在华之一切民事、刑事诉讼,"均由本国领事等官询明办理"。从此,外国人可以在中国横行不法,中国政府却无权干预。最后,通过总税务司干涉中国内政。把持中国海关,是外国侵略者控制中国政治的重要手段之一。近代中国海关的职权范围,除了征收进出口关税外,还管理港口,主办邮政,甚至涉及与外国人交涉的各种事务。总税务司英国人赫德是掌握中国海关大权时间最长的外国人。

第二,镇压中国人民的反抗。资本—帝国主义列强还勾结清政府镇压中国人民的反侵略反封建斗争。为了镇压太平天国农民起义,他们不但向清政府供应军火、船只,而且派外国军官组织并指挥"洋枪队",甚至直接动用陆海军,对太平军作战。

当中国人民掀起反对外国教会侵略的斗争,即发生所谓"教案"时,外国侵略者施加压力指使清政府屠杀中国人民,惩办对人民镇压不力的地方官员。

第三,扶植、收买代理人。为了控制中国的政治,把中国政府变成驯服工具,资本—帝国主义列强特别注意在中国政府中扶植、收买自己的代理人。清末,帝国主义列强看中握有军权的袁世凯,支持他篡夺辛亥革命果实,建立北洋军阀政府。袁世凯死后,又分别扶植皖系军阀段祺瑞、直系军阀冯国璋、奉系军阀张作霖等各派系军阀首领作为自己的代理人,支持他们割据地盘与进行混战。

3. 经济掠夺

资本—帝国主义列强对中国进行经济侵略的方式,除了强迫中国支付巨额的战争赔款外,主要是利用其与清政府与之签订的不平等条约赋予的特权,进一步扩大对中国的商品倾销和资本输出,进行掠夺和榨取,逐步把中国卷入资本主义的世界市场。

第一,控制中国的通商口岸。鸦片战争前,清政府实行闭关政策,只允许外国商人在广州一地贸易,而且必须经过官方指定的公行即"十三行"进行。1842 年《南京条约》规定,开放广州、厦门、福州、宁波、上海等 5 个港口城市为通商口岸。1858 年《天津条约》又规定,开放牛庄(后改营口)、登州(后改烟台)、台湾(后定为台南)、淡水、潮州(后改汕头)、琼州、汉口、九江、南京、镇江等 10 个口岸。1860 年《北京条约》又规定增加开放天津为通商口岸。陆路方面,清政府还向俄国开放伊犁、喀什噶尔等商埠。这些通商口岸大多成了资本—帝国主义列强在中国进行经济侵略的基地。

第二,剥夺中国的关税自主权。关税自主权是国家重要的经济主权。《南京条约》却规定,英国商人进出口货物的税率,要由中英两国"秉公议定则例",这就开了所谓协定关税的恶例,使中国丧失了海关自主权。1843 年制定的协定税则,竟把进口税率压低到"值百抽五",即 5%左右。1858 年的《天津条约》还规定,外国商船可以自由在各通商口岸转口,而不需要重新课税。洋货只需在海关交纳 2.5%的子口税,就可以在中国内地通行无阻。从 19 世纪 50 年代起,外国人逐步控制了中国海关的行政权。中国海关不仅不能起抵制外国商品倾销、保护民族经济的作用，反而成为外国对中国进行经济侵略的一个重要工具。

第三，实行商品倾销和资本输出。外国资产阶级凭借不平等条约所赋予的种种特权，把中国变成了它们倾销商品的市场和取得廉价原料的基地。资本—帝国主义在中国的商品倾销和资本输出以《马关条约》为界，可以分为两个阶段:《马关条约》签订以前，帝国主义在中国投资的最主要部分是商业掠夺性资本，即投入进出口业以及与商品倾销相关的运输、保险、银行等事业的资本，而非工业资本。19 世纪 80 年代之前，资本主义在中国的商品倾销最主要的部分是进行鸦片的运输。《马关条约》签订以后，资本—帝国主义开始在中国大量的投资办厂，修铁路，开矿山。

第四，操纵中国的经济命脉。资本—帝国主义列强同中国发生经济关系，不是为了推动中国经济的发展，而是为了控制中国的经济，为自身获取最大限度的利润。在中国的近代工业中，外国资本很快形成了垄断地位。

通过外债控制中国经济。中国政府举借外债，主要是以关税和盐税为担保的。帝国主义列强直接控制了这两项税收，就等于扼住了中国财政的咽喉。

外国资本在中国设立的银行，是它们对中国进行资本输出的枢纽。外国在中国开设的第一家银行是 1845 年进入中国的英国丽如银行(又称英国东方银行)。以后陆续开办或在中国设立分行的重要外国银行，有英国麦加利银行、汇丰银行，德国德华银行，日本横滨正金银行，俄国华俄道胜银行，法国东方汇理银行，美国花旗银行等。这些银行逐步地控制中国的财政金融，成为列强对华经济侵略的中心。

4. 文化渗透

帝国主义列强在对中国实行军事侵略、政治控制、经济掠夺的同时，还对中国进行文化渗透。其目的是宣扬殖民主义奴化思想，麻醉中国人民的精神，摧毁中国人的民族自尊心和自信心。

第一，披着宗教外衣，进行侵略活动。帝国主义的文化渗透活动，有许多是披着宗教外衣、在传教的名义下进行的。一部分西方传教士积极参与了对中国的侵略活动。

19 世纪 60 年代后，外国传教士大批来到中国，并进入内地、边疆和少数民族地区。他们中的一些人，采用欺骗讹诈、强迫捐献、压价购买、强占垦地等手段霸占土地，建造教堂，剥削佃户，出租房产。有的还包揽词讼，包庇教徒中的不法分子，或者强迫中国教民抛弃中国传统礼俗，甚至公开干涉中国内政。

第二，为侵略中国制造舆论。外国教会中的某些势力还利用宣传宗教和西学的名义，为帝国主义侵略制造舆论。它们在中国办报纸、杂志，翻译、出版各种书刊。较早的外文期刊是《中国丛报》(1832—1851 年)和《北华捷报》(1850—1864 年，后改名《字林西报》)。这些报刊基本上反映了当时外国侵略者对中国的态度和要求。基督教在中国设立的最大的出版机构是广学会。广学会发行的《万国公报》,在介绍西方史地、政治、文化的同时,也宣扬殖民主义奴化思想。

帝国主义者为了制造侵略有理的舆论,还大肆宣扬"种族优劣论"。攻击诬蔑中华民族是"劣等民族",应该接受"优等民族"白种人的开导和奴役。19世纪末,欧美帝国主义者还炮制了所谓"黄祸论",企图以此论证西方列强侵略、压迫中国有理。

(三)中国社会的半殖民地半封建性质

认识中国近代社会的性质,就是认识近代中国的基本国情。这是认识中国近代一切社会问题和革命问题的最基本的依据。

中国的半殖民地半封建社会,是近代以来在外国资本主义势力的入侵及其与中国封建主义势力相结合的条件下,逐步形成的一种从属于资本主义世界体系的畸形的社会形态。鸦片战争前的中国社会是封建社会。鸦片战争以后,随着外国资本—帝国主义的入侵,中国社会发生了两个根本性的变化:其一,独立的中国逐步变成半殖民地的中国;其二,封建的中国逐步变成半封建的中国。

1. 独立的中国逐渐变成半殖民地的中国

(1)列强侵略使中国的领土完整遭到破坏;(2)列强侵略破坏了中国的关税自主权;(3)列强侵略破坏了中国的司法主权;(4)列强侵略获得片面最惠国待遇;(5)列强控制中国的政治、经济、外交和军事。

西方列强侵略中国的目的,是要把它变成自己的殖民地。但是由于中国长期以来一直是一个统一的大国,特别是中国人民顽强、持久的反抗,同时也由于帝国主义列强间争夺中国的矛盾无法协调,使得它们中的任何一个国家无法单独征服中国,也使得它们不可能共同瓜分中国,它们通过其代理人对中国实行间接统治。因此,近代中国尽管在实际上已经丧失拥有完整主权的独立国的地位,但是仍然维持着独立国家和政府的名义,还有一定的主权。由于它与连名义上的独立也没有、而由殖民主义宗主国直接统治的殖民地尚有区别,因此被称作半殖民地。

2. 封建的中国逐渐变成半封建的中国

(1)成为列强的商品倾销市场和原料供应地;(2)列强在华经济势力加强;(3)自然经济基础被破坏;(4)出现了资本主义生产关系。

这是因为,外国资本主义列强用武力打开中国的门户,把中国卷入世界资本主义经济体系和世界市场之中,使中国自然经济逐渐解体,客观上促进了中国城乡商品经济的发展,给中国资本主义的产生造成了某些客观条件。破产的农民和手工业者成了产业工人的后备军,一批官僚、买办、地主、商人投资兴办新式工业,中国出现了资本主义生产关系，中国已经不是完全的封建社会了。

然而，西方列强并不愿意中国成为独立的资本主义国家。它们利用获取的政治、经济特权，在中国倾销商品，经营轻工业和重工业，对中国的民族工业进行直接的经济压迫。中国的民族资本主义经济虽然有了某些发展，但是并没有也不可能成为中国社会经济的主要形式。而在中国的资本主义经济中，外国资本及依附于它的官僚资本居于主导地位。在中国农村中，地主剥削农民的封建生产关系，在社会经济生活中依然占着显然的优势。这样，中国的经济既不再是完全的封建经济，也不是完全的资本主义经济，而成为半殖民地半封建的经济了。

3. 半殖民地半封建中国社会的特点

半殖民地半封建中国的社会性质，体现在近代中国政治、经济、文化和社会的各个领域，两者是密切结合、互相联系的统一整体。从近代中国的历史进程，可以看到中国半殖民地半封建社会有以下一些基本特征：

第一，资本—帝国主义侵略势力不但逐步操纵了中国的财政和经济命脉，而且逐步控制了中国的政治，日益成为支配中国的决定性力量。

第二，中国的封建势力日益衰败并同外国侵略势力相勾结，成为资本—帝国主义压迫、奴役中国人民的社会基础和统治支柱。

第三，中国自然经济的基础虽然遭到破坏，但是封建剥削制度的根基即封建地主的土地所有制依然在广大地区内保持着，成为中国走向现代化和民主化的严重障碍。

第四，中国新兴的民族资本主义经济虽然已经产生，并在政治、文化生活中起了一定的作用，但是在帝国主义和封建主义的压迫下，它的发展很缓慢，力量很软弱，而且它的大部分与外国资本—帝国主义和本国封建主义都有或多或少的联系。

第五，由于近代中国处于资本—帝国主义列强的争夺和间接统治之下，加上中国地域广大，以及在地方性的农业经济的基础上形成的地方割据势力的存在，近代中国各地区经济、政治和文化的发展是极不平衡的。后来，帝国主义国家还分别支持不同的政治势力以分裂中国，使中国处于不统一状态。

第六，在资本—帝国主义和封建主义的双重压迫下（后来还加上官僚资本主义），中国的广大人民尤其是农民日益贫困化以至大批破产，过着饥寒交迫和毫无政治权利的生活。

中国半殖民地半封建社会及其特征，是随着帝国主义侵略的扩大，帝国主义与中国封建势力结合的加深而逐渐形成的。它有一个演变的过程，而且在不同历史阶段和不同地区有所差别。在某些时期，中国的某些地区甚至沦为帝国主义直接统治的殖民地。

（四）社会阶级关系的变动

随着近代中国从封建社会逐步演变为半殖民地半封建社会，社会的阶级关系也发生了深刻的变动，不仅旧的阶级发生了变化，还有新的阶级产生出来。

1. 地主阶级的变化

旧的封建统治阶级即地主阶级继续占有大量的土地，掌握着国家政权，对人民实行专制统治。不过，地主阶级本身也发生了某些变化。晚清时期，由于镇压太平天国起义，出现了一批因军功而升迁的官僚地主。另外，由于近代城市的发展、农民战争的冲击和乡村社会的动荡，有些地主从乡村迁往城市成为城居地主。一部分地主将土地剥削获得的货币投资于资本主义工商业。有的附股外资企业，有的入股洋务企业，有的直接创办或参股民营企业，转化为资本家。在政治上，地主阶级营垒中还产生了改革派。

2. 出现买办势力与买办制度

近代中国的买办，是半殖民地中国的产物。他们最初是充当通商口岸外国洋行的雇员和代理人，在帮助外国资产阶级积累资本的过程中，通过获取佣金、分红、利息等手段积累财富，并利用与外国侵略势力及封建势力的密切关系，提高自己的政治、经济地位。由于同外国资本主义有较多的接触和了解，他们有的投资附股外国洋行，有的则投资洋务企业或协助洋务派官僚创办和经营企业，也有的直接创办和投资于民族工业。

3. 产生了最革命的工人阶级

近代中国最早诞生的新兴的被压迫阶级是工人阶级。其来源主要是城乡破产失业的农民、手工业者和城市贫民，出现于19世纪40至50年代外国资本主义在华企业中，如船舶修造业、出口加工业和口岸码头等。在19世纪60年代后洋务派创办的大型军用工业和民用企业以及70年代以后的中国民族企业中，又雇佣了一批工人。早期中国工人阶级人数不多，却是中国新生产力的代表。它身受帝国主义、封建势力、资产阶级三重压迫，工资低、劳动时间长、劳动条件恶劣，受剥削最深，革命性最强，而且它还有组织纪律性强、集中、团结、与广大农民有着天然联系等优点，因此是近代中国最革命的阶级。

4. 出现新兴的具有两面性的资产阶级

从19世纪70年代开始，中国民族资本兴办的新式企业逐步发展起来。中国资产阶级不像欧美国家那样，在原有手工业工场比较发达的基础上，由手工工场主和包买商等演变而成，而是在外国资本主义入侵的影响和刺激下，主要由一些买办、商人、地主、官僚投资新式企业转化而成。

中国资产阶级的来源不同，构成比较复杂，其中有一部分是官僚买办资本家。他们是大官僚与大买办的结合，利用政治特权和与外国资本的紧密联系，在剥削劳动人民和挤压民族资本的过程中，逐渐形成和发展起来的。

中国的民族资本主义经济由于原始积累不足，大多数企业规模小，设备落后，并受到外国资本主义和本国封建主义及官僚买办资产阶级的压迫，发展缓慢，始终不在中国社会经济中占主导地位。民族资产阶级同外国资本主义、封建主义仍然有着千丝万缕的联系。正因为如此，中国的民族资产阶级在政治上表现出两面性。他们与外国资本主义和本国封建主义既有矛盾、斗争的一面，又有依赖、妥协的一面。他们在一定条件下可以参加反帝反封建的革命或者在斗争中保持中立，但是没有革命的彻底性，不可能引导中国的民主革命走向胜利。

三、近代中国的主要矛盾和历史任务

（一）两对主要矛盾及其关系

近代中国半殖民地半封建社会的矛盾，呈现出错综复杂的状况。其中有：中华民族与资本—帝国主义的矛盾，农民与地主阶级的矛盾，资产阶级与地主阶级的矛盾，无产阶级与资产阶级的矛盾，封建统治阶级内部各集团派系的矛盾，各帝国主义国家在中国争夺的矛盾等等。在这些社会矛盾中，占支配地位的主要矛盾，是帝国主义和中华民族的矛盾，封建主义和人民大众的矛盾。这两对主要矛盾及其斗争贯穿整个中国半殖民地半封建社会的始终，并对中国近代社会的发展变化起着决定性的作用。

中国近代社会的两对主要矛盾是互相交织在一起的，而帝国主义与中华民族的矛盾，是最主要的矛盾。

中国近代社会的发展和演变，是两对主要矛盾互相交织和交替作用的结果。近代以来伟大的中国革命，是在这些主要矛盾的基础之上发生和发展起来的。

（二）两大历史任务及其关系

江泽民在十五大报告中指出，近代中国在鸦片战争后，在逐渐沦为半殖民地半封建社会的历史条件下，中国人民的民主主义革命任务主要有两项：(1)推翻帝国主义和封建主义，求得民族独立和人民解放；(2)实现国家繁荣富强和人民共同富裕。

这两大任务既存在着区别，又相互联系。前者为后者扫清障碍，后者是前者的归宿。由于腐朽的社会制度束缚着生产力的发展，阻碍着经济技术的进步，必须首先改变这种社会制度，争得民族独立和人民解放，才能为实现国家富强和人民富裕创造前提，开辟道路。因为不经过反帝反封建的斗争，争得民族独立和人民解放，就不可能推翻帝国主义对中国的反动统治，改变它们控制中国经济财政命脉，利用特权向中国大量倾销商品和资本输出，压迫中国民族工商业发展的局面；就不可能废除封建地主土地所有制和专制政治制度，解放农村生产力，改善农民的生活，扩大民族工商业的国内市场；就不可能达到民族的团结，社会的稳定，从而集中力量进行经济、文化、教育等各方面的现代化建设，以实现国家的繁荣富强和人民的富裕幸福。

四、中华民族反侵略斗争

资本—帝国主义侵略、压迫中国人民的过程，同时也是中国人民反抗它们的侵略、压迫的过程。救亡图存，成了一代又一代中国人的神圣使命。近代中国反侵略斗争，主要包括两大部分，即人民群众的反侵略斗争和广大爱国官兵的反侵略斗争。

（一）人民群众的反侵略斗争

1. 三元里人民的抗英斗争

英国发动侵略中国的鸦片战争时，中国人民即奋起抵抗。1841 年 5 月，英军在广州郊区三元里一带的淫掠暴行，激起当地乡民的义愤，“不呼而集者数万人”，与英军展开激烈战斗。三元里人民的抗英斗争，是中国人民第一次大规模的反侵略武装斗争，显示了中国人民不甘屈服和敢于斗争的英雄气概。

2. 太平军多次重创洋枪队

太平天国农民战争后期，太平军曾多次重创英、法侵略军和外国侵略者指挥的洋枪队“常胜军”、“常捷军”。1862 年 5 月，太平军在江苏奉贤（今属上海市）击毙法国侵华海军司令卜罗德。6 月，在青浦（今属上海市）活捉“常胜军”副统领法尔思德。9 月，又在浙江慈溪击伤“常胜军”统领、美国人华尔（不久因伤重死去）。1863 年 1 月，在绍兴打死“常捷军”统领勒伯勒东。

3. 台湾人民坚决反抗侵略者

1884 年，中法战争期间，香港中国造船工人举行罢工，拒绝修理受伤的法舰，爱国商人也举行罢市，码头工人则不运送法货。

针对《马关条约》割让台湾全岛及所有附属的岛屿和澎湖列岛给日本，台湾人民进行了生死抗争，1895 年 6 月至 10 月，台湾人民与总兵刘永福所率领的黑旗军共同抗击了日本两个近代化师团和一支海军舰队，使日军死伤 32 000 多人。台湾军民为保卫祖国神圣领土，写下了可歌可泣的一页。此后，在日本统治台湾的半个世纪里，台湾人民反抗日本侵略者的斗争从未间断过。

4. 义和团与八国联军拼死鏖战

1900 年八国联军侵华时，义和团及部分清军与之展开殊死战斗。6 月，英国海军中将西摩指挥的八国联军 2 000 多人，从天津乘火车向北京进犯，在廊坊遭到义和团的阻击。撤到杨村又遭到当地义和团和清军的围攻，死伤近 300 人。义和团和清军一起在天津老龙头火车站、紫竹林租界等地与八国联军拼死鏖战。

（二）爱国官兵的反侵略斗争

在历次反抗外国侵略的战争中，爱国官兵表现了英勇顽强的战斗精神，并在一些战役中取得了胜利。

1. 1859 年 6 月击退进攻大沽炮台的英法联军

1859 年 6 月英法联军大举进攻大沽炮台，守军沉着应战，击沉、击伤敌舰多艘。

2. 中法战争期间刘铭传指挥击退法舰

中法战争期间，1884 年 8 月，法舰进犯台湾基隆，同年 10 月，又进犯淡水，都被督办台湾事务大臣刘铭传指挥守军击退。1885 年初，法舰炮轰浙江镇海炮台，也被守军击退。

3. 中法战争期间冯子材取得镇南关大捷

1885 年 3 月，在中越边境镇南关（今友谊关），70 岁老将冯子材身先士卒，率部勇猛冲杀，大败法军，取得镇南关大捷。

4. 许多爱国官兵英勇献身

在抗击外国侵略的战争中，许多爱国官兵英勇献身。如：鸦片战争期间，广东水师提督关天培、江南提督陈化成、副都统海龄（满族）；第二次鸦片战争中，提督史荣椿、乐善（蒙古族）；中日甲午战争时，致远舰管带（舰长）邓世昌、经远舰管带林永升等，都以身殉国。

近代中国人民包括统治阶级中的爱国人士在反侵略斗争中表现出来的爱国主义精神，铸成了中华民族的民族魂，才使得我们的国家和民族历尽劫难、屡遭侵略而不亡。

（三）粉碎瓜分中国的图谋

1. 边疆危机和瓜分危机

帝国主义侵略中国的最终目的，是要瓜分中国、灭亡中国。

19 世纪 70 至 80 年代，帝国主义列强从侵占中国周边邻国发展到蚕食中国边疆地区，使中国陷入“边疆危机”。英国从印度侵入西藏，又从缅甸入侵云南。法国则从越南侵犯广西。俄国从中亚入侵新疆。日本吞并琉球、侵犯中国台湾。列强侵略中国邻国、蚕食中国边疆地区的一个重要目的，是为了在进一步侵略或瓜分中国的争夺中，占据一个有利的地位。

帝国主义列强对中国的争夺和瓜分的图谋，在 1894 年中日甲午战争后达到高潮。《马关条约》签署后，俄国联合法国和德国共同对日本施加压力，迫使日本放弃了割占辽东半岛的要求。俄、德、法三国又以干涉还辽“有功”为由，要求租借中国港湾作为报酬。由此，德、俄、英、法、日等国于1898—1899年竞相租借港湾和划分势力范围，掀起了瓜分中国的狂潮。

1900年八国联军侵华战争期间，欧美报刊纷纷公开讨论如何瓜分中国。俄国迫不及待地出动十几万大军侵占中国东北地区。日本驻台湾总督则加紧策划派兵在厦门登陆侵占福建。连一直标榜“保全中国”的美国政府也发出准备占领中国福建三沙湾的训令。

2. 义和团运动与列强瓜分中国图谋的破产

在义和团反帝爱国运动时期，中国人民以其不畏强暴、敢与敌人血战到底的英雄气概，打击和教训了帝国主义者，使它们不敢为所欲为地瓜分中国。这一点，即使帝国主义分子自己也是不能否认的。正是包括义和团在内的中华民族为反抗侵略所进行的前赴后继、视死如归的战斗，才粉碎了帝国主义列强瓜分和灭亡中国的图谋。

帝国主义列强没有能够实现瓜分中国的图谋，其原因何在？

一是帝国主义列强之间的矛盾和互相制约。瓦德西向德皇威廉二世报告说：“英国极不愿意法国进据云南，日本占领福建。日本方面对于德国之据有山东，则认为危险万分。各国方面对于英人之垄断长江，认为势难坐视。”俄国独占东北三省，更使英、日等国强烈不满。因此，要实现瓜分中国，“彼此之间必将发生无限纠葛”，甚至会爆发战争。正因为如此，列强经过反复争吵、协商，最后认定，还是暂缓瓜分中国，而采取保全清政府为其共同的统治工具，实行“以华治华”，对自己更为有利。

二是中华民族进行的不屈不挠的反侵略斗争。帝国主义列强之间的矛盾和妥协，并非是瓜分中国的阴谋破产的根本原因。因为帝国主义列强在世界各地争夺殖民地时，都存在着利害冲突，它们在瓜分非洲和东南亚时，都是如此。它们或者通过协商，或者直接采取战争的手段，还是把非洲、东南亚地区等瓜分了。帝国主义列强不能灭亡和瓜分中国，最根本的原因，是中华民族进行的不屈不挠的反侵略斗争。

（四）反侵略战争的失败与民族意识的觉醒

1. 反侵略战争的失败及其原因

从1840年至1919年的80年间，中国人民对外来侵略进行了英勇顽强的反抗，这些斗争具有重大的历史作用。但是，历次的反侵略战争，都是以中国失败、中国政府被迫签订丧权辱国的条约而告结束的。其原因，从中国内部因素来分析，主要有以下两个方面：一是社会制度的腐败，二是经济技术的落后，而前者则是更根本的原因。因为正是由于社会制度的腐败，才使得经济技术落后的状况长期得不到改变。

首先，社会制度的腐败。第一，吏治和军队腐败；第二，战争指导思想错误；第三，不了解世界大势。

其次，经济技术的落后。近代中国反侵略战争失败的另一个重要原因，是国家综合实力特别是经济技术和作战能力的落后。19 世纪中叶，西方资本主义强国经过工业革命，经济和技术飞速发展，封建的中国已被远远抛在后面。

经济技术的落后是中国反侵略战争失败的重要原因，并不意味着经济技术落后的中国就不应当进行反侵略战争或在战争中一定打败仗。因为“武器是战争的重要的因素，但不是决定的因素。决定的因素是人不是物”。而当时的中国，不仅武器装备等很落后，而且反动统治阶级实行错误的方针、政策，并压制人民群众的动员。这样，中国的反侵略战争一再遭到失败，就成为不可避免的了。

2. 民族意识的觉醒

帝国主义的侵略给中华民族带来了巨大的历史灾难。但是，列强发动的侵华战争以及中国反侵略战争的失败，从反面教育了中国人民，极大地促进了中国人的思考、探索和奋起。鸦片战争前后，先进的中国人开始睁眼看世界了；中日甲午战争以后，中国人民的民族意识开始普遍觉醒。

首先，地主阶级改革派的“师夷长技以制夷”的主张。鸦片战争前后，中国官吏和知识分子中的少数爱国、开明的有识之士，开始注意了解国际形势，研究外国史地，总结失败教训，寻找救国的道路和御敌的方法。

林则徐是近代中国睁眼看世界的第一人。1841 年，他组织翻译了英国人慕瑞的《地理大全》，编成《四洲志》一书。魏源在 1843 年 1 月编成《海国图志》，提出了“师夷长技以制夷”的思想，主张学习外国先进的军事和科学技术，以期富国强兵，抵御外国侵略，开创了中国近代向西方学习的新风。

其次，早期的维新思想资产阶级改良派主张进行政体改革。19 世纪 70 年代以后，王韬、薛福成、马建忠、郑观应等人不仅主张学习西方的科学技术，同时也要求吸纳西方的政治、经济学说。他们的共同特点，就是具有比较强烈的反对外国侵略、希望中国独立富强的爱国思想，以及具有一定程度反对封建专制的民主思想。如郑观应在所著《盛世危言》中提出大力发展民族工商业，同西方国家进行“商战”，设立议院，实行“君民共主”制度等主张。这些主张具有重要的思想启蒙的意义。

中国在甲午战争中的失败，对中国人的刺激极大。1895 年，严复写了《救亡决论》一文，响亮地喊出了“救亡”的口号。在甲午战争后，严复翻译了《天演论》(1898 年正式出版)。他用“物竞天择”、“适者生存”的社会进化论思想，为这种危机意识和民族意识提供了理论根据。

最后，资产阶级革命派喊出“振兴中华”口号。民族危机激发了中华民族的觉醒，增强了中华民族的凝聚力。中国自古以来的“天下兴亡，匹夫有责”的优良传统，得到了发扬和升华。孙中山 1894 年 11 月在创立革命团体兴中会时喊出了“振兴中华”这个时代的最强音。

同步练习

一、单项选择题

1. 中国封建社会政治的基本特征是 ( )
A. 高度中央集权的封建君主专制制度 B. 族权和政权相结合的封建宗法等级制度
C. 中国是多民族统一的国家 D. 君权与相权存在尖锐的斗争

2. 维护中国封建社会专制统治的文化思想体系的核心是 ( )
A. 法家思想 B. 道家思想 C. 墨家思想 D. 儒家思想

3. 世界历史进入资本主义时代的标志性事件是 ( )
A. 1840 年英国发动鸦片战争 B. 15 世纪地理大发现
C. 14、15 世纪欧洲出现资本主义萌芽 D. 1640 年英国资产阶级革命

4. 19 世纪末世界资本主义进入帝国主义阶段之后，其对中国经济侵略的最主要形式转变为 ( )
A. 商品输出 B. 资本输出 C. 掠夺原材料 D. 掠夺廉价劳动力

5. 在近代中国，控制中国海关时间最长的总税务司所属国家是 ( )
A. 美国 B. 英国 C. 法国 D. 俄国

6. 允许外国公使进驻北京的条约是 ( )
A.《南京条约》 B.《北京条约》 C.《天津条约》 D.《辛丑条约》

7. 将南京开放为通商口岸的不平等条约是 ( )
A.《南京条约》 B.《望厦条约》 C.《天津条约》 D.《黄埔条约》

8. 西方侵略者在中国建立的第一个租界是在 ( )
A. 广州 B. 上海 C. 南京 D. 天津

9. 1860 年洗劫和烧毁圆明园的侵略军是 ( )
A. 日本侵略军 B. 俄国侵略军 C. 英法联军 D. 八国联军

10. 在中国近代史上规定允许外国人在中国办工厂的条约是 ( )
A.《南京条约》 B.《北京条约》 C.《天津条约》 D.《马关条约》

11. 在近代，攫取中国领土最多的列强是 ( )
A. 英国 B. 法国 C. 俄国 D. 日本

12. 在中国近代史上最先规定关税制的不平等条约是 ( )

A.《南京条约》 B.《望厦条约》 C.《天津条约》 D.《黄埔条约》

13. 外国军队取得在中国驻军权的不平等条约是 ( )

A.《北京条约》 B.《马关条约》 C.《天津条约》 D.《辛丑条约》

14. 中国近代签署的一次性开放通商口岸最多的条约是 ( )

A.《南京条约》 B.《北京条约》 C.《天津条约》 D.《马关条约》

15. 清政府与美国签订的第一个不平等条约是 ( )

A.《黄埔条约》 B.《广州条约》 C.《望厦条约》 D.《中美友好通商航海条约》

16. 中国近代史以鸦片战争为开端,主要是因为 ( )

A. 中国社会性质开始发生根本变化 B. 中国第一次被西方国家打败

C. 中国长期闭关锁国状况被打破 D. 民族矛盾取代了阶级矛盾

17. 中国近代史上中国人民第一次自发地较大规模地反侵略斗争是 ( )

A. 虎门销烟 B. 三元里人民抗英斗争

C. 大沽口阻击战 D. 太平天国农民战争

18. 在1885年中法战争中,大败法军,取得镇南关大捷的清朝将领是 ( )

A. 刘铭传 B. 冯子材 C. 关天培 D. 邓世昌

19. 黄海海战中英勇作战,最后壮烈牺牲的管带邓世昌所指挥的军舰是 ( )

A. 定远号 B. 镇远号 C. 致远号 D. 经远号

20. 粉碎西方列强瓜分中国图谋的事件是 ( )

A. 太平天国农民运动 B. 戊戌变法 C. 义和团运动 D. 辛亥革命

21. 1919年前,中国人民一系列反侵略战争都以失败而告终,最根本的原因是 ( )

A. 帝国主义势力强大 B. 中国社会制度腐败

C. 中国政府软弱无能 D. 中国经济技术落后

22. 在中国近代史上提出“师夷长技以制夷”主张的是 ( )

A. 严复 B. 魏源 C. 林则徐 D. 龚自珍

23. 鸦片战争以后,由林则徐组织翻译的西方地理学著作是 ( )

A.《海国图志》 B.《地理大全》 C.《康輶纪行》 D.《瀛环志略》

24. 下列属于严复翻译的反映近代中国人民民族意识觉醒的代表作是 ( )

A.《海国图志》 B.《盛世危言》 C.《天演论》 D.《校邠庐抗议》

二、多项选择题

1. 在中国封建社会,常常结合在一起的三个阶层是 ( )

A. 官僚 B. 地主 C. 商人 D. 高利贷者

2. 近代中国社会的主要矛盾是 （　　）

A. 帝国主义与中华民族之间的矛盾　　B. 资产阶级与无产阶级的矛盾

C. 封建主义与人民大众之间的矛盾　　D. 地主阶级与资产阶级的矛盾

3. 鸦片战争以后，中国社会发生的两个根本性变化是 （　　）

A. 中国的白银大量外流，出现财政危机

B. 独立的中国逐步变成半殖民地的中国

C. 中国人的身体和精神遭到前所未有的毒害

D. 封建的中国逐步变成半封建的中国

4. 近代中国社会出现了新兴阶级有 （　　）

A. 买办　　B. 商人　　C. 工人阶级　　D. 资产阶级

5. 近代半殖民地半封建社会，中国革命的两大历史任务是 （　　）

A. 争取民族独立、人民解放　　B. 反抗帝国主义的侵略

C. 反抗封建主义的压迫　　D. 实现国家富强、人民富裕

6. 19 世纪 40 年代始，资本—帝国主义列强侵略中国的手段有 （　　）

A. 军事侵略　　B. 政治控制　　C. 经济掠夺　　D. 文化渗透

7. 近代，沙皇俄国侵吞中国领土 150 万多平方千米的不平等条约有 （　　）

A.《中俄瑷珲条约》　　B.《中俄北京条约》

C.《中俄勘分西北界约记》　　D.《改订伊犁条约》

8. 甲午战争以后，西方列强对中国进行资本输出的主要方式有 （　　）

A. 开工厂　　B. 办银行　　C. 修铁路　　D. 开矿山

9. 鸦片战争以后，西方列强对中国进行文化侵略，主要表现在 （　　）

A. 建立教堂，派遣大批传教士到中国传教

B. 宣扬殖民主义奴化思想，麻痹中国人民的精神

C. 创办中外文报刊，为帝国主义侵略进行辩护

D. 宣扬"种族优劣论"，制造侵略有理的舆论

10. 中日甲午战争后，根据《马关条约》的规定，清政府割让给日本的是 （　　）

A. 海南岛　　B. 台湾岛　　C. 澎湖列岛及附属岛屿　　D. 辽东半岛

11. 1840 年中英《南京条约》的主要内容是 （　　）

A. 割让香港岛　　B. 赔款 2100 万两白银

C. 开放广州等五个通商口岸　　D. 协定关税

12. 三国"干涉还辽"中的"三国"指的是 （　　）

A. 美国　　B. 俄国　　C. 德国　　D. 法国

13. 鸦片战争给中国带来的影响有 ( )

A. 国家主权遭到严重破坏,丧失独立自主的地位,开始沦为半殖民地半封建社会

B. 中国自给自足的自然经济开始解体,中国被迫卷入资本主义世界市场

C. 帝国主义与中华民族的矛盾成为最主要矛盾

D. 从此中国人民肩负起争取民族独立、人民解放,实现国家富强、人民富裕的双重任务

14. 1858 年第二次鸦片战争中与清政府签订《天津条约》的国家有 ( )

A. 英国　B. 俄国　C. 法国　D. 日本

15. 帝国主义列强没有能够实现瓜分中国的图谋的原因有 ( )

A. 帝国主义国家同情中国　B. 帝国主义列强之间的矛盾和互相制约

C. 中华人民不屈不挠的反侵略斗争　D. 中国政府的有力抵抗

16. 鸦片战争后,民族意识觉醒的表现有 ( )

A. 林则徐组织编译《四洲志》　B. 魏源提出"师夷长技以制夷"的思想

C. 郑观应提出"商战"、设立议院等主张　D. 太平天国颁布《天朝田亩制度》

三、简答题

1. 中国封建社会衰败的原因是什么?

2. 简述近代中国的社会性质及其基本特征。

3. 简述在近代资本—帝国主义侵略中国的方式和手段。

4. 简评民族资产阶级产生及特点。

5. 简述义和团运动失败的原因及历史意义。

6. 简述中国近代历次反侵略战争失败的原因及教训。

四、论述题

1. 为什么说鸦片战争是中国近代史的起点?

2. 如何理解近代中国的两大历史任务及其相互关系?

3. 论述近代中国民族意识的觉醒及其对中国社会产生的深远影响。

五、材料分析题

1. 阅读材料,然后回答问题。

材料 1　1840 年 3 月,英国对华棉织品出口商、曼彻斯特商会主席莫克·维卡在致英国外相巴麦尊的信中说:"是他们自己陷入了错误的处境,逼得我们不得不为国家所受的侮辱,为个人所受的委屈要求补偿的地位。如果曲解自由与正义的观念,现

在我们不去就我们和他们之间商务关系上的合理利益而采取被迫采取的态度，这种想法就太过唐吉诃德化了。”

材料2 莫克·维卡在同一封信中还说：“当前局势，可能提供机会，完成两国关系的改善，随着关系的改善，我们输出（棉织品）的扩张程度将是不可估量的。”

《英国资产阶级纺织利益集团与两次鸦片战争资料》

根据材料回答下列问题。

（1）据材料1概括莫克·维卡表达的主要观点。

（2）结合19世纪历史背景，指出材料2中“当前局势，可能提供机会，完成两国关系的改善”这句话的真实含意。

（3）综合材料信息，评述19世纪40年代英国对中国发动的鸦片战争。

2. 阅读材料，回答下列问题。

有一天，两个强盗走进圆明园，一个抢了东西，一个放了火，仿佛战争得了胜利便可以从事抢劫了。在两个胜利者瓜分赃款的条件下，圆明园就大规模地遭了蹂躏……把我们各大教堂的宝藏集拢在一起也是抵不上东方这所庞大的辉煌的博物院的。里面不但有各式各样的艺术杰作，并且堆积着金银珠宝。是丰功伟绩，也是贼运亨通，这个胜利者把口袋装满，那个把箱筐装满，他们手拉手，笑嘻嘻地回到欧洲。这就是那两个强盗的历史。

我们欧洲人是文明人，在我们眼中，中国人是野蛮人，可是你看文明人对野蛮人干了些什么。

《雨果致友人的信》

（1）这两个强盗指的是谁？

（2）根据材料谈谈对“帝国主义侵略有功”观点的认识。

参考答案

一、单项选择题

1. A　*2.* D　*3.* D　*4.* B　*5.* B　*6.* C　*7.* C　*8.* B　*9.* C　*10.* D　*11.* C　*12.* A　*13.* D　*14.* C　*15.* C　*16.* A　*17.* B　*18.* B　*19.* C　*20.* C　*21.* B　*22.* B　*23.* B　*24.* C

二、多项选择题

1. BCD　*2.* AC　*3.* BD　*4.* CD　*5.* AD　*6.* ABCD　*7.* ABCD　*8.* ABCD　*9.* ABCD　*10.* BCD　*11.* ABCD　*12.* BCD　*13.* ABCD　*14.* ABC　*15.* BC　*16.* ABC

三、简答题

1. **[答案要点]** (1)封建地主土地所有制和小农经济束缚和限制生产力的发展。

(2)高度中央集权的封建君主专制制度,抑制了中国封建社会的生机和活力。

(3)封建宗法等级制度的社会结构阻碍了社会的发展和进步。

(4)以儒家思想为核心的文化思想体系限制了人们思想的发展

2. **[答案要点]** 社会性质:半殖民地半封建社会。

基本特征:第一,资本—帝国主义侵略势力不但逐步操纵了中国的财政和经济命脉,而且逐步控制了中国的政治,日益成为支配中国的决定性力量。

第二,中国的封建势力日益衰败并同外国侵略势力相勾结,成为资本—帝国主义压迫、奴役中国人民的社会基础和统治支柱。

第三,中国自然经济的基础虽然遭到破坏,但是封建剥削制度的根基即封建地主的土地所有制依然在广大地区内保持着,成为中国走向现代化和民主化的严重阻碍。

第四,中国民族资本主义经济虽然已经产生,并在政治、文化生活中起了一定的作用,但是在帝国主义和封建主义的压迫下,它的发展很缓慢,力量很软弱,而且它的大部分与外国资本—帝国主义和本国封建主义都有或多或少的联系。

第五,由于近代中国处于资本—帝国主义列强的争夺和间接统治之下,加上中国地域广大,以及在地方性的农业经济基础上形成的地方割据势力的存在,造成近代中国地区经济、政治和文化的发展极不平衡。

第六,在资本—帝国主义和封建主义的双重压迫下(后又加上官僚资本主义),中国的广大人民尤其是农民日益贫困化以至于大批地破产,过着饥寒交迫和毫无政治权利的生活。

3. **[答案要点]** 第一,军事侵略方面,资本—帝国主义国家先后对中国发动五次大规模侵略战争,19 世纪末,掀起瓜分中国的狂潮,在中国划分势力范围;直接出兵或伪装"中立",破坏和镇压中国人民革命;面对中国人民风起云涌的反侵略斗争,改变侵华方式,从直接武力强占变为退居幕后,扶植傀儡政府,使清政府完全成为列强统治中国的工具。

第二,政治控制方面,以武力威慑为后盾,强迫中国签订一系列不平等条约,通过不平等条约,不仅强占中国领土,而且确定各种在华特权,控制中国的内政外交并维护既得利益,比如,通过"协定关税"原则,控制中国海关;攫取领事裁判权,破坏中国司法;建立租界作为侵略中国的中心基地等。

第三,经济掠夺方面,攫取战争赔款,控制海关,向中国倾销商品和掠夺原料。甲午战争后经济侵略表现以资本输出为主，在中国投资设厂，掠夺路权、矿权，控制交通事业和财政金融。

第四，文化渗透方面，建立教会、教堂，派传教士到中国传教，建立各种教会学校，创办报刊，开办医院等，对中国人民进行文化渗透，制造侵略舆论，为侵略行为辩护。

4. **[答案要点]** 在洋务运动期间，一部分官僚、地主、商人投资于近代工商业，民族资产阶级由此产生。民族资产阶级同外国资本主义、封建主义仍然有着千丝万缕的联系。在政治上表现出两面性。他们与外国资本主义和本国封建主义既有矛盾、斗争的一面，又有依赖、妥协的一面。他们在一定条件下可以参加反帝反封建的革命或者在斗争中保持中立，但是没有革命的彻底性，不可能引导中国的民主革命走向胜利。

5. **[答案要点]** 失败原因：主观上，一是对帝国主义缺乏本质认识，斗争中实行笼统排外；二是被清政府利用、控制，认不出清政府本质；三是落后的宗教信仰和组织；四是缺乏先进阶级领导。客观原因：敌我力量相差悬殊。

历史意义：义和团运动显示了中国人民高度的爱国主义精神和巨大的革命力量，显示了中国人民敢于同帝国主义斗争到底的英雄气概。一定程度上打击了清政府的封建统治，粉碎了帝国主义企图瓜分中国的阴谋。

6. **[答案要点]** 失败原因：第一，社会制度腐败。腐朽的社会制度是中国近代历次反侵略战争失败的根本原因。

第二，经济技术落后。中国的国家综合实力特别是经济技术和作战能力落后，是近代中国反侵略战争失败的重要原因。

教训：经济技术的落后虽然是中国近代反侵略战争失败的重要原因，但导致经济技术落后的原因，归根结底是社会制度的腐朽，反动统治阶级实行的错误的方针、政策及对人民的压制，造成中国"落后挨打"的局面。所以，必须进行彻底的反帝反封建的斗争，推翻腐朽的封建统治，才能打败资本—帝国主义侵略者，实现国家的独立，人民的解放。

四、论述题

1. **[答案要点]** 鸦片战争以清政府的失败而告终。1842 年 8 月 29 日，清政府派钦差大臣耆英、伊里布与英国签订了中国近代史上第一个不平等条约《南京条约》。接着，1843 年 10 月，签订了中英《虎门条约》。美国、法国等列强趁火打劫，1844 年 7 月签订了中美《望厦条约》，10 月签订了中法《黄埔条约》。

通过这一系列不平等条约，英国等西方列强在中国攫取了大量侵略特权。如：割占香港岛，破坏了中国的主权和领土完整；外国船舰可在中国领海自由航行，破坏了中国的领海主权;外国人在华不受中国法律管束,享受领事裁判权,破坏了中国的司法主权;协定关税,则破坏了中国的关税主权,等等。

随着外国资本主义的入侵,中国的社会性质开始发生质的变化。中国逐步成为半殖民地半封建国家。随着社会主要矛盾的变化,中国逐渐开始了反帝反封建的资产阶级民主革命。正因为如此,鸦片战争就成为中国近代史的起点。

2. **[答案要点]** 中共十五大报告中指出,近代中国在鸦片战争后,在逐渐沦为半殖民地半封建社会的历史条件下,中国人民的民主主义革命任务主要有两项:(1)推翻帝国主义和封建主义,求得民族独立和人民解放;(2)实现国家繁荣富强和人民共同富裕。

这两大任务既存在着区别,又相互联系。前者为后者扫清障碍,后者是前者的归宿。前者是前提,后者是行动。

3. **[答案要点]** 鸦片战争的失败和战后外国资本主义势力的入侵使中国民族危机空前严重,先进的中国人开始注意国际形势,探寻强国御侮的道路,中国的近代民族意识开始觉醒。

林则徐、魏源等人从现实出发,放眼世界,注意了解外国,提倡学习外国先进的技术来加强国防。魏源提出"师夷长技以制夷"的主张,突破了"夷夏之辨"的传统观念,开创了近代中国人向西方学习的新风。19 世纪 70 年代,王韬、郑观应等人不仅主张学习西方的科学技术,同时也要求吸纳西方的政治、经济学说,主张君主立宪,一定程度上开始形成反对封建专制的民主思想。

甲午战争后,康有为、梁启超为代表的知识分子鼓吹变法,发出救亡的呼声,并最终发展为具有一定群众基础的政治运动。在这场维新变法的运动中,民族意识被进一步扩展到人民大众中。接着,以孙中山为代表的资产阶级革命派提出振兴中华的口号,1905 年,孙中山在《民报》发刊词中正式提出了"民族、民权、民生"三民主义,使救亡图存、争取民族独立成为时代的主题。

面对西方列强侵略而觉醒的近代中国民族意识,已经冲破了传统的狭隘民族主义藩篱,而以世界的标准来衡量一切。民族意识的觉醒,推动思想的不断发展,先进的中国人以更科学、更理性的目光审视世界,不断探索,并最终找到一条适合国情的救国救民之路。

五、材料分析题

1. **[答案要点]** (1)造成战争的责任在中国,中国损害了英国的利益;为道德观念而放弃利益是不明智的。

(2)以中国禁烟为借口发动战争,迫使中国屈从英国的侵略意图。

(3)19世纪中叶工业革命以后,以英国为首的西方资本主义国家为了夺取更多的商品销售市场和原料产地,加紧对外扩张。为了开辟中国这一广阔的市场,最初企图用商品贸易打开中国的大门。但中国自给自足的自然经济对外国工业品有着顽强的抵抗力,加之清政府闭关锁国政策的限制,在正当的中英贸易中,中国长期处于出超地位。为了扭转对华贸易逆差,英国开始对中国进行罪恶的鸦片贸易,这虽使英国资产阶级获得巨额利润,但他们的最终目的是要把中国变为其商品倾销地和原料产地。所以,利用中国的禁烟运动,英国发动了鸦片战争。可以说,鸦片战争的发生是由资本主义的本性所然,中国的禁烟运动仅是英国发动战争的借口和导火索,如果没有禁烟运动,英国资产阶级必然会寻找其他借口挑起战争。

2. **[答案要点]** (1)两个强盗指的是法兰西和英吉利。

(2)帝国主义侵略有功论是错误的。帝国主义侵略中国的目的不是要把封建的中国变成资本主义的中国,而是要把中国变成它的殖民地。帝国主义的侵略和压迫给中华民族和中国人民造成了深重的灾难,使中国经济文化不能发展、政治不能进步。帝国主义侵略客观上刺激了中国资本主义因素的发展和先进科学技术的采用,但同帝国主义侵略所造成的灾难相比是微不足道的。侵略有功论美化帝国主义侵略,损害了中国人民民族自尊心和自信心,只能使中国成为发达资本主义国家的附庸。

第二章 对国家出路的早期探索

学习目标

通过本章的学习，了解近代中国各阶级、政治派别探索中国出路的过程、结局及教训，进而理解：在中国沦为半殖民地半封建社会过程中，中国的各个阶级和阶层进行的反抗和斗争何以无一能够取得胜利？从而为认识到只有工人阶级才能担负起领导革命的重任打下基础。

学习要点

一、农民群众斗争风暴的起落

（一）太平天国农民战争的发动

1. 金田起义发生的背景

第一，清政府为了支付赔款，拼命搜刮百姓。鸦片战争失败以后，为支付对列强的巨额赔款，同时也为了弥补财政亏空，清政府加重了赋税的征收科派，各级官吏在征收钱粮时往往横征暴敛，农民的负担更为加重。

第二，鸦片输入引起白银外流、银贵钱贱。鸦片贸易在战后进一步泛滥，白银外流更加严重，导致银贵钱贱，又额外增加了农民的负担。

第三，人民的贫困加剧。一方面由于西方资本主义的入侵，中国的农业和家庭手工业相结合的自然经济逐渐解体；另一方面土地兼并加剧，地租剥削率日高。

第四，人民反抗彼伏此起。残酷的压迫和剥削，迫使广大人民尤其是农民群众走上反抗斗争的道路。1842 年至 1850 年间，全国各族人民的反清起义在百次以上。清政府调兵各处镇压，但群众斗争此起彼伏，酝酿着更大规模的反抗。太平天国农民起义就是在这种情况下爆发的。

2. 太平天国农民革命的进程

1843 年，洪秀全开始拜上帝。随后，他从家乡广东进入广西。为了反对清政府的腐朽统治，他撷取原始基督教教义中反映下层民众要求的平等思想和某些宗教仪式，从农民斗争的需要出发，加以改造，创立了拜上帝教，并利用它发动和组织群众。

1851年1月,洪秀全在广西省桂平县金田村发动起义,建号太平天国。1853年3月,占领南京,定为首都,改名天京,正式宣告太平天国农民政权的建立。

太平天国定都天京后,先后进行了北伐、西征和天京城外的破围战。到1856年上半年,除北伐失利外,太平军在湖北、江西、安徽和天京附近等战场都取得了重大胜利,控制了大片地区,达到了军事上的全盛时期。

(二)《天朝田亩制度》和《资政新篇》

1.《天朝田亩制度》的内容及评价

太平天国定都天京后,进行了一系列制度建设,并颁布了《天朝田亩制度》。《天朝田亩制度》是最能体现太平天国社会理想和这次农民起义特色的纲领性文献。

第一,平均分配给农民。它确立了平均分配土地的方案,即根据"凡天下田,天下人同耕"的原则,将土地按亩产高低划分为9等,好坏搭配,按人口平均分配。凡16岁以上的男女,每人皆可分得一份数量相同的土地,不满16岁的减半。

第二,建立农村基层组织政权"两"。《天朝田亩制度》规定,农、副业产品的生产与分配,都以农村政权的基层组织"两"来实行管理,每25户为1"两"。

第三,设立"圣库制度"。生产所得,"除足其二十五家每人所食可接新谷外,余则归圣库";"所有婚娶弥月喜事,俱用国库,但有限式,不得多用一钱"。鳏寡孤独废疾者"皆颁国库以养"。

太平天国的领导者们希望通过施行这样的方案,建立"有田同耕,有饭同食,有衣同穿,有钱同使,无处不均匀,无人不饱暖"的理想社会。所以,《天朝田亩制度》实际上是起义农民提出的一个以解决土地问题为中心的比较完整的社会改革方案。

《天朝田亩制度》的主张,从根本上否定了封建社会的基础即封建地主的土地所有制,表现了广大农民要求平均分配土地的强烈愿望,是对以往农民战争中"均贫富"、"等贵贱"和"均平"、"均田"思想的发展和超越,具有进步意义。不过,它并没有超出农民小生产者的狭隘眼界,它所描绘的理想天国,仍然是闭塞的自给自足的自然经济,是小农业和家庭手工业相结合的传统生活方式;同时又是一个没有商品交换的和绝对平均的社会。这种社会理想,具有不切实际的空想的性质。

2.《资政新篇》的内容及评价

《资政新篇》是太平天国后期颁布的社会发展方案。1859年,洪仁玕从香港来到天京,被封为干王,总理朝政。不久,他提出了一个统筹全局的改革方案——《资政新篇》。它的主要内容是:(1)在政治方面,主张"禁朋党之弊",加强中央集权,并学习西方,制订法律、制度。(2)在经济方面,主张发展近代工矿、交通、邮政、银行等事业,奖励科技发明和机器制造,尤其是提出"准富者请人雇工",对穷人"宜令作工,以受所值”，这就把向西方的学习，从生产力的领域扩展到生产关系的领域，即开始提倡资本主义的雇佣劳动制了。(3)在思想文化方面，建议设立新闻官、新闻馆，破除陈规陋俗，提倡兴办学校、医院和社会福利事业。(4)在外交方面，主张同外国平等交往、自由通商，但严禁鸦片入口，强调外人不得干涉天朝内政。

《资政新篇》是中国第一个全面学习西方资本主义的方案，符合社会发展规律。洪秀全看到后，几乎逐条加以批示，对其中绝大部分条款都表示赞同，并下令镌刻颁布。但是限于当时的历史条件，未能付诸实施。

(三)从天京事变到太平天国败亡

太平天国起义者们想要建立一个以“天王”为首的农民政权。但是，在以小农业和家庭手工业相结合的分散的小生产的基础上，虽然可以建立暂时的劳动者的政权，但它最终还是会向封建专制政权演变。

1. 天京事变的发生及危害

在太平军取得重大胜利的同时，太平天国内部潜在的矛盾和弱点也日益明显地暴露出来。太平天国领导集团的思想在蜕化，一些人在生活上追求享乐，在政治上争权夺利。

1856 年 8 月，杨秀清借“天父下凡”，逼天王到东王府封其为万岁。洪秀全表面答应，但回府后立即密令韦昌辉、石达开火速返回天京。韦昌辉在接到密令后，立即率精兵赶到天京将杨秀清及其眷属杀死。 1857 年 6 月，石达开因洪秀全的猜忌和处处牵制，带走太平军 20 万精锐部队，脱离了太平天国，孤军作战。1863 年 5 月，在四川大渡河紫打地(安顺场)陷入清军包围被消灭。

天京事变严重地削弱了太平天国的领导和军事力量，成为太平天国由盛转衰的转折点。

2. 太平天国后期的斗争

为重整纲纪，挽救危局，洪秀全提拔了陈玉成、李秀成等一批具有军事才干的青年将领，在 1859 年又封洪仁玕为干王，总领朝政，形成新的领导核心。但是，这已经无法从根本上挽回败局。内部矛盾更加尖锐复杂，洪秀全本人的保守和迷信思想也越来越严重。当天京被湘军包围时，他拒绝了李秀成提出的“让城别走”、另辟新根据地的建议，坚持死守天京。1864 年 6 月，洪秀全病故。7 月，天京被湘军攻破。太平天国起义失败。

(四)农民斗争的意义和局限

1. 太平天国起义的历史意义

太平天国起义虽然失败了，但具有不可磨灭的历史功绩和重大的历史意义。

第一，沉重打击了封建统治阶级，强烈撼动了清政府的统治根基。这次起义历时14载，转战18省，建立了与清王朝对峙的政权。在太平天国的影响下，各地各族人民反清斗争风起云涌。

第二，是中国旧式农民战争的最高峰。它把千百年来农民对拥有土地的渴望在《天朝田亩制度》中比较完整地表达了出来。《资政新篇》则是中国近代历史上第一个比较系统的发展资本主义的方案，这反映了太平天国某些领导人在后期试图通过向外国学习来寻求出路的一种努力。因此，太平天国起义具有了不同于以往农民战争的新的历史特点。

第三，冲击了孔子和儒家经典的正统权威。这在一定程度上削弱了封建统治的精神支柱。

第四，有力地打击了外国侵略势力。太平天国的领袖们拒绝承认不平等条约，严禁鸦片贸易。尤其是当中外反动派勾结起来向太平军举起屠刀时，他们毫不犹豫地同英、法军队和由外国军官组织和指挥的"常胜军"、"常捷军"进行英勇的斗争。

第五，冲击了西方殖民主义者在亚洲的统治。在19世纪中叶的亚洲民族解放运动中，太平天国起义是其中时间最久、规模最大、影响最深的一次。它和其他亚洲国家的民族解放运动汇合在一起，冲击了西方殖民主义者在亚洲的统治。

2. 太平天国起义失败的原因和教训

太平天国农民战争动摇了清王朝封建统治的基础，有力地打击了西方资本主义侵略者，显示了农民阶级的反抗精神和战斗力量，但在近代，不能使中国走向独立和富强。

首先，农民不是先进生产力的代表，不能制定出科学的革命纲领。农民阶级不是新的生产力和生产关系的代表。无法克服小生产者所固有的阶级局限性，因而无法从根本上提出完整的、正确的政治纲领和社会改革方案。

其次，不能克服领导集团的腐败，无法长期保持领导集团的团结。无法制止和克服领导集团自身腐败现象的滋长，也无法长期保持领导集团的团结，这一切都大大削弱了太平天国的向心力和战斗力。

再次，未能正确地对待儒学，保留了封建纲常伦理原则。开始时，他们把儒家经书笼统地斥之为"妖书"。后来，他们对儒学的态度有所变化，主张将《四书》、《五经》删改后加以利用。不过，删去的主要是与太平天国宗教不相容的内容，而把儒学中的纲常伦理原则保留了下来。

最后，不能把西方国家的侵略者与人民群众区别开来。太平天国的领袖们不承认不平等条约，这是正确的。但他们不能把西方国家的侵略者与人民群众区别开来，而是笼统地把信奉天父上帝的西方人都视为“洋兄弟”，这说明他们对于西方资本主义侵略者还缺乏理性的认识。

太平天国起义及其失败表明，在半殖民地半封建的中国，农民具有伟大的革命潜力；但它自身不能担负起领导反帝反封建斗争取得胜利的重任。单纯的农民战争不可能完成争取民族独立和人民解放的历史任务。

二、洋务运动的兴衰

洋务运动是在19世纪60年代初清政府镇压太平天国起义的过程中和第二次鸦片战争结束后兴起的。

（一）洋务派的产生及洋务运动的指导思想

1. 洋务派阵营的构成

（1）以奕䜣为代表的满族中央权贵派。

其中奕䜣集朝廷大权于一身，依靠着文祥等人为左右手，并开始重用汉族官僚。

（2）以曾国藩、李鸿章、左宗棠、张之洞等人为代表的汉族地方实力派。

2. 洋务派的指导思想

对洋务派指导思想最先作出比较完整表述的是冯桂芬。他在《校邠庐抗议》一书中说：“以中国之伦常名教为原本，辅以诸国富强之术。”这个思想后来被进一步概括为“中学为体，西学为用”。所谓“中学”，特指“中国的文武制度”，也就是封建制度；“西学”特指西方的船坚炮利和其它先进科学技术，主要的是所谓“长技”。所谓“中体西用”，就是以中国封建伦理纲常所维护的统治秩序为主体，用西方的近代工业和技术为辅助，并以前者来支配后者。

（二）洋务派的主要活动

从19世纪60年代到90年代，洋务派举办的洋务事业归纳起来有以下内容：

1. 兴办军用工业以自强

1890年以前，在全国各地共创办了20多个军工局厂。其中规模较大的有5个：1865年，曾国藩支持、李鸿章筹办的上海江南制造总局，是当时国内最大的兵工厂；同年，李鸿章在南京设立金陵机器局；1866年，左宗棠在福建创办福州船政局，附设有船政学堂，是当时国内最大的造船厂；次年，崇厚在天津建立天津机器局；1890年，张之洞在汉阳创办湖北枪炮厂。

2. 兴办民用工业以求富

洋务派在创办军事工业中遇到资金奇缺，原料和燃料供应不足，以及交通运输落后等困难，需要解决，因此兴办了一些民用企业。从19世纪70年代到90年代，共创办民用企业20多个，重点是采矿、冶炼、纺织等工矿业和航运、铁路、电讯等事业。这些企业除少数采取官办或官商合办方式外，多数都采取官督商办的方式。其中最重要的官督商办企业有轮船招商局、开平矿务局、天津电报局和上海机器织布局，都是李鸿章筹办或控制的。这些民用企业，虽然受官僚的控制，发展受到很大限制，但基本上是资本主义性质的近代企业。

3. 建立新式海陆军

19世纪60年代，京师和天津、上海、广州、福州等地军队纷纷改用洋枪、洋炮，聘用外国教练。李鸿章的淮军、左宗棠的湘军也用洋枪装备军队。

1874年，日本派兵侵犯中国台湾，清政府筹办海防、建设海军之议随之兴起。从19世纪70年代到90年代，分别建成福建水师、广东水师、南洋水师和北洋水师，共有舰船八九十艘。其中北洋水师是清政府的海军主力，拥有舰艇20多艘，这支舰队一直归李鸿章管辖。

4. 创办新式学堂，派遣留学生

兴办近代工业、训练新军，要有懂得西方先进技术的专业人才。为此，洋务派创办了新式学堂。从19世纪60年代到90年代的30多年间，创办新式学堂30多所，主要有三种：一为翻译学堂，如京师同文馆，主要培养翻译人才；一为工艺学堂，培养电报、铁路、矿务、西医等专门人才；一为军事学堂，如船政学堂等，培养新式海军人才。在创办新式学堂的同时，还先后派遣赴美幼童及官费赴欧留学生200多人。

（三）洋务运动的历史作用及其失败

1. 洋务运动的历史作用

第一，对中国民族资本主义的发展起了促进作用。洋务派继承了魏源"师夷长技以制夷"的思想，提出"自强"、"求富"的主张，通过所掌握的国家权力集中力量优先发展军事工业，同时也试图"稍分洋商之利"，发展若干民用企业，在客观上对中国的早期工业和民族资本主义的发展起了某些促进作用。

第二，给当时的中国带来了新的知识。洋务运动时期，为了培养通晓洋务的人才，开办了一批新式学堂，派出了最早的官派留学生，这是中国近代教育的开始。与此同时，京师同文馆、江南制造总局附设的翻译馆还翻译了一批西学书籍。虽然其中大部分是有关近代物理、化学、数学、天文、地理的自然科学书籍，内容浅近，但给当时的中国带来了新的知识，使人们打开了眼界。

第三，有利于社会风气的改变。洋务运动时期，伴随着资本主义生产方式的出现，传统的"重本抑末"、"重义轻利"、商为"四民"之末等观念都受到冲击，社会风气和价值观念开始变化，工商业者的地位上升。西方的各种技术和器物被视为模仿、学习的对象。这一切,都有利于资本主义经济的发展,也有利于社会风气的改变。

2. 洋务运动失败的原因

甲午战争一役,洋务派经营多年的北洋海军全军覆没,标志着以“自强”、“求富”为目标的洋务运动的失败。洋务运动失败的原因主要是:

首先,洋务运动具有封建性。洋务运动的指导思想是“中学为体,西学为用”,即在封建主义思想的指导下,在不改变封建社会的上层建筑、经济基础的条件下发展一些近代企业,培养新式人才,为维持清朝的封建统治服务。

其次,洋务运动对外国具有依赖性。洋务派官员主张对外“和戎”,其所兴办的企业仰赖外国,企图依赖外国来达到“自强”、“求富”的目的。

最后,洋务企业的管理具有腐朽性。洋务派所创办的新式企业虽然具有一定的资本主义性质,但其管理却仍是封建衙门式的。企业内部极其腐败,充斥着营私舞弊、贪污受贿、挥霍浪费等官场恶习。大小官员既不懂生产技术,又不懂经营管理,无法维持企业的正常运行。

正因为如此,洋务运动不能避免最终失败的命运。

三、维新运动的兴起和夭折

(一)维新运动的背景条件

1. 帝国主义掀起划分中国狂潮

甲午战争的惨败,造成了新的民族危机,激发了新的民族觉醒。

2. 中国民族资产阶级已经登上历史舞台

19 世纪 90 年代以后,中国民族资本主义有了初步发展。新兴的民族资产阶级迫切要求挣脱外国资本主义和国内封建势力的压迫和束缚,为发展资本主义开辟道路。

3. 日本通过明治维新成为强国

日本向西方学习有成效,中国人也想向日本学。在这样的历史条件下,资产阶级的改良思想迅速传播开来,逐步形成为变法维新的思潮,并于 1898 年发展成一场变法维新的政治运动。

(二)维新派倡导救亡和变法的活动

以康有为、梁启超、谭嗣同、严复等为主要代表人物的资产阶级维新派,采取了下列行动宣传维新主张,即

(1) 向皇帝上书。如康有为曾先后 7 次向光绪皇帝上书,其中最著名的是他在 1895 年联合在京参加会试的举人共同发起的“公车上书”。

(2)著书立说。如康有为写了《新学伪经考》、《孔子改制考》,梁启超写了《变法通

议》，谭嗣同写了《仁学》，严复翻译了赫胥黎的《天演论》等。

（3）介绍外国变法的经验教训。如康有为向光绪皇帝进呈了《日本变政考》、《俄彼得变政记》、《波兰分灭记》等书。

（4）办学会。著名的有强学会、南学会、保国会等。

（5）设学堂。重要的有康有为主持的广州万木草堂、梁启超主持的长沙时务学堂等。

（6）办报纸。影响最大的有梁启超任主笔的上海《时务报》、严复主办的天津《国闻报》以及湖南的《湘报》等。维新派以各种方式宣传变法主张，制造维新舆论，培养变法骨干，组织革新力量，而重点则放在争取光绪皇帝及其周围的帝党官员的支持上，希望通过他们自上而下地实行变法主张。

（三）维新派与守旧派的论战

当时，封建守旧派和反对改变封建政治制度的洋务派，利用自己的地位和权力，对维新思想发动攻击，斥之为“异端邪说”，指责康有为、梁启超等维新派人士是“名教罪人”、“士林败类”。于是维新派与守旧派之间展开了一场激烈论战。论战主要围绕以下三个问题展开：

1. 要不要变法

守旧派坚持“祖宗之法不可变”，洋务派官僚张之洞也在《劝学篇》一书中反复强调封建的纲常伦理不可变。而维新派则根据西方资产阶级进化论的观点，认为自然界和人类社会都是不断发展变化的。他们提出，只有维新变法，革除积弊，才能挽救中国所面临的危亡局面，以周求存和自强。

2. 要不要兴民权、设议院，实行君主立宪

守旧派与洋务派认为，“民权之说无一益而有百害”，“民权之说一倡，愚民必喜，乱民必作，纪纲不行，大乱四起”。维新派则运用西方资产阶级政治学说，对封建君主专制制度作了批判。主张只有君主立宪制度才是当时中国理想的政治方案，兴民权、开议院，实行君主立宪，才是“治国之大经”。

3. 要不要废八股、改科举和兴西学

守旧派反对西学，把西方近代科学技术斥之为“奇技淫巧”。洋务派虽认为西方的军事和技术可以学习，但坚持封建的政治制度、科举八股，尤其三纲五常绝对不能触动。而维新派则痛斥八股取士的科举制度是统治者“牢笼天下”的愚民政策，因此要救中国必须废八股、改科举，办学堂、兴西学。针对洋务派“中体西用”的口号，维新派一针见血地驳斥道：“牛体安能马用？”

维新派与守旧派的这场论战，实质上是资产阶级思想与封建主义思想在中国的第一次正面交锋。

（四）昙花一现的百日维新

1. 百日维新的内容

由于民族危机越来越严重，在维新派的推动和策划下，光绪皇帝在 1898 年 6 月 11 日，颁布了“明定国是”诏书，宣布开始变法，在此后的 103 天中，接连发布了一系列推行新政的政令，史称“百日维新”。其内容归纳起来，包括下列数端：

政治方面，改革行政机构，裁撤闲散、重叠机构；裁汰冗员，澄清吏治，提倡廉政；提倡向皇帝上书言事；准许旗人自谋生计。

经济方面，保护、奖励农工商业和交通采矿业，中央设立农工商总局与铁路矿务总局，各省设立商务局；提倡开办实业，奖励发明创造；注重农业发展，提倡西法垦殖，建立新式农场；兴办邮政，修筑铁路；在上海、汉口等大城市开办商学、商报，设立商会等各类组织；改革财政，编制国家预决算。

军事方面，裁减旧式绿营兵，改练新式陆军；采用西洋兵制，练洋操，习洋枪等。

文化教育方面，创设京师大学堂，各省书院改为高等学堂，在各地设立中、小学堂；提倡西学，废除八股，改试策论，开经济特科；设立译书局，翻译外国书籍，派人出国留学；奖励新著，奖励创办报刊，准许自由组织学会。

戊戌维新是一场资产阶级性质的改良运动。

2. 百日维新的失败

维新派经过光绪皇帝推行的温和的改革，遭到了封建守旧势力的激烈反对。光绪皇帝所颁布的新政命令，由于中央和地方守旧官僚们的抵制，大多未能付诸实施。聚集在慈禧太后周围的守旧势力力图对维新派进行反击和镇压。同时，袁世凯告密促发政变。经过密谋策划，守旧势力于 1898 年 9 月 21 日发动政变，慈禧太后以“训政”的名义，重新“垂帘听政”，将光绪皇帝囚禁于中南海瀛台。康有为、梁启超被迫逃亡国外。9 月 28 日，谭嗣同、刘光第、林旭、杨锐、杨深秀、康广仁 6 人同遭杀害，史称“戊戌六君子”。

1898 年的“百日维新”如同昙花一现，只经历了 103 天就夭折了。除京师大学堂(北京大学的前身)被保留下来以外，其余新政措施大都被废除。

（五）戊戌维新运动的意义和教训

1. 戊戌维新运动的意义

戊戌维新运动虽然失败了，但它在中国近代史上仍然有着重大的历史意义。

第一，戊戌维新运动是一次爱国救亡运动。维新派在民族危亡的关键时刻，高举救亡图存的旗帜，要求通过变法，发展资本主义，使中国走上富强的道路。维新派的政治实践和思想理论，不仅贯穿着强烈的爱国主义精神，而且推动了中华民族的觉醒。

第二，戊戌维新运动是一场资产阶级性质的政治改革运动。维新派突破洋务派“中体西用”思想的局限，主张建立君主立宪制度，发展资本主义，在政治、经济等领域一定程度上冲击了封建制度。

第三，戊戌维新运动更是一场思想启蒙运动。维新派大力传播西方资产阶级的社会政治学说和自然科学知识，宣传自由平等、社会进化观念，批判封建君权和封建纲常伦理，从而把顽固的封建主义思想壁垒打开了一个缺口，有利于民主思想在中国的传播，有利于人们的思想解放。京师大学堂的创设，更成为中国近代国立高等教育的发端。

第四，促进社会风气变革。维新派在改革社会风习方面也提出了许多新的主张。如主张革除吸食鸦片及妇女缠足等恶俗陋习，提出“剪辫易服”的主张，倡导讲文明、重卫生、反跪拜等。其移风易俗、开启社会新风的效用不可低估。

2. 戊戌维新运动失败的原因和教训

戊戌维新运动的失败，主要是由于维新派自身的局限和以慈禧太后为首的强大的守旧势力的反对。当时民族资本主义经济力量还十分微弱，民族资产阶级的社会基础相当狭窄。他们就只能把自己实行改革的全部希望寄托在一个没有实权的光绪皇帝身上。维新派本身的局限性突出地表现在以下三个方面：

第一，不敢否定封建主义。他们在政治上不敢根本否定封建君主制度，只是幻想依靠光绪皇帝通过和平、合法的手段，实现自上而下的改革，让资产阶级和开明士绅的代表参加政权，逐步实现君主立宪。在经济上，他们虽然要求发展民族资本主义，却未触及封建主义的经济基础——封建土地所有制。在思想上，他们虽然提倡学习西学，却仍要抬出封建思想的权威孔子的旗帜，借古代圣贤之名“托古改制”。

第二，对帝国主义抱有幻想。他们虽然大声疾呼救亡图存，却又幻想西方列强能帮助自己变法维新。维新派尖锐地揭露了沙俄侵华的事实，却幻想依靠与英、日结成同盟来抵抗沙俄。在戊戌政变前夕，维新派分别乞求英、美、日公使的支持，结果都落了空。

第三，惧怕人民群众。维新派的活动基本上局限于官僚士大夫和知识分子的小圈子。他们不但脱离人民群众，而且惧怕甚至仇视人民群众。正因为没有人民力量作为后盾，所以当他们得悉守旧派要发动军事政变时，只得打算依靠握有兵权的袁世凯，结果反被袁世凯出卖。

戊戌维新的失败暴露了民族资产阶级的软弱性，同时也说明在半殖民地半封建的旧中国，企图通过统治者走自上而下的改良道路，是根本行不通的。戊戌维新的失败再次暴露出清朝统治集团的腐朽与顽固，“戊戌六君子”血的教训促使一部分人放弃改良主张，开始走上革命的道路。历史证明，要想争取国家的独立、民主、富强，必须用革命的手段，推翻帝国主义、封建主义联合统治的半殖民地半封建的社会制度。

同步练习

一、单项选择题

1. 1851 年 1 月 11 日，洪秀全在广西领导农民起义的地点是　（　　）

A. 金田村　B. 永安　C. 花县　D. 长沙

2. 1851 年 9 月，洪秀全分封诸王是在　（　　）

A. 金田起义时　B. 攻占永安后　C. 攻占武昌后　D. 定都天京时

3. 太平天国颁布的体现太平天国平均主义的纲领性文献是　（　　）

A.《原道觉世训》　B.《天朝田亩制度》　C.《资政新篇》　D.《原道醒世训》

4.《天朝田亩制度》解决的中心问题是　（　　）

A. 政治问题　B. 经济问题　C. 军事问题　D. 土地问题

5. 太平天国后期《资政新篇》的提出者是　（　　）

A. 洪仁玕　B. 洪秀全　C. 陈玉成　D. 李秀成

6. 太平天国运动与以往历次农民战争相比，最显著的区别在于　（　　）

A. 有了反封建内容　B. 有了反侵略爱国内容

C. 有了资产阶级领导　D. 有了无产阶级领导

7. 洋务运动的指导思想最初的表述者是　（　　）

A. 李鸿章　B. 冯桂芬　C. 曾国藩　D. 张之洞

8. 1862 年，清政府在北京设立同文馆，最初的是为了培养　（　　）

A. 科技人才　B. 政治人才　C. 翻译人才　D. 军事人才

9. 洋务运动创办的最大军用工业是　（　　）

A. 金陵机器局　B. 江南制造总局　C. 天津机器局　D. 福州船政局

10. 洋务派创办的第一个民用企业是　（　　）

A. 轮船招商局　B. 开平矿务局　C. 天津电报局　D. 上海机器织布局

11. 19 世纪 60 年代，洋务派举办的洋务活动重点是　（　　）

A. 兴办教育事业　B. 举办交通运输业　C. 创办军事工业　D. 发展民用工业

12. 近代“中学为体，西学为用”思想的提出者属于　（　　）

A. 资产阶级革命派　B. 资产阶级改良派　C. 洋务派　D. 地主阶级保守派

13. 标志着洋务运动破产的事件是 ( )
A. 鸦片战争失败 B. 中法战争失败
C. 甲午战争中北洋海军全军覆没 D. 抵抗八国联军侵华战争失败
14. 近代中国知识分子的第一次群众性爱国运动是指 ( )
A. 义和团运动 B. 公车上书 C. 洋务运动 D. 五四运动
15. 维新变法时期,维新派提出的中国理想的政治方案是 ( )
A. 君主立宪 B. 民主共和 C. 人民民主 D. 开明专制
16. 维新运动中,借孔子"托古改制"宣传变法思想的是 ( )
A. 康有为 B. 梁启超 C. 谭嗣同 D. 严复
17. "公车上书"的直接诱因是 ( )
A. 太平天国运动爆发 B.《马关条约》的签订
C. 德国强占胶州湾 D.《辛丑条约》的签订
18. 资产阶级维新派中翻译了《天演论》的是 ( )
A. 康有为 B. 严复 C. 谭嗣同 D. 梁启超
19. 康有为发起"公车上书"提出的主张是 ( )
A. 拒和、迁都、变法 B. 保国、保种、保教
C. 反封、反帝、兴国 D. 民族、民权、民生
20. 戊戌维新运动的性质是 ( )
A. 农民阶级反封建斗争 B. 地主阶级改革运动
C. 资产阶级改良运动 D. 资产阶级革命运动
21. 在百日维新过程设立的学堂是
A. 万木草堂 B. 时务学堂 C. 同文馆 D. 京师大学堂

二、多项选择题

1. 太平天国反侵略精神表现在 ( )
A. 不承认西方列强强迫清政府签订的不平等条约
B. 严禁鸦片在太平天国区域贩卖
C. 在上海等地与西方侵略者进行正面交锋
D. 放弃"拜上帝教"这一与西方同源的宗教
2. 太平天国运动的反封建意义表现在 ( )
A. 削弱了封建统治的经济基础 B. 完全摧毁了封建土地所有制
C. 冲击了儒家文化 D. 猛烈冲击了封建统治秩序

3. 1852 年，太平军进入湖南后发布三篇文告，号召人民起来推翻清王朝的统治，这三篇文告是 （　　）

A.《奉天讨胡檄布四方谕》　B.《奉天诛妖救世安民谕》

C.《救一切天生天养中国人民谕》　D.《太平天日》

4. 太平天国失败的主观原因有 （　　）

A. 领导集团内部存在宗派思想引发内讧，涣散了力量

B. 拜上帝会的宗教迷信束缚了群众的手脚

C. 一度实行的消灭家庭、取消商业等过火政策，引起群众不满

D. 领导层对外国资本主义的侵略本质认识不清

5. 太平天国运动的意义有 （　　）

A. 严重打击封建统治阶级，强烈撼动了清政府的统治根基

B. 太平天国还有力地打击外国侵略势力

C. 是旧式农民战争的最高峰

D. 鼓舞了其他殖民地和半殖民地国家人民的民族解放斗争

6. 洋务运动兴办了中国近代化的 （　　）

A. 第一批机器工厂　B. 第一条铁路

C. 第一个轮船公司　D. 第一支海军舰队

7. 洋务运动的主要目的是 （　　）

A. "自强"　B. "求富"　C. 发展资本主义　D. 实行君主立宪

8. 洋务派在创办军用和民用工业的同时，建立的新式海军有 （　　）

A. 北洋海军　B. 南洋海军　C. 福建海军　D. 湘军和淮军

9. 洋务派举办的民用企业采取以下两种方式 （　　）

A. 中外合办　B. 官商合办　C. 官督商办　D. 商办

10. 洋务派的下列行为应该给予肯定的是 （　　）

A. 学习西方的有益尝试　B. 自强图存的种种努力

C. 抵御外侮的民族意识　D. 洋务企业的经营方式

11. 戊戌维新变化的著名领袖人物有 （　　）

A. 康有为　B. 梁启超　C. 谭嗣同　D. 严复

12. 康有为在维新运动中撰写的理论著作是 （　　）

A. 孔子改制考　B. 新学伪经考　C. 变法通议　D. 仁学

13. 维新变法运动的政治方案包括 （　　）

A. 兴民权　B. 立宪法　C. 设议会　D. 建立君主立宪的政体

14. 维新变法运动的军事方面的内容包括 ( )
A. 裁减绿营 B. 编练新兵 C. 采用西洋兵制 D. 练洋操习洋枪
15. 维新变法运动的文化教育方案包括 ( )
A. 废除八股 B. 设立新式学堂 C. 设局译书、派人留学 D. 创办报刊
16. 洋务运动的地方领导人有 ( )
A. 曾国藩 B. 奕䜣 C. 李鸿章 D. 张之洞

三、简答题

1.《天朝田亩制度》的基本内容、历史局限性是什么?
2. 简述太平天国农民运动的伟大历史意义。
3. 洋务运动的主要内容是什么?
4. 简要说明洋务运动失败的原因。
5. 维新派与守旧派论战有哪些主要内容?
6. 近代中国早期各阶级对国家出路探索的活动有哪些?

四、论述题

1. 论述《资政新篇》的基本内容和意义。
2. 论述太平天国农民运动失败的原因及历史教训。
3. 论述维新运动的历史意义。
4. 论述戊戌维新运动夭折的原因及历史教训。

五、材料分析题

1. 阅读材料,然后回答问题。

材料1 1861年1月,恭亲王奕䜣在一份奏折称:英、法在《北京条约》订立后南撤,"所请尚以条约为据。是该夷并不利我土地人民,犹可以信义笼络……似与前代之事稍异"。"就今日之势论之:发(指太平军)、捻交乘,心腹之害也,俄国……肘腋之忧也,英国……肢体之患也。故灭发、捻为先,治俄次之,治英又次之"。"就目前计之,按照条约不使稍有侵越,外敦信睦……尚不致遽为大害"。此奏得到咸丰帝批准。

材料2 1862年,江西官员派人密访民众反洋教根由,受访百姓回答:"他要我们本地公建的育婴堂,又要我们赔他许多银子,且叫从教的来占我们铺面田地。又说有兵船来挟制我们。我们让他一步,他总是进一步,以后总不能安生,如何不与他拼命?""官府绅士总是依他,做官的止图一日无事,骗一日俸薪,到了紧急时候,他就走了,几

时顾百姓的身家性命!绅士也与官差不多,他有家当的也会搬去。受罪的都是百姓,与他何干?我们如今都不要他管,我们只做我们的事。”

材料3　1872年,李鸿章通过官督商办的形式创办起轮船招商局,规定该局平时运输官粮客货,战时装载援兵军火,在经营方面,除官款取息7厘、向朝廷“报效”之外,盈亏全归商认。该局很快受到英、美轮船公司巨大压力,最后于1893年和英国在华两大轮船公司订立“齐价合同”,规定彼此停止竞争,共同垄断沿海和长江航运。中法战争中,该局船只悬挂美国旗帜以避险。

(1)根据材料1分析清朝统治者在第二次鸦片战争后对待内忧外患的态度。

(2)材料2所揭示的反洋教斗争根源和不同社会阶层的立场是什么?

(3)材料3反映出洋务派所办企业存在哪些问题?

2. 阅读材料,然后回答问题。

材料1　自从一八四〇年鸦片战争失败那时起,先进的中国人,经过千辛万苦,向西方国家寻找真理。洪秀全、康有为、严复和孙中山,代表了在中国共产党出世以前向西方寻找真理的一派人物。那时,求进步的中国人,只要是西方的新道理,什么书也看。向日本、英国、美国、法国、德国派遣留学生之多,达到了惊人的程度。国内废科举,兴学校,好像雨后春笋,努力学习西方。我自己在青年时期,学的也是这些东西。这些是西方资产阶级民主主义的文化,即所谓新学,包括那时的社会学说和自然科学,和中国封建主义的文化即所谓旧学是对立的。学了这些新学的人们,在很长的时期内产生了一种信心,认为这些很可以救中国,除了旧学派,新学派自己表示怀疑的很少。要救国,只有维新,要维新,只有学外国。那时的外国只有西方资本主义国家是进步的,它们成功地建设了资产阶级的现代国家。日本人向西方学习有成效,中国人也想向日本人学。

毛泽东:《论人民民主专政》(1949年6月30日)

(1)“日本人向西方学习有成效,中国人也想向日本人学”反映的是哪一派政治人物的主张?

(2)他们的主张是怎样实践的?结局如何?

参考答案

一、单项选择题

1. A　*2.* B　*3.* B　*4.* D　*5.* A　*6.* B　*7.* B　*8.* C　*9.* B　*10.* A　*11.* C　*12.* C　*13.* C　*14.* B　*15.* A　*16.* A　*17.* B　*18.* B　*19.* A　*20.* C　*21.* D

二、多项选择题

1. ABC *2*. ACD *3*. ABC *4*. ABCD *5*. ABCD *6*. ABCD *7*. AB *8*. ABC *9*. BC *10*. ABC *11*. ABCD *12*. AB *13*. ABCD *14*. ABC D *15*. ABCD *16*.ACD

三、简答题

1. [答案要点] 1853 年太平天国定都天京后，颁布《天朝田亩制度》。

《天朝田亩制度》的内容是根据"凡天下田，天下人同耕"的原则，把每亩土地按每年产量的多少，分为上、中、下三级九等，然后好坏田互相搭配，好坏各一半，按人口平均分配。凡 16 岁以上的男女每人得到一份同等数量的土地，15 岁以下的减半。

除了解决土地问题之外，《天朝田亩制度》还对农副业生产和分配等问题，做了一系列具体规定。生产和分配，都由农村政权的基层组织"两"来实行管理，每 25 户为一"两"。分得土地的农民，都要参加农副业生产劳动。

在分配问题上，规定每"两"生产的农副业产品，除足每人所食外，余则归国库。太平天国的领导们希望通过这样的方案，建立"有田同耕，有饭同食，有衣同穿，有钱同使，无处不均匀，无人不饱暖"的理想社会。

《天朝田亩制度》的局限性，是它所规定的分配土地的社会经济生活方案，是要在小生产的基础上废除私有制和平均一切社会财富，以求人人平等，是农民的绝对平均主义思想。这种方案使社会生产力停滞在分散的小农经济的水平上，把农业和家庭手工业相结合的自给自足的自然经济理想化、固定化，有违反社会发展规律的落后性。

2. [答案要点] 太平天国农民运动坚持了 14 年之久，革命势力发展到 18 个省，席卷了半个中国，把中国旧式农民战争发展到了最高峰。太平天国农民运动虽然失败了，但它在中国历史上的意义却是巨大的。

第一，太平天国运动有力地打击了外国侵略势力。

第二，太平天国起义沉重打击了封建统治阶级，强烈震撼了清政府的统治根基。

第三，太平天国起义是中国旧式农民战争的最高峰，客观上推动了中国社会的前进与发展。

第四，太平天国起义是 19 世纪中叶亚洲民族解放运动中，时间最久、规模最大、影响最深的一次，冲击了西方殖民主义者在亚洲的统治。

3. [答案要点] 19 世纪 60—90 年代，洋务派官僚奕䜣、李鸿章、曾国藩、左宗棠、张之洞等人进行的以"自强""求富"为目的的改革活动。内容主要涉及军事、经济、文教和外交等方面。它是清末地主阶级的自救运动，最后因中国在甲午战争北洋水师的

全军覆没而告失败。洋务运动主要内容如下：一是兴办军工企业，生产新式武器装备；二是创建新式陆海军。三是设同文馆培养翻译人才，派遣留学生；四是兴办民用工业。

4. **[答案要点]** 洋务运动失败的主要原因：一是洋务运动具有封建性；二是洋务运动对外国具有依赖性；三是洋务运动的管理具有腐朽性。

5. **[答案要点]** 一是要不要变法。顽固派坚持“祖宗之法不可变”，维新派根据西方进化论的观点，指出“变者古今之公理”，认为自然界和人类社会都是不断变化的。

二是要不要兴民权、设议院，实行君主立宪。顽固派极力维护君主专制制度，仇恨民权，反对君主立宪。维新派以天赋人权论批驳君权神授说，论证了国家和君主的起源。

三是要不要废“八股”、改科举和兴西学。顽固派坚持尊孔读经、八股取士的教育制度不能变。维新派提倡西学，兴办学校，培养维新人才。

6. **[答案要点]** 一是洪秀全领导的太平天国农民运动。1851 年至 1864 年由洪秀全领导的反抗西方资本主义国家侵略和清政府腐朽统治的清末农民战争，太平天国运动充分发扬了反抗侵略的爱国精神，猛烈冲击了封建社会统治秩序，成为近代资产阶级反封建革命的前驱。

二是洋务派官僚举办的洋务运动。19 世纪 60 年代至 90 年代，洋务派官僚进行的以“自强”为标榜的军事活动和以“求富”为目的的经济活动。它是清末地主阶级的自救和改良运动，最后因中国在甲午战争北洋海军的全军覆没而告失败。

三是康有为发动的维新变法运动。1898 年由康有为、梁启超、谭嗣同等为代表的资产阶级知识分子发动的一场旨在挽救民族危亡的爱国运动；旨在发展资本主义经济政治文化的社会改革运动，最后，因缺乏中国的阶级基础和顽固势力的阻挠而告失败。

四、论述题

1. **[答案要点]** 《资政新篇》是太平天国后期颁布的社会发展方案。1859 年，洪仁玕从香港来到天京，被封为干王，总理朝政。不久，他提出了一个统筹全局的改革方案——《资政新篇》。它的主要内容是：

(1)在政治方面，主张“禁朋党之弊”，加强中央集权，并学习西方，制订法律、制度。

(2)在经济方面，主张发展近代工矿、交通、邮政、银行等事业，奖励科技发明和机器制造，尤其是提出“准富者请人雇工”，对穷人“宜令作工，以受所值”，这就把向西方的学习，从生产力的领域扩展到生产关系的领域，即开始提倡资本主义的雇佣劳动制了。

(3)在思想文化方面，建议设立新闻官、新闻馆，破除陈规陋俗，提倡兴办学校、医院和社会福利事业。

(4)在外交方面，主张同外国平等交往、自由通商，但严禁鸦片入口，强调外人不得干涉天朝内政。

《资政新篇》是一个具有资本主义色彩的方案,符合社会发展规律。但未涉及农民土地要求且限于当时的历史条件,未能付诸实施。

2. [答案要点] 作为一场旧式农民战争,太平天国运动避免不了失败的历史命运。

第一,客观上是由于中外反动势力过于强大。

第二,主观上是由农民阶级历史的阶级的局限性决定的。一是太平天国没有提出一个切实可行的革命纲领。二是在组织方式上,创立拜上帝会,利用宗教组织起义;三是不能正确地对待儒学;四是太平天国后期领导者从追求物质享乐到争权夺利,再到政治上腐朽化,最终导致了全面腐败。总之这是农民的小生产者局限所致。

太平天国农民战争的历史教训:是仅靠农民阶级革命不能推翻封建制度,也不能救中国。由于当时还没有新的生产力和新的生产关系,没有新的阶级力量,没有先进的政党,因而这种农民起义和农民战争得不到无产阶级及其政党的领导,从而使太平天国运动最终陷于失败。农民阶级只有在无产阶级的引导下,才能真正实现彻底的反封建的目标。

3. [答案要点] 维新运动在中国历史上具有重要的地位和历史意义:

第一,维新运动是一场挽救祖国危亡的爱国运动。

第二,戊戌维新运动是一场资产阶级性质的改良运动,是一场深刻的社会改革运动。

第三,维新运动是一场思想启蒙运动。另外,维新运动促进了社会风气的变革。

4. [答案要点] 第一,戊戌维新运动失败的客观原因是新旧势力对比悬殊。

第二,维新运动失败的主观原因:一是惧怕人民群众,缺乏阶级基础。二是不敢否定封建主义,表现在思想理论上的不成熟。三是组织上的不成熟。四是对帝国主义抱有幻想。

戊戌维新运动失败的历史教训:资产阶级的维新变法运动救不了中国。

五、材料分析题

1. [答案要点] (1)清朝统治者在第二次鸦片战争后对待内忧外患的态度是:对内要消灭和剿杀农民反抗。“发(指太平军)、捻交乘,心腹之害也”,“故灭发、捻为先”。对外妥协,维持现状。“俄国……肘腋之忧也,英国……肢体之患也”,“治俄次之,治英又次之”,“按照条约不使稍有侵越,外敦信睦”。

(2) 反洋教斗争根源主要在于洋教侵害老百姓的利益。普通群众主张坚决反洋教,而上层官府绅士以自身利益为重,对之妥协,“总是依他”。

(3)洋务派所办企业具有封建性、垄断性和严重的对外依赖性。

2. **[答案要点]** (1)以上材料所指是戊戌维新运动。

(2)反映了资产阶级维新派的政治主张。资产阶级维新派为了实现自己的政治主张,采取了下列行动:向皇帝上书、著书立说、介绍外国变法的经验教训、办学会、设学堂、办报纸等。维新派以各种方式宣传变法主张,制造维新舆论,培养变法骨干,组织革新力量,而重点则放在争取光绪皇帝及其周围的帝党官员的支持上,希望通过他们,自上而下地实行变法主张。最终在皇帝的支持下发动了百日维新,但最后以失败而告终。维新运动是从1898年6月11日至9月21日,共103天,史称“百日维新”。这些改革措施,并没有触及到封建制度的本质。但在当时是有积极的、进步的意义。

第三章　辛亥革命与君主专制制度的终结

学习目标

通过本章的学习，了解辛亥革命发生的历史必然性，正确认识和评价资产阶级民主派的思想主张及其对中国出路的探索的作用，掌握辛亥革命失败的原因，领会资产阶级共和国道路为何在近代中国走不通。

学习要点

一、举起近代民族民主革命的旗帜

1911 年发生的辛亥革命是比较完全意义上的资产阶级民主革命。

（一）辛亥革命爆发的历史条件

中国 1911 年发生的辛亥革命有其深刻的历史背景：

1. 民族危机加深，社会矛盾激化

其一，帝国主义列强对中国的侵略日益扩大。1901 年，帝国主义列强镇压了义和团运动后，同年 9 月又与清政府签订了《辛丑条约》，标志着中国半殖民地半封建社会的完全形成。此后，加强了对清政府的政治控制，多方扩展在华经济势力。当时的中国国家主权丧失，山河破碎，民族灾难日益深重。

其二，帝国主义各国加紧在中国的争夺。1904 年至 1905 年，日、俄两国为了争夺在华利益竟然在中国东北进行战争。日本战胜俄国，俄国将所攫得的中国东北南部所有一切侵略特权“转让”给日本。同时，英国派兵侵入中国西藏地区。德国则企图将势力延伸到原属英国势力范围的长江流域。帝国主义列强对中国的侵略、控制进一步加深了。

其三，清政府的反动统治使民怨沸腾。为了对外支付巨额赔款等，10 多年间，清政府的财政开支激增 4 倍之多。在清朝的最后几年里，各种旧税一次又一次被追加，种种巧立名目的新税更是层出不穷，各级官吏还要从中中饱私囊，致使民怨沸腾。

其四，各阶层人民的斗争风起云涌。在中外反动派的严重压迫下，20 世纪初，各阶层人民的斗争风起云涌，遍及全国。从1902年至1911年间，各地民变多达1 300余起。其中包括各阶层人民的反洋教斗争，农民、手工业者的抗捐、抗税、抗租斗争，工人的罢工，少数民族与会党的起事等。同时还发生了拒俄、拒法、抵制美货等爱国运动以及收回利权运动和保路运动等。在一些运动中，资产阶级开始成为主要的角色。

2. 清末“新政”及其破产

《辛丑条约》的签订，标志清政府已彻底放弃了抵抗外国侵略者的念头，甘当“洋人的朝廷”，国内要求改革的呼声日渐高涨。为了摆脱困境，清政府于1901年4月成立督办政务处，宣布实行“新政”。此后，陆续推行了一些改革，包括：设立商部、学部、巡警部等中央行政机构；裁撤绿营，建立新军；颁布商法商律，奖励工商；鼓励留学，颁布新的学制。1906年宣布“预备仿行宪政”，并于1908年颁布了《钦定宪法大纲》，制定学习日本实现君主立宪的方案，但又规定了9年的预备立宪期限。

预备立宪并没有能够挽救清王朝，反而激化了社会矛盾，加重了危机。“皇族内阁”的成立不仅使立宪派大失所望，也使统治集团内部因满、汉矛盾和中央与地方矛盾的尖锐而分崩离析。清政府已陷入无法照旧统治下去的境地。

3. 资产阶级革命派的阶级基础和骨干力量的形成

19世纪末20世纪初，中国民族资本主义得到了初步的发展。民族资产阶级为了冲破帝国主义、封建主义的桎梏，发展资本主义，需要自己政治利益的代言人和经济利益的维护者，这正是资产阶级革命派形成的阶级基础。

资产阶级革命派的骨干是一批资产阶级、小资产阶级知识分子。这个知识分子群的出现与戊戌维新运动及20世纪初清政府兴学堂、派留学生的措施有关。这些青年学生接触到近代西方资本主义的思想文化，其中不少人在民族危难加深、群众自发斗争高涨形势的推动下，开始摸索救国救民的新道路。他们在国外更多地接触到了西方的政治思想，而且对世界大势与国内民族危机有了更敏锐的认识。这些青年知识分子，成为了辛亥革命的中坚力量。

（二）资产阶级革命派的活动

1. 孙中山与资产阶级民主革命的开始

从根本上说，近代中国的革命是被外国侵略者和本国封建统治者逼迫出来的。许多先驱者早年也曾尝试采取和平的手段来推进中国的变革与进步。1894年，孙中山本人就写过《上李鸿章书》，提出“人能尽其才，地能尽其利，物能尽其用，货能畅其流”的主张，并北上天津，希望能将上书递交李鸿章，但被拒绝。1894年，他到檀香山组织兴中会，提出了“驱除鞑虏，恢复中华，创立合众政府”的革命纲领，并筹划发动反清起义。

2. 资产阶级革命派的宣传与组织工作

第一，涌现一批民主革命的思想家。其中著名的人物有章太炎、陈天华、邹容等。1903 年，章炳麟发表了《驳康有为论革命书》，反对康有为的保皇观点，歌颂革命和民主共和制度。邹容写了《革命军》，热情讴歌革命，阐述在中国进行民主革命的必要性和正义性，号召人民推翻清朝统治，建立"中华共和国"。陈天华写了《警世钟》、《猛回头》两本小册子，痛陈帝国主义侵略给中国带来的沉重灾难，号召人民奋起革命，推翻清政府这个"洋人的朝廷"。

第二，反清革命组织不断建立。资产阶级革命思想的传播过程中，资产阶级革命团体也在各地次第成立。从 1904 年开始，出现了 10 多个革命团体，其中重要的有华兴会、科学补习所、光复会、岳王会等。这些革命团体的成立为革命思想的传播及革命运动的发展提供了不可缺少的组织力量。

第三，组建资产阶级革命政党。1905 年 8 月 20 日，孙中山和黄兴、宋教仁等人在日本东京成立中国同盟会，孙中山被推选为总理，黄兴被任命为执行部庶务，实际主持日常工作。同盟会以《民报》为机关报，并确定了革命纲领。这是中国第一个领导资产阶级革命的全国性政党，它的成立标志着中国资产阶级民主革命进入了一个新的阶段。

（三）三民主义学说和资产阶级共和国方案

同盟会的政治纲领是"驱除鞑虏，恢复中华，创立民国，平均地权"。1905 年 11 月，在同盟会机关报《民报》发刊词中，孙中山将同盟会的纲领概括为三大主义，即民族主义、民权主义、民生主义，后被称为三民主义。

1. 民族主义

民族主义包括"驱除鞑虏，恢复中华"两项内容。一是要以革命手段推翻清朝政府，改变它一贯推行的民族歧视和民族压迫政策；二是追求独立，建立"民族独立的国家"。

但是，同盟会纲领中的民族主义没有从正面鲜明地提出反对帝国主义的主张。同时，他们也没有明确地把汉族军阀、官僚、地主作为革命对象，从而给了这部分人后来从内部和外部破坏革命以可乘之机。

2. 民权主义

民权主义的内容是"创立民国"，即推翻封建君主专制制度，建立资产阶级民主共和国。这就是孙中山所说的政治革命。

不过，民权主义虽然强调了要建立民主共和国，却忽略了广大劳动群众在国家中的地位，因而难以使人民的民主权利得到真正的保证。

3. 民生主义

民生主义在当时指的是“平均地权”，也就是孙中山所说的社会革命。孙中山主张核定全国土地的地价，其现有之地价，仍属原主；革命后的增价，则归国家，为国民共享。他试图通过土地国有的办法，既使中国富强，又避免产生贫富悬殊的现象，避免社会危机。为此，他希望“举政治革命、社会革命毕其功于一役”。

但是，孙中山的“平均地权”的主张，没有正面触及封建土地所有制，不能满足广大农民的土地要求，在革命中难以成为发动广大工农群众的理论武器。

孙中山的三民主义学说，初步描绘出中国还不曾有过的资产阶级共和国方案，是一个比较完整而明确的资产阶级民主革命纲领。它的提出，对推动革命的发展产生了重大而积极的影响。

（四）关于革命与改良的辩论

在资产阶级民主革命思潮广泛传播、革命形势日益成熟的时候，康有为、梁启超等人坚持走改良道路，反对用革命手段推翻清朝统治。1905 年至 1907 年间，围绕中国究竟是采用革命手段还是改良方式这个问题，革命派与改良派各自分别以《民报》、《新民丛报》为主要舆论阵地，展开了一场大论战。

1. 要不要以革命手段推翻清王朝

这是双方论战的焦点。改良派说，革命会引起下层社会暴乱，招致外国的干涉、瓜分，使中国“流血成河”、“亡国灭种”，所以要爱国就不能革命，只能改良、立宪。革命派针锋相对地指出，清政府是帝国主义的“鹰犬”，因此爱国必须革命。只有通过革命，才能“免瓜分之祸”，获得民族独立和社会进步。

2. 要不要推翻帝制，实行共和

改良派认为，中国“国民恶劣”、“智力低下”，没有实行民主共和政治的能力，如果实行，非亡国不可。因此，只能实行君主立宪。梁启超甚至鼓吹开明专制，才是中国政治的现实出路。

革命派针锋相对地指出，不是“国民恶劣”，而是“政府恶劣”。民主共和是大势所趋，人心所向。拯救中国与建设中国都必须取法乎上，直接推行民主制度，是中国的唯一出路。中国国民自有颠覆专制制度、建立民主共和的能力。

3. 要不要社会革命

改良派反对土地国有、反对平均地权。认为中国社会经济组织优良，土地问题不是最重要的问题，不存在社会革命的可能。社会革命只会导致大动乱。

革命派强调，当时的中国存在着严重的“地主强权”、“地权失平”的现象，而“救治之法，惟有实行土地国有之政策”。必须通过平均地权以实现土地国有，在进行政治革命的同时实现社会革命，才能避免贫富不均等社会问题的出现。

这场论战具有重大的意义。通过这场论战，划清了革命与改良的界限，传播了民主革命思想，促进了革命形势的发展。

但这场论战也暴露了革命派在思想理论方面的弱点。他们不敢理直气壮地反对帝国主义。他们所说的“国民”，主要还是指资产阶级及其知识分子，而不是广大的劳动群众。他们不敢旗帜鲜明地否定封建地主土地所有制。这些理论和认识的局限不可避免地会影响辛亥革命的进程和结局。

二、辛亥革命与建立民国

（一）封建帝制的覆灭

1. 黄花岗起义与保路运动

孙中山领导的同盟会不仅提出了革命纲领，而且从事实际的革命活动，他们先后发动了多次武装起义。这些起义虽然相继失败，但是产生了广泛的影响。其中影响最大的是 1911 年 4 月 27 日（农历三月二十九日）举行的广州起义。是日，黄兴率敢死队 120 余人在广州举行起义，革命党人大部牺牲。七十二烈士的遗骸被葬于黄花岗，故是役史称“黄花岗起义”。

1911 年 5 月，清政府宣布“铁路干线收归国有”，并与四国银行团订立粤汉、川汉铁路借款合同，借“国有”名义把铁路利权出卖给帝国主义。这激起了湖北、湖南、广东、四川四省的保路风潮，加速了革命的爆发。立宪派本来主张把保路运动限制在“文明争路”的范围之内，但署理四川总督赵尔丰竟下令军警向手无寸铁的请愿群众开枪，造成“成都血案”。广大群众忍无可忍，在同盟会会员的参与下，掀起了全川的武装暴动。

2. 武昌首义与各地响应

由于革命形势已经成熟，湖北新军中的共进会和文学社两个革命团体决定联合行动，在武昌举行武装起义。1911 年 10 月 10 日晚，驻武昌的新军工程第八营的革命党人打响了起义的第一枪。起义军迅速占领武昌，取得首义的胜利。革命军在 3 天之内就光复了武汉三镇，成立了湖北军政府，黎元洪被推举为都督。

为什么过去的武装起义都失败了？而武昌起义能成功呢？主要原因是：

一是革命派的组织工作比较扎实。文学社和共进会长期在湖北新军和学界进行活动，产生了广泛的影响；二是革命基础较好。新军中许多士兵参加了革命党，革命思想和民族主义情绪迅速增长，新军不但失去了拱卫清王朝的功能，而且普遍推行反清革命，成为起义的主力军；三是清军力量比较空虚。四川保路运动的兴起，武昌地区清军的大部分力量西进四川，致使武昌地区清军的力量比较空虚，为这次起义提供了极为有利的机会。

武昌起义后，大江南北、长城内外，到处燃起革命的烈火。1912 年 2 月 12 日，清帝被迫退位。在中国延续了 2 000 多年的封建帝制终于覆灭。

（二）中华民国的建立

1. 中华民国临时政府宣告成立

孙中山由于受到清政府的通缉，多年来流亡在海外，但是，他首创革命，并长期为革命而奔走，在革命党人中已经形成了公认的领袖地位。

1911 年 12 月 25 日，当孙中山风尘仆仆从海外归来后，建立新国家的大计终于落定，经过激烈的讨论，决定临时政府采用总统制，不设总理，12 月 29 日，在南京的 14 省代表开会，正式选举临时大总统，孙中山当选为临时大总统。1912 年 1 月 1 日，孙中山在南京宣誓就任临时大总统。下令定国号为“中华民国”，以 1912 年为中华民国建元的开始。中华民国宣告正式成立，标志资产阶级民主制度在中华大地诞生了。

南京临时政府是资产阶级革命最重要的成果，也是一个资产阶级共和国性质的革命政权，主要表现在：

第一，从南京临时政府的组成人员来看，除孙中山作为临时大总统拥有统治全国和统率海、陆军之权外，陆军、外交等重要部的总长和所有各部的次长全由革命党人担任。在作为国家立法机关的临时参议院中，同盟会会员也占多数，表明它是一个以资产阶级革命派为主体的政府。从各部总长，次长的情况来看，虽然以革命党人为总长的只有三个部，其他都为立宪派或旧官僚，但是根据同盟会确定的部长取名，次长取实的原则，各部次长中，除海军次长外，全部由革命党人担任，他们都是同盟会的重要骨干人物。

第二，从南京临时政府颁布的各项政策和措施来看，南京临时政府颁布的各项政策和措施，集中代表和反映了民族资产阶级的和愿望，在相当程度上也符合广大中国人民的根本利益。

南京临时政府制定了许多政策和措施，在政治上保护人权，人民有选举、参政的公权和居住、言论、出版、集会、信教的私权；在经济上鼓励发展资本主义工商业，保护私人财产，兴办工厂，矿山、银行和农垦业，奖励华侨回国投资；在文化教育上，要求各种教科书必须符合民主共和的宗旨，清朝时代颁发教科书一律禁用；在新闻出版上，遵循西方资本主义国家的言论自由原则。

第三，《中华民国临时约法》是具有资产阶级共和国宪法性质的法典。1912 年 3 月 11 日，南京临时参议院颁布的《中华民国临时约法》，是中国历史上第一部具有资产阶级共和国宪法性质的法典。

《临时约法》规定,"中华民国之主权,属于国民全体",而"以参议院、临时大总统、国务员、法院行使其统治权"。

《临时约法》规定,增设国务总理,作为政府首脑。内阁辅佐临时大总统,为行政机关,行使行政权;增设法院,行使司法权;参议院为立法机关,行使立法权,参议院还有弹劾大总统和国务员的权利。

《临时约法》还规定,中华民国国民一律平等,享有人身、财产、集会、结社、出版、言论等自由,享有请愿、陈述、考试、选举与被选举等民主权利。

这样,《临时约法》就以根本大法的形式废除了 2 000 多年来的封建君主专制制度,确认了资产阶级共和国的政治制度。

南京临时政府也有它的局限性。例如在南京临时政府的《告友邦书》中,就企图用承认清政府与列强所订的一切不平等条约和一切外债,来换取列强承认中华民国。南京临时政府也没有提出任何可以满足农民土地要求的政策和措施,反而以保护私有财产为借口,去维护封建土地制度以及官僚、地主所占有的土地和财产。

2. 辛亥革命的历史意义

辛亥革命是资产阶级领导的以反对君主专制制度、建立资产阶级共和国为目的的革命,是一次比较完全意义上的资产阶级民主革命。在近代历史上,辛亥革命是中国人民为救亡图存、振兴中华而奋起革命的一个里程碑,它使中国发生了历史性的巨变,具有伟大的历史意义。

第一,推翻了清王朝的统治,给予外国侵略者和本国封建势力以沉重的打击。辛亥革命推翻了封建势力的政治代表、帝国主义在中国的代理人——清王朝的统治,沉重打击了中外反动势力,使中国反动统治者在政治上乱了阵脚。在这以后,帝国主义和封建势力在中国再也不能建立起比较稳定的统治,从而为中国人民斗争的发展开辟了道路。

第二,结束了在中国延续了 2 000 多年的封建君主专制制度,确立了共和政体。辛亥革命结束了统治中国 2 000 多年的封建君王专制制度,建立了中国历史上第一个资产阶级共和政府,使民主共和的观念开始深入人心,并在中国形成了"敢有帝制自为者,天下共击之"的民主主义观念。正因为如此,当袁世凯、张勋先后复辟帝制时,均受到了社会舆论的强烈谴责和人民群众的坚决反抗。

第三,使人民在思想上得到了一次大解放。辛亥革命给人们带来一次思想上的解放。自古以来,皇帝被看作是至高无上、神圣不可侵犯的绝对权威,如今连皇帝都可以被打倒,那么还有什么陈腐的东西不可以被怀疑、不可以被抛弃?辛亥革命激发了人民的爱国热情和民族觉醒,打开了思想进步的闸门。

第四,冲破了封建主义的束缚,推动了中国民族资本主义的发展。辛亥革命促使社会经济、思想习惯和社会风俗等方面发生了新的积极变化。南京临时政府成立后,以振兴实业为目标,设立实业部,先后颁布了一系列有利于工商业发展的政策和措施,以推动民族资本主义经济的发展,使随后的几年成了资本主义发展的“黄金时代”。革命政府还提倡社会新风,扫除旧时代的“风俗之害”。如:以公元纪年,改用公历;下级官吏见上级官吏不再行跪拜礼;男子以“先生”、“君”的互称取代“老爷”等的称呼;男子剪辫、女子放足之风迅速席卷全国等。这些变化不仅改变了社会风气,也有助于人们的精神解放。

第五,推动了亚洲各国民族解放运动的高涨。辛亥革命不仅在一定程度上打击了帝国主义的侵略势力,而且推动了亚洲各国民族解放运动的高涨。列宁指出:“中国人民的革命斗争具有世界意义,因为它将给亚洲带来解放并将破坏欧洲资产阶级的统治。”

三、辛亥革命的失败

辛亥革命有它胜利的地方,也有它失败的地方。辛亥革命失败后的几年里,中国社会交织着帝制与共和、独裁与民主、复辟与反复辟的激烈斗争。

(一)封建军阀专制统治的形成

1. 南京临时政府出现危机

一是在外交上,没有取得列强的承认。帝国主义列强调动军舰在长江游弋,为袁世凯助威,并攻击孙中山“缺乏管理国家的经验”。二是经济困窘,几乎寸步难行;三是在革命党人内部,意见不统一;在革命高潮中附从革命的立宪派、旧官僚等则从内部施加压力,大造大总统职位“非袁莫属”的舆论,力主袁世凯上台,以便早日结束革命。一些革命党人甚至也主张只要袁世凯能逼清帝退位,就应该让他当大总统。四是袁世凯在帝国主义支持下,威胁要武力讨伐。

2. 孙中山的抗争失利

面对中外反动势力的压力和革命党人内部的妥协倾向,在这种情况下,孙中山不得不表示只要清帝退位、袁世凯宣布拥护共和,就可以把临时大总统的职位让给他。

袁世凯随后加紧“逼宫”。1912 年 2 月 12 日,清帝退位。第二天,袁世凯致电临时政府,宣布“共和为最良国体”。同日,孙中山向参议院提出辞职咨文,但附以南京为首都、总统在南京就职、遵守约法三个条件,力图以此制约袁世凯。

3. 袁世凯玩弄两面手段窃国，辛亥革命流产

袁世凯不肯离开北京老巢，指使部下发动“兵变”，西方列强也调兵进京配合，以迫使革命派让步，革命派再次妥协。3月10日，袁世凯在北京就任临时大总统。4月1日，孙中山正式卸去临时大总统职务。随后，临时参议院议决将临时政府迁往北京。

以袁世凯为首的北洋军阀，是中国近现代史上怪胎，它本质上有浓厚的封建性和买办性，但却打着中华民国的招牌。袁世凯独裁统治为什么能够建立起来呢？主要原因是：

（1）帝国主义大力扶持和帮助；（2）国内大地主、大资产阶级竭力支持；（3）立宪派的大力支持；（4）资产阶级革命派的软弱与妥协；（5）袁世凯有相当的军事政治实力。

（二）封建军阀的专制统治

袁世凯窃夺辛亥革命的果实之后，建立了代表大地主和买办资产阶级利益的北洋军阀反动政权。

1. 在政治上，北洋政府实行军阀官僚的专制统治

（1）建立军事官僚机构。袁世凯当上临时大总统后，全力恢复清朝遗留下来的军事官僚机构，建立特殊的警察机构，大力扩充军队，建立特务、警察系统。他们制定《暂时新刑律》、《戒严法》等一系列反动法令，剥夺《临时约法》规定给予人民的言论、出版、集会、结社等各种政治权利，任意逮捕、杀害革命党人和无辜民众。

（2）暗杀宋教仁，镇压“二次革命”。1912年国民党在第一届国会选举中获得了多数席位。国民党领袖宋教仁希望由此组织以他为首的责任内阁，在中国推行资产阶级议会民主制度。1913年3月，袁世凯指使心腹收买刺客暗杀了宋教仁。7月至9月，又以武力镇压了南方7省国民党人的“二次革命”。

（3）逼选总统，解散国会。1913年10月，在总统选举中，袁世凯指使军警、流氓包围国会，强迫议员投票选举他为正式大总统。接着，他又撕下“拥护共和”的假面目，于1913年11月下令解散国民党，收缴国民党议员的国会证书、徽章，使国会不足法定人数，无法开会。1914年1月，他又停止参议院、众议院两院议员的职务，遣散议员。

（4）修改《临时约法》，走向独裁。5月，袁世凯公然撕毁《临时约法》，炮制了一个《中华民国约法》，用总统制取代内阁制。不久，他又通过修改《总统选举法》，使大总统不仅可以无限期连任，而且可以推荐继承人。中华民国只剩下一块空招牌了。

（5）投靠帝国主义。袁世凯统治时期，未经国会同意，与列强签订“善后大借款”合同，用盐税作抵押，使列强实现了控制和监督中国财政的愿望。1915年5月，为了让日本支持复辟帝制，他竟然基本接受日本提出的严重损害中国权益的“二十一条”要求。皖系军阀段祺瑞控制北京政府时，也投靠日本，向日本借款扩充自己的势力，准备武

力统一中国,其中“西原借款”前后共 8 项,总数达 1.45 亿日元。这些借款以东北金矿、森林,东北、山东铁路,国家烟酒专卖利润等为担保,便利了日本进一步掠夺中国的矿产资源和其他原料。

(6)复辟封建帝制。为了达到专制独裁的目的,军阀们公然进行帝制复辟活动。1915 年 12 月,袁世凯发表接受帝位申令,下令以 1916 年为“中华帝国洪宪元年”,准备在元旦举行“登极”大典。

2. 在经济上,竭力维护帝国主义、地主阶级和买办资产阶级的利益

军阀、官僚本身就是大地主,他们还以各种手段兼并土地。袁世凯在河南彰德等县占有的土地就有 4 万多亩,奉系军阀张作霖在东北占地 150 万亩。许多自耕农和半自耕农陷入破产和丧失土地的境地,变成佃农和雇农。北洋政府还通过“清丈地亩”、征收各种苛捐杂税等手段,对农民进行敲骨吸髓的压榨。

军阀与官僚还借助于政治势力,组成官僚买办资本集团,操纵、垄断财政金融和工业、运输业。

3. 在文化思想方面,尊孔复古思潮猖獗一时

在文化思想方面,尊孔复古思潮猖獗一时。1913 年 6 月,袁世凯向全国发布《通令尊崇孔圣文》。不久,又命令全国恢复祀孔、祭孔典礼,恢复跪拜礼节,中、小学恢复尊孔读经。一些帝国主义分子也鼓吹孔教是“中国独一无二之根本”,只有尊孔才能避免“人人之心皆为革命所颠倒”。

总之,北洋军阀政府从政治上、经济上和文化思想上对辛亥革命进行了全面的反攻倒算,中国重新落入了黑暗的深渊。孙中山本人沉痛地说过,当时中国“政治上社会上种种黑暗腐败比前清尤盛,人民困苦日甚一日”。资产阶级革命派在中国建立一个独立、民主的资产阶级共和国的梦想破灭了。

四、旧民主主义革命的终结

(一)挽救共和的努力及其受挫

1. 孙中山发动“二次革命”

孙中山起初也一度受到袁世凯的欺骗,表示“十年不预政治”,以修铁路、发展实业为己任。1913 年宋教仁被刺后,他开始看清了袁世凯的真面目,毅然发动武装反袁的“二次革命”。由于北洋军阀在军事上占绝对优势,而国民党方面缺乏兵力和财力,内部意见又不一致,结果只坚持了两个月就失败了。

1914 年,孙中山在日本组织中华革命党,坚持反袁武装斗争。由于中华革命党提不出能够动员群众的革命纲领,入党者又必须宣誓绝对服从孙中山个人,带有强烈的

宗派性，严重脱离群众，因而参加的人数很少，社会影响不大。

2. 蔡锷发动“护国运动”

1915年12月25日，即袁世凯准备“登极”前一周，蔡锷等在云南组织“护国军”，宣布独立，很快形成席卷半个中国的护国运动。次年3月，袁世凯在全国人民的反对声中被迫取消帝制，不久忧惧而死。

3. 孙中山举起“护法”旗帜

皖系军阀头子段祺瑞掌握北洋政府后，变本加厉地推行独裁卖国的反动统治，拒绝恢复《临时约法》和国会。在这种局面下，孙中山举起了“护法”的旗帜。1917年9月，在广州成立以孙中山为大元帅的护法军政府，并出师北伐。不久，西南军阀与直系军阀勾结，擅自实行停战，并且排挤孙中山，改组军政府。1918年5月21日，孙中山愤然离开广州去上海。

但是，孙中山并没有找到中国的真正出路。应当说，护法运动的失败不仅是孙中山个人的失败，也标志着整个中国民族资产阶级领导的旧民主主义革命的终结。它表明，中国的旧民主主义革命已经陷入绝境，中国民族资产阶级再也不能领导中国革命前进了。

（二）辛亥革命失败的原因和教训

毛泽东指出，辛亥革命“有它胜利的地方，也有它失败的地方。你们看，辛亥革命把皇帝赶跑，这不是胜利了吗?说它失败，是说辛亥革命只把一个皇帝赶跑，中国仍旧在帝国主义和封建主义的压迫之下，反帝反封建的革命任务并没有完成”。历史一再证明，软弱的民族资产阶级已经没有能力领导中国革命，中国资产阶级旧民主革命已经走向绝境，资产阶级共和国发展方案不能救中国。中国民族资产阶级为什么不能领导中国革命取得胜利?

1. 客观上，中外反动势力联合镇压革命

从客观上说，辛亥革命发生于帝国主义时代，而帝国主义决不容许中国建立一个独立、富强的资产阶级共和国，从而使自己失去这个占世界人口1/4的剥削、奴役的对象。因此，它们用政治、外交、军事、经济、财政等各种手段来破坏、干涉中国革命，扶植并支持它们的代理人袁世凯夺取政权。帝国主义与以袁世凯为代表的大地主大买办势力以及旧官僚、立宪派一起勾结起来，从外部和内部绞杀了这场革命。

2. 主观上，资产阶级革命派本身存在许多弱点和错误

从主观方面来说，这场革命失败的根本原因，在于它的领导者资产阶级革命派本身存在着许多弱点和错误。主要是：

(1)没有提出彻底的反帝反封建的革命纲领。他们没有明确提出反帝的口号，甚

至幻想以妥协退让来换取帝国主义对中国革命的承认和支持。他们只强调反满和建立共和政体，并没有认识到必须反对整个封建统治阶级，致使一些汉族旧官僚、旧军官也混入革命的营垒。受当时政治局势的左右和妥协退让思想的支配，革命党人最后甚至还把政权拱手让给了袁世凯。

(2)不能充分发动和依靠人民群众。由于中国民族资产阶级同封建势力有千丝万缕的联系，因而不敢依靠反封建的主力军农民群众。在革命的过程中，资产阶级革命派虽然也曾经联合新军和会党，从而在一定程度上动员了群众的力量，但在清政府被推翻之后，他们便把群众抛弃了。他们不但不去领导农民进行反封建的斗争，反而指责农民"行为越轨"，并派兵加以镇压。"国民革命需要一个大的农村变动。辛亥革命没有这个变动，所以失败了"。

(3)不能建立坚强的革命政党。作为团结一切革命力量的强有力的核心，同盟会内部的组织比较松散，派系纷杂，缺乏一个统一和稳定的领导核心，甚至有人主张"革命军起，革命党消"，有的还另建党派，自立山头。孙中山指出：辛亥革命之所以失败，"非袁氏兵力之强，乃同党人心之涣散"。

资产阶级革命派的这些弱点、错误，根源于中国民族资产阶级的软弱性和妥协性。正因为如此，辛亥革命仅仅赶跑了一个皇帝，却没有能够改变封建主义和军阀官僚政治的统治基础，无法完成反帝反封建的根本任务。辛亥革命的失败表明，资产阶级共和国的方案没有能够救中国，先进的中国人需要进行新的探索，为中国谋求新的出路。

同步练习

一、单项选择题

1. 1904年至1905年，日、俄两国为争夺在华利益爆发战争的中国地方是 ( )
   A. 东北　B. 华北　C. 西北　D. 华南
2. 在日俄战争期间，派兵侵入中国西藏地区的国家是 ( )
   A. 美国　B. 英国　C. 德国　D. 法国
3. 1906年清政府宣布"预备仿行宪政"，颁布《钦定宪法大纲》的时间是 ( )
   A. 1906年　B. 1908年　C. 1909年　D. 1911年
4. 1894年，孙中山在美国的檀香山创立了中国第一个革命团体是 ( )
   A. 光复会　B. 同盟会　C. 兴中会　D. 华兴会
5. 1903年，发表了《驳康有为论革命书》的著名革命思想家是 ( )

A. 孙中山　　B. 邹容　　C. 章炳麟　　D. 陈天华

6. 1906 年至 1907 年，革命派与立宪派论战的舆论主阵地是　　(　　)

A.《中国日报》　　B.《民报》　　C.《游学译编》　　D.《中兴日报》

7. 1905 年至 1907 年，改良派与革命派展开论战，改良派舆论主阵地是　　(　　)

A.《新民丛报》　　B.《民报》　　C.《万国公报》　　D.《中外日报》

8. 邹容于 1903 年所写的宣传革命思想的著作是　　(　　)

A.《猛回头》　　B.《警世钟》　　C.《新湖南》　　D.《革命军》

9. 三民主义的核心是　　(　　)

A. 民生主义　　B. 民族主义　　C. 民权主义　　D. 民粹主义

10. 辛亥革命的导火线是　　(　　)

A. 黄花岗起义　　B. 成都血案　　C. 保路运动　　D. 抵制美货运动

11. 武昌起义胜利后，被革命党人拥戴为湖北军政府都督的是　　(　　)

A. 袁世凯　　B. 孙中山　　C. 黎元洪　　D. 黄兴

12. 1915 年 12 月 25 日，在云南组织护国军，宣布独立的领导人是　　(　　)

A. 唐继尧　　B. 陆荣廷　　C. 蔡锷　　D. 孙中山

13. 1917 年 6 月，拥废帝溥仪复辟的辫子军首领是　　(　　)

A. 康有为　　B. 冯国璋　　C. 段棋瑞　　D. 张勋

14. 1914 年 7 月，孙中山在日本东京组建的革命组织是　　(　　)

A. 进步党　　B. 中华革命党　　C. 同盟会　　D. 中国国民党

15. 灭亡中国的“二十一条”是 1915 年袁世凯与(　　)签订的

A. 美国　　B. 英国　　C. 日本　　D. 俄国

16. 1913 年 3 月 20 日，袁世凯指使暴徒在上海车站刺杀了国民党领袖　　(　　)

A. 唐绍仪　　B. 宋教仁　　C. 黄兴　　D. 胡汉民

17. 20 世纪第一次深刻的社会变革是　　(　　)

A.《辛丑条约》签订　　B. 废除科举　　C. 预备立宪　　D. 辛亥革命

18.《驳康有为论革命书》的作者是　　(　　)

A. 陈天华　　B. 孙中山　　C.章太炎　　D. 汪精卫

二、多项选择题

1. 辛亥革命爆发的历史条件包括　　(　　)

A. 民族危机加剧　　B. 社会矛盾激化

C. 清政府的新政及其破产　　D. 资产阶级及其知识分子力量的壮大

2. 20 世纪初，由资产阶级领导的爱国运动影响较大的有 （ ）

A. 拒俄运动 B. 保路运动 C. 抵制美货运动 D. 收回利权运动

3. 辛亥革命中，涌现出一批杰出的民主革命的思想家和宣传家，他们主要是 （ ）

A. 章炳麟 B. 邹容 C. 陈天华 D. 孙中山

4. 下列革命组织由孙中山组建和领导的组织是 （ ）

A. 光复会 B. 同盟会 C. 兴中会 D. 中华革命党

5. 20 世纪初陈天华写的宣传资产阶级民主革命思想的著作是 （ ）

A.《猛回头》 B.《革命军》 C.《警世钟》 D.《驳康有为论革命书》

6. 20 世纪初资产阶级革命派和改良派展开了论战，他们围绕的论战主题 （ ）

A. 要不要以革命手段推翻清王朝 B. 要不要推翻帝制实行共和

C. 要不要进行社会革命 D. 要不要反对外国干涉

7. 下列军阀中属于北洋军阀系统是 （ ）

A. 以段棋瑞为首的皖系军阀 B. 以冯国璋为首的直系军阀

C. 以张作霖为首的奉系军阀 D. 以阎锡山为首的晋系军阀

8. 下列针对袁世凯的政治运动是 （ ）

A. 二次革命 B. 护国运动 C. 护法战争 D. 辛亥革命

9. 下列革命运动中由孙中山等资产阶级革命派领导的革命活动是 （ ）

A. 辛亥革命 B. 护国运动 C. 护法战争 D. 二次革命

10.《中华民国临时约法》规定由（ ）行使统治权

A. 参议院 B. 临时大总统 C. 国务员 D. 法院

11. 1912 年参与南京临时政府组成的官员派别有 （ ）

A. 革命派 B. 立宪派 C. 原清朝反正官员 D. 旧军官

12. 孙中山所设计的资产阶级共和国方案，在中国近代思想史上占有重要地位，主要体现在以下几个方面 （ ）

A. 冲破了几千年的专制体制束缚，提供了一个崭新的国家模式

B. 以“天下为公”思想冲破了封建等级观念

C. 追求民主的政治理想，给未来的国家发展指明了方向

D. 吸收西方政治思想的精华，传播民主观念

三、简答题

1. 简述清末新政的内容及其影响。

2. 简述《中华民国临时约法》的内容。

3. 简述辛亥革命时期革命派与改良派论战。

4. 辛亥革命后袁世凯的专制统治主要表现在哪几个方面?

5. 简评孙中山领导的辛亥革命引起的近代中国的历史性巨大变化。

四、论述题

1. 评述中华民国南京临时政府是具有资产阶级民主共和国性质的革命政府?

2. 试述三民主义的内容及其评价。

3. 辛亥革命失败的原因及教训是什么?

五、材料分析题

阅读材料,然后回答问题。

材料1 人能尽其才,地能尽其利,物能尽其用,货能畅其流——此四事者,富强之大经。治国之大本也。……试观日本一国,与西人通商后于我,仿效西方亦后于我,其维新之政为日几何,而今日成效已大有可观……

孙中山:《上李鸿章书》(1894年6月)

材料2 "革命为唯一法门。""我们必须倾覆满洲政府,建设民国。革命成功之日……废除专制,实行共和。"

孙中山:《在檀香山正埠荷梯厘街戏院的演说》(1903年12月13日)

材料3 这十三年来,政治上、社会上种种黑暗腐败比前清更甚,人民困苦,日甚一日……俄国虽迟我六年革命,而已成功;我虽早六年革命,而仍失败。

孙中山:《中国之现状与国民党改组问题》(1924年1月)

(1)据材料1分析孙中山上书李鸿章的目的是什么?日本"维新之政""大有可观"的成就主要有哪些?

(2)材料2与材料1相比,就改造中国的方法与目的而言,1903年孙中山的思想有了哪两个显著的变化?

(3)据材料3说明造成辛亥革命后13年中国政治、社会黑暗腐败的主要原因是什么?俄国革命和当时的中国革命有什么本质区别?

参考答案

一、单项选择题

1. A 2. B 3. B 4. C 5. C 6. B 7. A 8. D 9. C 10. C 11. C 12. C 13.

D 14. B 15.C 16.B 17. D 18.C

二、多项选择题

1. ABCD 2. ABCD 3. ABCD 4. BCD 5. AC 6. ABC 7. ABC 8. AB 9. ACD 10. ABCD 11. ABCD 12. ABCD

三、简答题

1. **[答案要点]** 为了继续取得帝国主义的扶植，安抚统治阶级内部各派系和资产阶级上层人物并欺骗人民，1901 年 4 月，清政府成立督办政务处，逐步推出各项新政，主要包括以下几方面：第一，改革官制，整顿吏治。第二，编练新军，举办警政。第三，废科举，兴学堂，倡留学。第四，振兴商务，奖励实业。此外，清政府还发布了禁缠足、禁鸦片、废酷刑以及允许满汉通婚等命令。清末新政没有实现统治阶级挽救大清的目的，但某些措施客观上有利于中国向现代社会的转型。

2. **[答案要点]** 1912 年 3 月，临时参议院颁布《中华民国临时约法》。这是中国历史上第一部具有资产阶级共和国宪法性质的法典。

《临时约法》规定，"中华民国之主权，属于国民全体"，而"以参议院、临时大总统、国务院、法院行使其统治权"。

《临时约法》规定，增设国务总理，作为政府首脑。内阁辅佐临时大总统，为行政机关，行使行政权；增设法院，行使司法权；参议院为立法机关，行使立法权，参议院还有弹劾大总统和国务员的权利。

《临时约法》还规定，中华民国国民一律平等，享有人身、财产、集会、结社、出版、言论等自由，享有请愿、陈述、考试、选举与被选举等民主权利。

《临时约法》以根本大法的形式废除了 2 000 多年来的封建君主专制制度，确认了资产阶级共和国的政治制度。

3. **[答案要点]** 1905 年至 1907 年间，围绕中国究竟是采用革命手段还是改良方式这个问题，革命派与改良派各自分别以《民报》、《新民丛刊》为主要阵地，展开一场大论战。其内容是：

第一，要不要以革命手段推翻清王朝。这是关于民族革命的争论。改良派说，革命会引起下层社会暴乱，招致外国的干涉、瓜分，使中国"流血成河"、"亡国灭种"。革命派针锋相对地指出，只有革命，才能"免瓜分之祸"，获得民族独立和社会进步。

第二，要不要推翻帝制，实行共和。这是关于民权革命的争论。改良派认为，中国"国民恶劣"、"智力低下"，没有实行民主共和政治的能力，只能实行君主立宪。革命派认为民主共和是大势所趋，人心所向。只有“兴民权，改民主”，才是中国的唯一出路。

第三，要不要社会革命。这是关于民生主义的争论。改良派反对土地国有、反对平均地权。他们认为中国社会经济组织优良，土地问题不是中国最重要的问题，不需要进行社会革命。革命派强调，当时的中国存在着严重的“地权失平”的现象，必须通过平均地权以实现土地国有，在进行政治革命的同时实现社会革命，才能避免贫富不均等社会问题的出现。

这场论战具有重大的意义。通过这场论战，划清了革命与改良的界限，传播了民主革命思想，促进了革命形势的发展，为即将到来的资产阶级革命高潮作了必要的舆论准备和思想准备。

在这场论战中，也暴露了革命派在思想理论方面的弱点。革命派不敢正面提出反帝的口号，而是希望通过“有秩序的革命”来避免动乱和帝国主义的干涉。他们所说的“国民”，主要还是指资产阶级及其知识分子，而不是广大的劳动群众。

4. **[答案要点]** 在政治上，北洋政府实行军阀官僚的专制统治。以袁世凯为首的封建军阀们大力扩充军队，建立特务、警察系统。他们制定反动法令，剥夺人民的各种政治权利，任意逮捕、杀害革命党人和无辜民众。

在经济上，北洋政府竭力维护帝国主义、地主阶级和买办资产阶级的利益。他们兼并土地，操纵、垄断财政金融和工业、运输业。

在文化思想方面，恢复尊孔读经。

总之，北洋军阀政府从政治上、经济上和文化思想上对辛亥革命进行了全面的反攻倒算。中国重新落入了黑暗的深渊。

5. **[答案要点]** 辛亥革命是资产阶级领导的以反对君主专制制度、建立资产阶级共和国为目的的革命，是一次比较完全意义上的资产阶级民主革命。在近代史上，辛亥革命是中国人民为救亡图存、振兴中华而奋起革命的一个里程碑，它使中国发生了历史性的巨变，具有伟大的历史意义。

第一，辛亥革命推翻了清王朝的统治，沉重打击了中外反动势力。

第二，辛亥革命结束了统治中国两千多年的封建君主专制制度，建立了中国历史上第一个资产阶级共和政府，使民主共和观念开始深入人心。

第三，辛亥革命给人们带来了一次思想上的解放。

第四，辛亥革命促使社会经济、思想习惯和社会风俗等方面发生了新的积极变化。

第五，辛亥革命不仅在一定程度上打击了帝国主义的侵略势力，而且推动了亚洲各国民族解放运动的高涨。

四、论述题

1. [答案要点] 南京临时政府是具有资产阶级民主共和国性质的革命政府其原因有三方面：

第一，从阶级属性上看，这个政权的实权要职主要掌握在以孙中山为首的资产阶级革命民主派手里。

第二，从施政实践上看，这个政权制定和实行了一系列力图贯彻三民主义，集中代表资产阶级革命利益的方针、政策、法令。制定颁布了具有资产阶级民主共和国宪法性质的《中华民国临时约法》。

第三，从这个政府的组织形式上看，它设有总统、副总统、国务员及临时参议院等一整套资产阶级民主共和国的组织领导机构和政治体制。总之，从内容到形式，都说明南京临时政府是具有资产阶级民主共和国性质的革命政府。

2. [答案要点] 1905 年 11 月，同盟会机关报《民报》创刊。孙中山在《民报》发刊词中，将同盟会的十六字纲领概括为民族、民权、民生三大主义，简称三民主义。

民族主义，包括“驱除鞑虏，恢复中华”两项内容，即进行民族革命，推翻以满洲贵族为首的清政府，解除国内民族压迫。

民权主义，是指“创立民国”，即进行政治革命，推翻封建君主专制主义统治，建立资产阶级民主共和国，这是孙中山三民主义思想的核心。

民生主义，是指“平均地权”，即进行社会革命，其核心是解决土地问题。主要是用以反封建土地所有制，实现资本主义的土地国有制。

孙中山的三民主义，是中国旧民主主义革命时期比较完整的资产阶级民主革命纲领。它表达了民族资产阶级、小资产阶级在政治上和经济上的革命要求，反映了中国人民争取民族解放和民主权利的迫切愿望，因而成为资产阶级革命派的战斗旗帜，成为动员和鼓舞广大群众起来推翻清王朝，建立资产阶级民主共和国有力的思想武器。

但是，三民主义并不是一个彻底反帝反封建的纲领。它主张民族主义，但却不敢明确提出反对帝国主义的口号；它主张民权主义，但又不敢依靠广大的工农群众；它主张民生主义，却又缺乏使农民获得土地的内容。同盟会纲领中的这些弱点，反映了中国资产阶级的软弱性和妥协性。

3. [答案要点] 辛亥革命失败的原因有：

从客观上说，反革命力量的强大。帝国主义用政治、外交、军事、经济、财政等各种手段来破坏和干涉中国革命，扶植并支持他们的代理人袁世凯夺取政权。帝国主义与袁世凯为代表的大地主大买办势力以及旧官僚、立宪派一起勾结起来，从外部和内部绞杀了这场革命。

从主观方面来说，这场革命失败的根本原因在于它的领导者资产阶级革命派本身存在着许多弱点和错误。主要是:第一,没有提出彻底的反帝反封建的革命纲领。第二,不能充分发动和依靠人民群众。第三,不能建立坚强的革命政党作为团结一切革命力量的强有力的核心。

辛亥革命的失败说明：

第一，资产阶级革命派的弱点和错误根源于中国民族资产阶级的软弱性和妥协性。正因为如此,辛亥革命仅仅赶跑了一个皇帝,却没有能够改变封建主义和军阀官僚政治的统治基础,无法完成反帝反封建的根本任务。

第二，资产阶级共和国的方案没有能够救中国，先进的中国人需要进行新的探索,为中国谋求新的出路。

五、材料分析题

[答案要点] (1)上书李鸿章的目的:希望通过李鸿章,促进清政府变法维新,使中国走上富强之路(或达到国家富强的目的)。日本"维新之政""大有可观"的成就有:使日本走上了资本主义道路,挽救了民族危机。

(2)孙中山思想的两个显著变化是: ①方法:以前采用温和的改革(或用"改良"的办法),以后主张革命;②目的:以前没有建立新的政治制度的主张,以后主张建立共和国。

(3)主要原因:封建军阀统治,帝国主义压榨。本质区别:前者是无产阶级革命;后者是资产阶级革命。

第四章　开天辟地的大事变

学习目标

通过本章学习，了解先进的中国人选择马克思主义的探索历程，领会五四运动是中国新民主主义革命的开端和中国共产党产生的历史必然性，掌握中国共产党产生后对中国革命的影响。

学习要点

一、新文化运动和五四运动

（一）北洋军阀的统治

北洋军阀是在清朝末年由袁世凯建立起来的封建的买办的反动政治武装集团。他们以地主阶级和买办资产阶级作为自己的主要社会支柱，以外国帝国主义作为自己的主要靠山。许多军阀本身就是大地主，并直接经营一些官僚资本企业。

袁世凯当权时，北洋政府统治下的中国在形式上是统一的。在 1916 年袁称帝败亡之后，连这种形式上的统一也维持不住了，中国陷入了军阀割据的局面。这种局面之所以形成，其深刻的原因，一方面是由于中国主要是地方性的农业经济而没有形成统一的资本主义经济市场，另一方面是由于帝国主义国家在中国采取划分势力范围的分裂剥削政策。这些割据称雄的各派系军阀之间，或者为了争夺中央政权，或者为了保持与扩大自己的地盘，进行连年不断的纷争，引发了多次的战乱。

（二）新文化运动与思想解放的潮流

1. 新文化运动的兴起

中国人向西方寻求真理的路径：

器物层面：地主阶级先进分子——师夷长技以制夷（地主阶级改革派），中学为体，西学为用（地主阶级洋务派）；制度层面：资产阶级改良派维新运动——君主立宪制，资产阶级革命派武装起义——民主共和制；文化层面（观念形态的革命）：新文化运动——民主和科学，该运动是从 1915 年 9 月陈独秀在上海创办《青年》杂志（后改名《新青年》)开始的。

2. 新文化运动的基本口号和基本内容

(1)基本口号:民主与科学。当时提倡的民主,一是指(资产阶级)民主(主义)精神和民主(主义)思想;二是指资产阶级民主政治制度。当时提倡的科学:一是自然科学;二是社会科学。

(2)基本内容:提倡民主,反对独裁专制;提倡科学,反对迷信盲从;提倡新道德,反对旧道德;提倡新文学,反对旧文学。

3. 五四前新文化运动的意义与局限

(1)意义:第一,抨击了封建主义旧文化,动摇了北洋军阀反动统治的基础;第二,掀起一场前所未有的思想启蒙和解放运动;第三,客观上为马克思主义在中国的传播创造了有利条件。

(2)局限:首先,提倡资产阶级民主主义并不能为人们提供有效地改造中国社会的思想武器;其次,在思想认识上,把改造国民性置于优先的地位,没有揭示根本改造中国当时基本社会制度的必要性;最后,在思想方法上,存在形式主义看问题的偏向。

4. 新文化运动阵营的分化

新文化运动的左翼分子之所以对资本主义开始持怀疑态度,因为:第一,资本主义制度的内在矛盾已经比较充分地暴露出来;第二,第一次世界大战以极端的形式进一步暴露了资本主义制度固有的不可克服的矛盾。1918 年梁启超考察欧洲后说:"全社会人心都陷入怀疑沉闷畏惧之中,好像失了罗针的海船,遇着风,遇着雾,不知前途怎生是好。"李大钊讲到:"此次战争,使欧洲文明之权威大生疑念,欧人自己亦对其文明之真价,不得不加以反省。"第三,中国人学习西方屡遭失败的教训使他们对资产阶级共和国方案在中国的可行性产生了极大疑问。

(三)十月革命与马克思主义在中国的传播

十月革命推动中国先进分子经过比较、探求,选择了马克思主义。

第一,十月革命使中国人认识到经济文化落后的国家也可以用社会主义思想指导自己走向解放。第二,新生的俄国号召反对帝国主义并以平等的态度对待中国,有力地推动了社会主义思想在中国的传播。第三,十月革命中俄国工人、农民和士兵群众的广泛发动并赢得胜利的事实给予中国的先进分子以新的革命方法的启示。在中国大地上率先举起马克思主义思想旗帜的,是李大钊。第四,中国先进分子选择马克思主义有特定国际环境的双向作用:一是第一次世界大战与中国人对资本主义方案的怀疑、抛弃;二是更直接作用的是作为马克思主义实践成果的俄国十月革命的胜利。第五,同时,又具有反帝反封建的双重诉求:从内部看,封建的政治、经济和文化已成为当时中国社会发展的巨大障碍；从外部来看，帝国主义对中国的鲸吞蚕食，使救亡图存成为中国振兴、自强的先决条件。

（四）五四运动：新民主主义革命的开端

1. 五四运动的爆发

（1）时代背景和社会历史条件：一是工人阶级、学生等新的社会力量有了成长、壮大；二是新文化运动掀起思想解放的潮流，具有初步共产主义思想的知识分子开始产生；三是俄国十月革命对中国革命的影响。

（2）导火索：巴黎和会中国外交的失败。

2. 五四运动的历史特点（意义）

第一，表现了反帝反封建的彻底性。一是指斗争的坚决性、不妥协性。二是指从感性的排外上升为理性地认识到帝国主义的内部和外部的各种矛盾，帝国主义和中国封建买办势力勾结共同压榨中国人民的实质。第二，是一次真正的群众运动。第三，促进了马克思主义在中国的传播及其与中国工人运动的结合，为中国共产党的成立作了思想上和干部上的准备。

正因为五四运动具备了上述新的历史特点，它也成了中国革命的新阶段即新民主主义革命阶段的开端。

二、马克思主义进一步传播与中国共产党的诞生

（一）早期马克思主义者的队伍

中国早期信仰马克思主义的人物，主要有三类：

（1）五四前新文化运动的精神领袖，代表人物李大钊、陈独秀；（2）五四爱国运动的左翼骨干，代表为毛泽东、周恩来；（3）部分原中国同盟会会员和辛亥革命时期的活动家，代表为吴玉章、董必武、林祖涵。

（二）早期马克思主义思想运动的特点

（1）重视对马克思主义基本理论的学习，明确地同第二国际的社会民主主义划清界限；（2）注意从中国的实际出发，学习、运用马克思主义理论；（3）开始提出知识分子应当同劳动群众相结合的思想。

（三）新文化运动的新发展

（1）中国先进分子在接受马克思主义之后，并没有抛弃而是继承了五四运动的科学与民主精神。马克思主义的传播，并没有中断或取消五四以前开始的反封建的启蒙工作。五四后的新文化运动赋予民主与科学以新的内涵。民主不再指狭隘的资产阶级民主，而是指多数人的民主、以劳动群众为主体的民主。科学，除自然科学外，就对社

会的研究来说，主要是指马克思主义的科学世界观和社会革命论了；(2)五四后的新文化运动有力地推进了反封建的思想启蒙运动；(3)马克思主义的传播成为五四后新文化运动的主流。马克思主义开始逐步地在思想文化领域发挥指导作用。

因此，五四前的新文化运动是资产阶级旧民主主义性质的文化运动，五四后新文化运动发展成为资产阶级新民主主义性质的文化运动。

(四)马克思主义与中国工人运动的结合

1. 中国共产党的早期组织

1920年8月，上海共产主义小组成立。1920年10月，李大钊、张国焘等在北京成立共产主义小组。此外，在长沙、武汉、广州、济南也成立了共产主义小组。在日本东京、法国巴黎的中国进步留学生也成立类似的组织。

2. 中国共产党早期组织的活动

第一，研究和宣传马克思主义。第二，到工人中去进行宣传和组织工作。第三，进行关于建党问题的讨论和实际组织工作。

3. 中国共产党的成立是近代中国社会发展和革命发展的客观要求

第一，近代中国社会主要矛盾没有解决，革命任务没有完成，革命需要有坚强的领导者和组织者。第二，中国工人阶级的成长壮大和工人运动的发展，为党的产生奠定了阶级基础。第三，马克思主义在中国的广泛传播为党的成立奠定了思想基础。第四，五四运动促成了马克思主义同中国工人运动的结合，为党的成立作了思想上和干部上的准备。第五，建立马克思主义政党来领导中国革命，已经成为中国先进分子的共同要求。国内的上海、北京、武汉、长沙、济南、广州和日本东京、法国巴黎等地具有初步共产主义思想的知识分子都提出了这一要求。

马克思主义同中国工人运动的结合，一方面，使一部分工人在与知识分子接触的过程中，接受了马克思主义的教育，使自己具有了阶级觉悟，从而出现了一批工人阶级的先进分子，例如邓培等；另一方面，使知识分子进一步了解了工人的疾苦，看到了工人阶级的优秀品质，使自己在思想感情上同情工人，知识分子工人化，如俞秀松、李中等。

(五)中国共产党的创建及其历史特点

1. 中国共产党第一次全国代表大会

中国共产党第一次全国代表大会于1921年7月23日在上海法租界望志路106号举行。其间由于会场受到暗探注意和外国巡捕搜查，最后一天的会议改在嘉兴南湖的游船上举行。

大会的贡献：第一，确定党的名称为“中国共产党”。第二，确定党的纲领是：“以无产阶级革命军队推翻资产阶级”,“采用无产阶级专政以达到阶级斗争的目的——消灭阶级”,“废除资本私有制”。第三,确定中心工作是组织工人。鉴于当时的党“几乎完全是由知识分子组成”,大会决定“要特别注意组织工人,以共产主义精神教育他们”。第四,选举产生了由陈独秀、张国焘、李达组成的党的领导机构——中央局,以陈独秀为书记。

这样,党的一大就正式宣告了中国共产党的成立。

2. 中国共产党成立的历史特点和意义

特点:(1)第一,成立于俄国十月革命胜利和第二国际社会民主主义、修正主义破产后,接受的是在帝国主义和无产阶级革命时代发展了的马克思主义,即列宁主义。第二,有一个良好的阶级基础。中国工人阶级身受三重压迫,具有坚强的革命性,在这个阶级中,不存在欧洲那种工人贵族阶层,没有社会改良的基础。第三,中国共产党成立后,立即投入到紧张的轰轰烈烈的革命斗争,中国共产党始终保持作这种实践性的品格。

(2)意义:中国共产党的成立是一个“开天辟地的大事变”,自从有了中国共产党,中国革命的面目就为之一新了,因为中国人民的革命斗争有了新的领导核心;新的指导思想、新的革命纲领、新的斗争策略和革命方法、新的革命前途。

三、中国革命的新局面

(一)制定革命纲领,发动工农运动

1. 制定反帝反封建的民主革命纲领

分清敌友,这是革命的首要问题。1922 年 7 月召开的中国共产党第二次全国代表大会通过对中国社会经济政治状况的分析,科学地阐明了中国社会的半殖民地半封建性质。据此,大会指出,反对帝国主义和封建主义的“民主主义革命运动是极有意义的”。党的最高纲领是实现社会主义、共产主义;它在当前阶段的纲领应当是打倒军阀、推翻国际帝国主义的压迫、统一中国为真正民主共和国。这就第一次提出了反帝反封建的民主革命纲领,为中国人民指明了斗争目标。

2. 发动工农群众开展革命斗争

在中国共产党的领导、组织、推动下,从 1922 年 1 月香港海员罢工到 1923 年 2 月京汉铁路工人罢工,中国工人阶级掀起了第一个罢工斗争的高潮。在 13 个月的时间里,全国发生了包括安源路矿工人罢工、开滦五矿工人罢工等在内的大小罢工 100 余次,参加者在 30 万人以上。

1921 年 9 月,经过共产党人的努力,浙江萧山县衙前村成立了中国第一个农民协

会,开展反抗地主压迫的斗争。

(二)实行国共合作,掀起大革命的高潮

1. 国共合作的形成

"党内合作",即共产党员、青年团员以个人身份加入国民党,把国民党改组成为各革命阶级的联盟,这个主张是共产国际驻中国的代表马林提出来的。1923 年 6 月召开的中国共产党第三次全国代表大会,就国共合作的方针和办法作出了正式的决定。

1924 年 1 月,中国国民党第一次全国代表大会在孙中山主持下在广州举行。大会通过的宣言对三民主义作出了新的解释:在民族主义中突出了反帝的内容,强调对外实行中华民族的独立,同时主张国内各民族一律平等;在民权主义中强调了民主权利应"为一般平民所共有",不应为"少数人所得而私";在民生主义中则提出了"平均地权"和"节制资本"两大原则。孙中山在大会上说:"现在是拿出鲜明反帝国主义的革命纲领,来唤起民众为中国的自由独立而奋斗的时候了!"大会实际上确定了联俄、联共、扶助农工三大革命政策。这样,国民党一大的成功召开,就标志着第一次国共合作的正式形成。

2. 大革命的准备与进行

国共合作的形成,加快了中国革命前进的步伐。1924 年,工人运动开始复兴,农民运动也有了初步开展。国共合作创办了黄埔陆军军官学校,为未来的革命战争准备了军事力量的骨干。1925 年,以五卅运动为起点,掀起了全国范围的大革命风暴。在此基础上,进行了胜利的广东战争,征讨地方军阀陈炯明、邓本殷,统一并巩固了广东革命根据地。全国人民痛恶北洋军阀的黑暗统治,越来把希望寄托在设在广州的国民政府方面。

当时,北洋军阀统治着全国大部分地区。直系军阀吴佩孚控制着湖南、湖北、河南三省和直隶(河北)保定一带,约有兵力 30 万人;由直系分立出来的孙传芳盘踞在江苏、浙江、安徽、江西、福建五省,约有兵力 20 万人;奉系军阀张作霖控制着东北三省、热河、察哈尔、京津地区和山东,约有兵力 30 万人。他们与南方的国民政府相对立,同时彼此之间不断地明争暗斗。

1926 年 7 月,以推翻北洋军阀统治为目的的北伐战争开始。国民革命军在工农群众的支援下,采取各个击破的战略,在不到半年的时间里,先后基本上摧毁了北洋军阀吴佩孚、孙传芳的主力,革命势力发展到了长江流域和黄河流域的大部分地区。"打倒列强,除军阀"的歌声响彻了大江南北、大河上下。随着北伐的胜利进军,中国形成了历史上空前广大的人民解放运动。以湖南为中心,广大农村掀起了大革命的风暴。工人运动迅速高涨。国民政府收回汉口、九江的英租界。上海工人举行三次武装起义。

帝国主义、封建主义的统治从根本上发生了动摇。

1924 年至 1927 年中国反帝反封建的革命，比之以往任何一次革命，包括辛亥革命和五四运动，群众的动员更为广大，斗争的规模更加宏伟，革命的社会内涵更加深刻，因此被称作大革命。

3. 大革命中的中国共产党

中国共产党在大革命中起着独特的、不可代替的作用。没有中国共产党，就不会有这场大革命。

中国共产党的作用具体表现在：第一，提出了反对帝国主义、反对军阀的政治口号；第二，是国共合作的倡导者和国民革命统一战线的组织者；第三，是大革命中工农运动的发动者和组织者；第四，推动了国民革命军的建立和发展，在北伐战争中起着先锋和表率作用。

4. 大革命的意义、失败原因和教训

（1）意义：首先，沉重打击了帝国主义在华势力，基本推翻了北洋军阀的反动统治；其次，教育和锻炼了各革命阶级，为后来中国共产党领导的土地革命战争的开展，奠定了群众基础；再次，提高了中国共产党在全国人民中的政治威望，壮大了共产党及其领导的革命力量；最后，鼓舞和推动了东方各国的民族解放运动，促进了亚洲地区人民的觉醒，阻滞了国际帝国主义在东方扩张的步伐。

（2）失败的原因：第一，帝国主义、军阀以及大地主大资产阶级的联合力量，比刚刚兴起的革命联合力量强大得多，并且有更多的政治经验。第二，革命阵营内部掌握了相当大的领导权（特别是军权）的民族资产阶级右翼背叛革命。第三，工农群众虽然有比较广泛的发动，但是动员和组织的程度还很不充分，力量发展也很不平衡。第四，党还是幼年的党，在统一战线、武装斗争和党的建设三个基本问题上都没有经验，是对于中国的历史状况和社会状况、中国革命的特点、中国革命的规律都懂得不多的党，是对于马克思列宁主义的理论和中国革命的实践还没有完整的、统一的了解的党。第五，大革命后期，中国共产党的领导机关犯了以陈独秀为代表的右倾机会主义错误，不懂得掌握政权和武装的重要性，不善于处理同国民党的关系，企图以妥协让步和束缚工农运动等消极措施拉住即将叛变的同盟者，结果，放弃革命的领导权。第六，共产国际、联共（布）及其驻华代表的错误指挥。

（3）经验教训：第一，中国革命只能走武装夺取政权的道路，党必须建立自己的革命武装；第二，无产阶级在同资产阶级建立统一战线时，必须牢固掌握革命的领导权，并防止资产阶级右翼背叛革命；第三，工农群众是中国革命的主力军，工人阶级必须坚定地依靠工农群众、发动工农群众开展同帝国主义、封建主义和官僚资本主义的斗争；第四，党必须独立自主地把马克思主义同中国革命具体实际相结合，探索适合中国国情的革命道路；第五，党必须加强自身建设，提高马克思主义理论水平，正确认识中国革命的基本问题，贯彻民主集中制原则，加强干部队伍建设和各项制度建设。

同步练习

一、单项选择题

1. 新文化运动的主要阵地之一是《新青年》杂志，其创办者是 （　　）
   A. 蔡元培　　B. 陈独秀　　C. 李大钊　　D. 胡适
2. 1919 年五四运动爆发的导火索是 （　　）
   A. 日本提出灭亡中国的“二十一条”　　B. 民族矛盾和阶级矛盾的日益激化
   C. 十月革命的影响　　D. 巴黎和会上中国政府的外交失败
3. 最能明确地反映五四运动性质的是 （　　）
   A. “外争主权、内除国贼”的口号　　B. 上海工人阶级参加斗争并成为主力
   C. 中国代表拒绝在巴黎和约上签　　D. 马克思主义在中国广泛传播
4. 下列关于五四运动的评价，不确切的是 （　　）
   A. 是中共领导的彻底的反帝反封建革命运动
   B. 中国工人阶级在运动后期发挥了主力军作用
   C. 先进知识分子在运动中起了领导作用
   D. 属于世界无产阶级革命的组成部分
5. 五四运动能够取得初步胜利的最主要的原因在于 （　　）
   A. 青年学生起了先锋作用　　B. 运动后期工人阶级成为主力军
   C. 有马克思主义作指导　　D. 得到了国际工人阶级的支援
6. 五四运动的首期斗争中心在 （　　）
   A. 上海　　B. 北京　　C. 广州　　D. 天津
7. 五四运动以后，新文化运动的主流是 （　　）
   A. 资产阶级思想文化的传播　　B. 民主、平等思想的传播
   C. 资产阶级改良主义的传播　　D. 马克思主义思想的传播
8. 在中国大地上率先举起马克思主义旗帜的是 （　　）
   A. 陈独秀　　B. 毛泽东　　C. 李大钊　　D. 周恩来
9. 中国共产党第一次全国代表大会召开的时间是 （　　）
   A. 1919 年　　B. 1920 年　　C. 1921 年　　D. 1922 年

10. 与李大钊的《我的马克思主义观》成为姐妹篇的《马克思主义》(一称《科学的社会主义》)一文的作者是　(　　)

A. 蔡和森　B. 李达　C. 陈独秀　D. 杨匏安

11. 在马克思主义传播的基础上，各地共产主义小组先后建立起来。中国最早建立的共产主义小组是　(　　)

A. 北京小组　B. 上海小组　C. 武汉小组　D. 长沙小组

12. 1921年7月出席中共一大的长沙代表是　(　　)

A. 李达、李汉俊　B. 毛泽东、李达

C. 毛泽东、何叔衡　D. 毛泽东、董必武

13. 中共一大确立党成立以后的中心任务是　(　　)

A. 开展民主革命　B. 领导农民斗争

C. 建立革命统一战线　D. 组织工人阶级，领导工人运动

14. 中共正确分析了中国的社会性质和革命性质，制定民主革命纲领的大会是　(　　)

A. 中共一大　B. 中共二大　C. 中共四大　D. 中共三大

15. 中国共产党成立以后，为了大力开展工人运动，成立了　(　　)

A. 京汉铁路总工会　B. 上海工商学联合会

C. 中国劳动组合书记部　D. 省港罢工委员会纠察队

16. 中国工人运动第一次高潮的起点是　(　　)

A. 香港海员工人罢工　B. 京汉铁路工人大罢工

C. 广州沙面工人罢工　D. 省港工人大罢工

17. 第一次工人运动高潮的顶点是　(　　)

A. 长辛店工人罢工　B. 京汉铁路工人大罢工

C. 上海工人罢工　D. 安源路矿工人罢工

18. 1923年6月召开的中共三大的中心议题是　(　　)

A. 无产阶级领导权问题　B. 农民同盟军问题

C. 建立革命武装问题　D. 讨论和制定与国民党建立统一战线问题

19. 第一次国共合作正式形成的标志是　(　　)

A. 国民党一大的召开　B. 中共三大的举行

C.《中国国民党改组宣言》的发表　D. 北伐战争的开始

20. 国共两党实现第一次合作的政治基础是　(　　)

A. 三民主义　B. 社会主义　C. 新三民主义　D. 共产党民主革命纲领

21. 新旧三民主义比较，新三民主义增加的最重要的内容是　(　　)

A. 创立民国　　B. 节制资本　　C. 反对满清政府　　D. 反帝内容

22. 1924 年到 1927 年 7 月,中国国民党的性质是　（　）

A. 民族资产阶级政党

B. 有工人阶级参加的民族资产阶级政党

C. 工人、农民、小资产阶级和民族资产阶级结成的政治联盟

D. 大地主、大资产阶级的政党

23. 中国工人运动从二七惨案后,掀起全国范围的大革命高潮的起点是　（　）

A. 省港大罢工　　B. 五卅运动

C. 青岛日资纱厂工人罢工　　D. 安源路矿工人大罢工

24. 国共合作以后,在全国反帝斗争的大浪潮中,影响最深、规模最大、时间最长的罢工是　（　）

A. 广州沙面罢工　　B. 香港海员大罢工　　C. 省港大罢工　　D. 开滦工人罢工

25. 1926 年,国民政府进行北伐的中原地区的主要对象是　（　）

A. 吴佩孚　　B. 张作霖　　C. 冯玉祥　　D. 孙传芳

26. 大革命失败的主观原因是　（　）

A. 反革命力量的强大　　B. 陈独秀右倾机会主义的错误

C. 民族资产阶级的动摇　　D. 蒋介石、汪精卫集团的背叛

二、多项选择题

1. 新文化运动的领袖中后来发展成为马克思主义者的有　（　）

A. 陈独秀　　B. 李大钊　　C. 鲁迅　　D. 胡适

2. 中国共产党成立后领导发动了第一次工人运动的高潮,包括　（　）

A. 香港海员大罢工　　B. 京汉铁路工人大罢工

C. 安源路矿工人大罢工　　D. 开滦五矿工人大罢工

3. 1924 年 1 月中国国民党一大 ,确定的三大革命政策是　（　）

A. 联俄　　B. 联共　　C.扶助农工　　D.反帝

4. 五四运动中,出现了许多以往历史不具备的新因素,这些新因素是指　（　）

A. 运动是在十月革命影响下发生的

B. 北洋军阀政府忙于军阀混战

C. 李大钊等先进知识分子起了领导作用

D. 中国工人阶级在运动中独立地走上政治舞台并起了重大作用

5. 五四运动的直接结果有　（　）

A. 释放被捕学生　　　　　　B. 罢免曹、章、陆三个卖国贼职务
C. 未在“和约”上签字　　　　D. 实现了反帝斗争目标

6. 五四运动划时代的伟大意义是　（　）
A. 五四运动是一次彻底的不妥协的反帝反封建的爱国运动
B. 五四运动是中国新民主主义革命的开端
C. 五四运动促进了马克思主义在中国的传播和与工人运动的结合
D. 五四运动从思想上和干部上为中国共产党的成立作了准备

7. 中国工人阶级的特殊优点是　（　）
A. 分布集中，易于形成一支重要的政治力量
B. 深受帝国主义、封建主义、资本主义的三重压迫，反抗性和革命性极强
C. 和农民有着天然联系，易于结成亲密的工农联盟
D. 不占有任何生产资料，革命最彻底，并且与先进的经济形式相联系，纪律性最强

8. 1920 年 8 月，在上海参加中国工人阶级政党最早的组织是　（　）
A. 李大钊　　B. 李汉俊　　C. 李达　　D. 陈独秀

9. 1919 年 9 月，李大钊《我的马克思主义观》系统地介绍了马克思的学说有　（　）
A. 唯物史观　　B. 阶级斗争理论　　C. 唯物辩证法　　D. 剩余价值学说

10. 五四运动后，除在上海、北京成立共产党组织外，其他成立相似组织的地方有　（　）
A. 长沙　B. 广州　C. 济南　D. 武汉

11. 关于中共诞生的条件表述正确的是　（　）
A. 马克思主义的传播提供了思想基础　　B. 工人阶级壮大提供了阶级基础
C. 各地共产党早期组织建立提供了组织基础　D. 共产国际的指导和帮助

12. 中国共产党与以往的任何政党不同的主要表现是　（　）
A. 以马克思主义理论为指导　　　B. 是新型的工人阶级政党
C. 能够代表整个中华民族的利益　　D. 以实现共产主义为目标

13. 中共一大的内容包括　（　）
A. 制定了党的第一个纲领　　B. 决定加入共产国际
C. 确定了党的中心任务　　　D. 选举了党的中央领导机构

14. “自从有了中国共产党，中国革命的面貌将焕然一新了。”这里的“新”，除了有共产主义的新奋斗目标外，还指　（　）
A. 以马克思主义为指导思想　　　B. 以武装斗争为主要手段
C. 以无产阶级为革命领导　　　　D. 提出民主革命的前途为社会主义

15. 中共二大制定的党的纲领是　（　）

A. 马克思主义和中国具体实际相结合的第一步

B. 党的最低纲领

C. 党的最高革命纲领

D. 实现了马克思主义和中国具体实际相结合的历史性飞跃

16.国民党一大的主要内容及意义是 （　）

A. 实现了国民党改组　　B. 重新解释了三民主义

C. 确立了联俄联共扶助农工政策　　D.民主革命统一战线建立

17. 国民党一大宣言中阐述的新三民主义中新的民生主义的重要原则是 （　）

A. 平均地权　　B. 节制资本　　C. 平分土地　　D. 实行土地的农民所有

18.北伐战争的对象是 （　）

A. 吴佩孚　　B.张作霖　　C. 冯玉祥　　D. 孙传芳

19. 第一次国共合作后,北伐战争胜利进军的原因有 （　）

A. 民主革命统一战线旗帜的指引

B. 共产党员、共青团员在北伐军中的模范作用

C. 全国工农群众的大力支持

D. 制定了正确的北伐方针

三、简答题

1. 新文化运动的主要内容和意义是什么?

2. 简述五四运动所赋予新文化运动的新涵义。

3. 中国共产党第二次全国代表大会提出的民主革命的基本纲领及其意义是什么?

4. 为什么中国的新民主主义革命必须把帝国主义、封建主义、官僚资本主义作为对象?

5. 中国的先进分子选择马克思主义原因是什么?

四、论述题

1. 如何理解五四运动标志着中国新民主主义革命的开端?

2. 为什么说共产党成立是中国“开天辟地的大事变”? 中国共产党建立的历史必然性是什么?

3. 试论大革命失败的原因、教训及历史意义。

五、材料分析题

1. 阅读下列材料，然后回答问题。

材料1 自人权平等之说兴，奴隶之名非血气所忍受。也称近世欧洲历史为“解放历史”：破坏君权，求政治之解放也；否认教权，求宗教之解放也；均产说兴，求经济之解放也；女子参政运动，求男权之解放也。解放云者，脱离失奴隶之羁绊，以完其自主自由之人格之谓也。

陈独秀：《敬告青年》（1915年9月）

材料2 科学之兴，其功不在人权说下，若舟车之有两轮焉。今且日新月异，举凡一事之兴，一物之细，罔不诉之科学法则，以定其得失从违，其效将使人间之思想云为，一遵理性，而迷信斩焉，无知妄作之风息焉。

陈独秀：《敬告青年》（1915年9月）

材料3 我们现在认定，只有这两位先生可以救治中国政治上、道德上、学术上、思想上一切的黑暗。

陈独秀：《敬告青年》（1915年9月）

根据材料回答问题：

（1）材料2中陈独秀号召人们坚持什么精神？

（2）通过材料1和材料2，说明材料3的观点。

（3）说明新文化运动前期的积极影响。

2. 阅读下列材料，然后回答问题。

在二十年前的今天，由学生们参加的历史上叫做五四运动的大事件，在中国发生了，这是一个有重大意义的运动。五四以来，中国青年们起了什么作用呢？起了某种先锋队的作用。但是光靠这个方面军是不够的，光靠了它是不能打胜敌人的，因为它还不是主力军。主力军是谁呢？就是工农大众。中国的知识青年们和学生青年们，一定要到工农群众中去，把他们动员起来，组织起来，没有工农这个主力军，单靠知识青年和学生青年这支军队，要达到反帝反封建的胜利，是做不到的。

毛泽东：《青年运动的方向》（1939年）

根据材料回答问题：

在五四运动中先进知识分子与工人阶级各自的作用是什么？两者是如何相结合的？其意义是什么？

3. 阅读下列材料，然后回答问题。

材料1 （一）清除内乱，打倒军阀，建设国内和平；（二）推翻国际帝国主义的压迫，达到中华民族完全独立;(三)统一中国本部(东三省在内)为真正民主共和国。

《中国共产党第二次代表大会宣言》1922年7月

材料2 (一)民族主义。国民党之民族主义有两方面意义:一则中国民族自求解放,二则中国境内各民族一律平等。(二)民权主义。国民党之民权主义……详言之,则凡真正反帝国主义之个人及团体,均得享有一切自由及权利;而凡卖国罔民以效忠于帝国主义及军阀者,无论其为团体或个人,皆不得享有此等自由及权利。(三)民生主义。国民党之民生主义,真正最要之原则不外二者,一曰平均地权;二曰节制资本。

《中国国民党一大宣言》(1924年1月)

根据材料回答问题:

对照上述材料及所学过的历史内容,概述中国共产党与中国国民党在此时推行的革命纲领中有哪些相似之处,其主要区别有哪些。

参考答案

一、单项选择题

1. B *2*. D *3*. A *4*. A *5*. B *6*. B *7*. D *8*. C *9*. C *10*. D *11*. B *12*. C *13*. D *14*. B *15*. C *16*. A *17*. B *18*. D *19*. A *20*. C *21*. D *22*. C *23*. B *24*. C *25*. A *26*. B

二、多项选择题

1. AB *2*. ABCD *3*. ABC *4*. ACD *5*. ABC *6*. ABCD *7*. ABC *8*. BCD *9*. ABD *10*. ABCD *11*. ABCD *12*. ABCD *13*. ACD *14*. ACD *15*. BC *16*. ABCD *17*. AB *18*. ABD *19*. ABCD

三、简答题

1. [答案要点] 新文化运动的主要内容是:提倡民主,反对专制;提倡科学,反对愚昧和迷信;提倡新文化,反对旧文化,要求以白话文代替文言文,进行文学革命;提倡个性解放,反对封建伦理道德。提倡民主就是提倡资产阶级的民主思想和民主制度,包括人权平等、个性解放、独立人格以及以代议制为基本原则的共和体制。

提倡科学就是要学习自然科学法则,反对封建迷信,反对偶像崇拜,宣传进化论、唯物论和无神论等思想。进行文学革命就是要从内容到形式提倡白话文,反对文言文。为了传播民主科学的思想,为了人民的启蒙,就必须大力提倡新文学、白话文,反对封建文学、文言文。

1919年五四运动以前的新文化运动主要是以资产阶级的新文化反对封建主义的旧文化的斗争，它仍然属于资产阶级民族主义文化革命的范畴。五四以后的新文化运动已经发展到了一个新阶段，马克思主义开始逐步地在思想文化领域中发挥指导作用。

2. **[答案要点]** 中国的先进分子在接受马克思主义之后，并没有抛弃而是继承了五四运动的科学和民主的精神，并赋予它们以新的涵义，使它们在更高的层次上得到了发扬。民主不再是指狭隘的资产阶级民主，而是指多数人的民主、以劳动群众为主体的民主。他们强调，必须铲除少数人的特权，改变"大多数的无产劳动者困苦不自由"这种"不合乎'德谟克拉西'的状况"。科学，除自然科学外，就对社会的研究来说，主要是指马克思主义的科学世界观和社会革命论。

如果说，五四以前的新文化运动主要是资产阶级民主主义的新文化反对封建主义的旧文化的斗争，那么，五四以后的新文化运动已经发展到了一个新阶段，马克思主义开始逐步地在思想文化领域中发挥指导作用了。

3. **[答案要点]** 1922年7月，党的第二次全国代表大会根据中国的实际情况制定出最低纲领，即中国共产党在民主革命阶段的任务是：消除内乱、打倒军阀、建设国内和平；推翻国际帝国主义的压迫，达到中华民族的完全独立；统一中国为真正民主共和国。

党在民主革命时期的基本纲领第一次明确了革命对象，初步解决了革命动力问题，为全国人民制定了彻底的反帝反封建的民主革命纲领。从此，中国人民有了革命斗争的明确方向和战斗旗帜。

4. **[答案要点]** 帝国主义、封建主义、官僚资本主义是压在中国人民身上的三座大山。在北洋政府和国民党政府统治时期，中国社会的半封建、半殖民地性质都没有改变，不仅封建压迫继续存在，中国的半殖民地化程度还进一步加深了。新民主主义革命必须以他们为对象。

(1)反对帝国主义，打破外国资本的控制，是中国新民主主义革命必须实现的首要任务。(2)反对封建主义，进行土地制度的彻底改革，是中国新民主主义革命的一项基本任务。(3)反对官僚资本主义、没收官僚资本归新民主主义国家所有，是中国新民主主义革命的一项重要任务。

5. **[答案要点]** (1)斗争实践——中国选择马克思主义是近代以来先进中国人向西方探索救国救民真理历史发展的必然结果。农民阶级、洋务派、维新派、革命派的努力先后失败。(2)思想启蒙——五四新文化运动思想启蒙的结果；三次大论战，最终确立了马克思主义在中国革命的指导思想地位。(3)阶级基础——五四前后工人阶级的壮大及其斗争为中国选择马克思主义提供了阶级基础和实践需求。(4)外来影响——

“一战”的影响：“一战”充分暴露了资本主义制度的内在矛盾，中国人对资本主义方案产生了怀疑；俄国十月革命的推动：十月革命给陷于彷徨、苦闷的中国人昭示了新的理想目标和建国方案，这就是走俄国人的路，搞社会主义。

四、论述题

1. **[答案要点]** 五四运动是一次彻底的不妥协的反帝反封建运动。五四以后，尽管中国的社会性质仍然是半殖民地半封建社会，但革命的性质已发生了根本的变化。五四运动成为中国新旧民主革命的转折点，它与过去的一切革命运动有着本质的区别，表现为：

（1）五四运动是在十月革命影响下发生的，是世界无产阶级革命的一部分。

（2）五四运动以前革命的领导阶级是资产阶级，无产阶级只是作为资产阶级和小资产阶级的追随者参加革命。五四运动中，无产阶级第一次登上政治舞台，形成了独立的政治力量，成为主动的领导者。五四运动以后，马列主义与中国工人运动相结合，产生了中国共产党，中国无产阶级有了自己的政党，成为中国革命的领导力量。

（3）五四运动以前，指导中国革命的是西方资产阶级的社会政治学说。五四运动以后，中国人民找到了新的思想武器——马克思列宁主义，马克思主义成为中国革命的指导思想和理论基础。五四运动以前，资产阶级民主革命的目的是建立一个资产阶级的共和国。五四运动以后的革命在中国共产党领导下，是要经过新民主主义革命阶段，把革命引向社会主义。

2. **[答案要点]** 中国共产党的成立，是一个“开天辟地的大事变”。它给灾难深重的中国人民带来了光明和希望。中国人民从来就勤劳勇敢，富于斗争传统。他们的斗争之所以屡遭挫折和失败，重要原因之一是由于没有一个先进的坚强的政党作为凝聚自己力量的领导核心。而自从有了中国共产党，这种局面就根本改变了。(1)旧民主主义革命的失败客观上呼唤着中国共产党的产生；(2)中国工人阶级的成长壮大是中国共产党产生的阶级基础；(3) 马克思列宁主义在中国的广泛传播是中国共产党产生的思想基础；(4)马克思列宁主义与中国工人运动的结合是中国共产党产生的实践条件。

3. **[答案要点]** 大革命失败的原因，从客观方面来讲，是由于反革命力量的强大，是由于资产阶级发生严重的动摇、统一战线出现剧烈的分化，是由于蒋介石集团、汪精卫集团先后被帝国主义势力和地主阶级、买办资产阶级拉进反革命营垒里。从主观方面来说，是由于中国共产党的中央领导机关在大革命的后期犯了以陈独秀为代表的右倾机会主义的错误，放弃了无产阶级对于农民群众、城市小资产阶级和民族资产阶级的领导权，尤其是武装力量的领导权，使这次革命遭到了失败。

经验教训:(1) 必须坚持反帝反封建的革命大方向，实现民族独立和国家统一。(2)必须充分发动和武装工农,使革命获得深厚的群众基础。(3)在统一战线中,共产党人必须坚持自己的独立性,实现对革命的领导权。

大革命时期,中国共产党人进行了轰轰烈烈的革命工作,领导了全国反帝反封建的伟大斗争,同时开始探索马克思主义中国化的途径,初步提出了无产阶级领导的、人民大众的、反帝反封建的新民主主义革命的基本思想;并且从大革命的失败中汲取了严重的历史教训,中国人民的觉悟程度和组织程度有了明显的提高,中国共产党开始掌握了一部分革命武装,懂得进行土地革命和掌握革命武装的重要性。

五、材料分析题

1. **[答案要点]** (1)号召人们坚持科学的精神。

(2)提出高举民主和科学的旗帜,要摆脱愚昧的状态,对封建专制和封建道德思想进行最猛烈的冲击,以民主这个武器和旧的意识形态进行斗争,以科学的武器判定社会,寻求救国救民之道。

(3)动摇了封建思想的统治地位;民主和科学思想得到弘扬;为五四运动的爆发作了思想准备;有利于文化的普及和繁荣;是一次思想解放的潮流。

2. **[答案要点]** 在五四运动中,工人阶级显示了伟大的力量,他们在斗争中发挥决定性的作用这个事实给予先进知识分子以真切的教育。初步掌握了马克思主义的知识分子发挥了某种先锋和桥梁的作用,而当他们到工农中动员、组织和宣传的过程也就是马克思主义与中国工人运动相结合的过程。

这样,五四运动就为1921年中国共产党的成立作了思想上和干部上的准备。

3. **[答案要点]** 相似处:反帝反封建,建立统一的独立的共和国。

区别:有原则区别。中国共产党还有彻底实现人民权利、八小时工作制和彻底的土地革命纲领;民主革命阶段之后,还有一个社会主义革命阶段,实现社会主义和共产主义社会的最高革命纲领。

第五章　中国革命的新道路

学习目标

通过本章学习，了解中国革命的曲折发展过程，明了马克思主义基本原理与中国革命具体实践结合的重要性，深刻认识以毛泽东为代表的中国共产党人探索农村包围城市道路的伟大意义，从而加深了解为什么要选择马克思主义，为什么要选择中国共产党的领导，为什么要选择社会主义道路的历史必然性。

学习要点

一、对革命新道路的艰苦探索

(一)国民党全国统治的建立

1927年，“七一五”政变以后，一段时间内，国民党的南京国民政府和武汉国民政府仍然互相对峙。经过几番周折，实现了宁、汉合流。在此基础上，1928年2月南京国民政府改组，武汉国民政府不复存在。其后，南京政府的军队继续北伐，于6月进驻北平、天津一带。奉系首领张作霖在退回关外途中，被日本人预埋的炸药炸死。其子张学良于同年12月29日从东北发出通告，宣布“遵守三民主义，服从国民政府，改易旗帜”。北洋军阀不再作为独立的政治力量继续存在。这样，国民党就在全国范围内建立了自己的统治。

这时，控制南京国民政府的国民党，已经不再是工人、农民、城市小资产阶级和民族资产阶级的革命联盟，而是变成了一个由代表大地主、大资产阶级利益的反动集团所控制的政党。

国民党政府是怎样实行一党专政军事统治的呢？首先，为了镇压人民和消灭异己力量，国民党建立了庞大的军队。其次，为了镇压人民和消灭异己力量，国民党还建立了庞大的全国性特务系统。再次，为了控制人民，禁止革命活动，国民党还大力推行保甲制度，规定十户为甲，十甲为保，分设甲长、保长。自1934年11月起，保甲制度在全国普遍推行。广大人民被禁锢在保甲制度之内。最后，为了控制舆论，剥夺人民的言论和出版自由，国民党更厉行文化专制主义。大批进步书刊被查禁，许多进步作家被监视、拘捕乃至枪杀。

国民党政府主要就是通过这种方法，来维护帝国主义、封建主义、官僚资本主义的利益，巩固自身统治的。

国民党政府的统治依然是地主阶级和大资产阶级的统治，同北洋军阀的统治没有本质的区别。

（二）土地革命战争的兴起

1. 大革命失败后的艰难环境

在国民党的统治下，中国社会的半殖民地半封建性质虽然没有改变，但是国内政治局势却发生了急剧的变化。原来充满生机的中国南部一片腥风血雨，中国革命转入低潮，中国共产党遇到了前所未有的困难。

敢不敢坚持革命？怎样坚持革命？这是中国共产党人和中国革命人民必须回答的两个根本性的问题。

怎样坚持革命，即坚持革命应当走什么道路？为了答复这个问题，中国共产党人开始了长时间的艰苦的探索。

2. 武装反抗国民党的斗争与土地革命

在革命的危急关头，1927 年 7 月中旬，中共中央临时政治局常委会决定了三件大事：第一，将党所掌握和影响的部队向南昌集中，准备起义；第二，组织湘、鄂、赣、粤四省的农民，在秋收季节举行暴动；第三，召集中央会议，讨论和决定新时期的方针和政策。同年 8 月 7 日，中共中央在汉口秘密召开紧急会议（八七会议），彻底清算了大革命后期陈独秀的右倾机会主义错误，确定了土地革命和武装反抗国民党的总方针，并选出了以瞿秋白为书记的中央临时政治局。毛泽东在会上着重阐述了党必须依靠农民和掌握枪杆子的思想，强调党“以后要非常注意军事，须知政权是由枪杆子中取得的”。会议还提出了“整顿改编自己的队伍，纠正过去严重的错误，而找着新的道路”的任务。八七会议使中国共产党在政治上大大前进了一步，开始了从大革命失败到土地革命战争兴起的转折。

南昌起义打响了武装反抗国民党的第一枪。秋收起义开始了创建井冈山农村革命根据地的斗争；广州起义是共产党在城市建立新政权的尝试。总之，革命失败，得到了惨痛的教训，于是有了南昌起义、秋收起义和广州起义，进入了创建红军的新时期。中国革命由此发展到了一个新的阶段，即土地革命战争时期，或称十年内战时期。

（三）走农村包围城市、武装夺取政权的道路

1. 对革命新道路的理论探索

毛泽东不仅在实践中首先把革命的进攻方向指向了农村，而且从理论上阐明了武装斗争的极端重要性和农村应当成为党的工作中心的思想。早在1928年10月和11月，毛泽东就写了《中国的红色政权为什么能够存在？》和《井冈山的斗争》两篇文章，明确地指出以农业为主要经济的中国革命，以军事发展暴动，是一种特征；同时还科学地阐述了共产党领导的土地革命、武装斗争与根据地建设这三者之间的辩证统一关系，强调工农武装割据的思想，是共产党和割据地方的工农群众必须具备的一个重要思想，1929年4月，针对共产国际和中共党内某些人担心农村斗争超过城市斗争将不利于中国革命的观点，毛泽东指出：半殖民地中国的革命，只有农民斗争得不到工人的领导而失败，没有农民斗争的发展超过工人的势力而不利于革命本身的。随着红军的发展和根据地的扩大，1930年1月，毛泽东进一步指出：红军、游击队和红色区域的建立和发展，是半殖民地中国在无产阶级领导之下的农民斗争的最高形式和半殖民地农民斗争发展的必然结果，并且无疑义地是促进全国革命高潮的最重要因素。以毛泽东为书记的红四军前敌委员会还明确地提出了"'农村工作是第一步，城市工作是第二步'的理论"。

农村包围城市、武装夺取政权的理论，是对1927年大革命失败后中国共产党领导的红军和根据地斗争经验的科学概括。它是在以毛泽东为主要代表的中国共产党人同当时党内盛行的把马克思主义教条化、把共产国际决议和苏联经验神圣化的错误倾向作坚决斗争的基础上逐步形成的。1930年5月，毛泽东在《反对本本主义》一文中，阐明了坚持辩证唯物主义的思想路线即坚持理论与实际相结合的原则的极端重要性，提出了"没有调查，没有发言权"和"中国革命斗争的胜利要靠中国同志了解中国情况"的重要思想，表现了毛泽东开辟新道路、创造新理论的革命首创精神。农村包围城市、武装夺取政权理论的提出，标志着中国化的马克思主义即毛泽东思想的初步形成。

3. 反"围剿"作战与土地革命

红军和根据地的存在和发展，使国民党统治当局感到震惊和恐慌。从1930年10月起，蒋介石集中重兵，向南方各根据地的红军发动大规模的"围剿"。从1930年10月到1931年7月，红一方面军在毛泽东、朱德等指挥下，贯彻积极防御的方针，实行"诱敌深入"、"避敌主力、打其虚弱"等一整套行之有效的战术，连续粉碎了国民党军队的三次"围剿"。1928年12月，毛泽东在井冈山主持制定了中国共产党历史上第一个土地法《井冈山土地法》，以立法的形式，首次肯定了广大农民以革命的手段获得土地的权利。由于缺乏经验，这个土地法关于没收一切土地归苏维埃政府所有、禁止土地买卖等方面的规定，并不适合中国农村的实际。1929年4月，毛泽东在赣南发布第二个土地法《兴国土地

法》,将“没收一切土地”改为“没收一切公共土地及地主阶级的土地”。这是一个原则性的改正,保护了中农的利益使之不受侵犯。毛泽东还和邓子恢等一起制定了土地革命中的阶级路线和土地分配方法:坚定地依靠贫农、雇农,联合中农,限制富农,保护中小工商业者,消灭地主阶级;以乡为单位,按人口平分土地,在原耕地的基础上,实行抽多补少、抽肥补瘦。至此,中国共产党就在中国历史上第一个制定了可以付诸实施的比较完整的土地革命纲领和路线。

在中国共产党的土地革命纲领和路线的指引下,根据地开展了热火朝天的“打土豪,分田地”的斗争,充分调动了广大农民发展生产和参军参战的积极性。“中国没有单独代表农民的政党,民族资产阶级的政党没有坚决的土地纲领,因此,只有制订和执行了坚决的土地纲领、为农民利益而认真奋斗、因而获得最广大农民群众作为自己伟大同盟军的中国共产党,成了农民和一切革命民主派的领导者。”在大革命失败、白色恐怖极其严重的条件下,中国革命之所以能够得到坚持和发展,根本的原因,就在于中国共产党紧紧地依靠了农民,领导农民进行了土地制度的革命。

在根据地军民进行军事上反“围剿”作战同时,国民党统治区的共产党人和进步文化界人士还在文化战线上开展了反“围剿”斗争。左翼文化工作者的一大批优秀的文学艺术作品(包括小说、戏剧、电影、音乐等)和社会科学论著及译作,对于传播进步思想、推动抗日救亡运动起到了重要作用。鲁迅的杂文,瞿秋白的评论,茅盾的小说《子夜》,聂耳作曲、田汉作词的歌曲《义勇军进行曲》,邹韬奋主办的《生活周刊》等,都在群众中产生了广泛而深刻的影响。而鲁迅,正如毛泽东所说,在斗争中“成了这个文化新军的最伟大和最英勇的旗手”,“成了中国文化革命的伟人”。

二、中国革命在探索中曲折前进

(一)土地革命战争的发展及其挫折

1. 农村革命根据地的建设

1931 年 11 月,中华苏维埃第一次全国代表大会在江西省瑞金县叶坪村举行。大会通过了《中华苏维埃共和国宪法大纲》以及土地法令、劳动法等法律文件;选举产生了中华苏维埃共和国中央执行委员会;成立了中华苏维埃共和国临时中央政府,毛泽东当选为中央执行委员会主席。

中华苏维埃共和国实行各级工农兵代表大会制度。中国历史上第一次有了真正代表人民利益的政府。

2. 土地革命战争的严重挫折

从 1927 年 7 月大革命失败到 1935 年 1 月遵义会议召开之前,“左”倾错误先后三次在党中央的领导机关取得了统治地位。第一次是 1927 年 11 月至 1928 年 4 月的“左”倾盲动错误,认为革命形势在不断高涨,盲目要求准备举行总暴动。第二次是 1930 年 6 月至 9 月以李立三为代表的“左”倾冒险主义,错误地认为中国革命乃至世界革命进入高潮,盲目要求举行全国暴动和集中红军力量攻打武汉等中心城市。第三次是 1931 年 1 月至 1935 年 1 月以陈绍禹(王明)为代表的“左”倾教条主义。其主要错误是:在革命性质和统一战线问题上,混淆民主革命与社会主义革命的界限,将反帝反封建与反资产阶级并列,将民族资产阶级视为中国革命最危险的敌人,一味排斥和打击中间势力。在革命道路问题上,继续坚持以城市为中心,将准备城市工人的总同盟罢工和武装起义作为共产党最主要的任务;指令根据地的红军采取“积极进攻的策略”,配合攻打中心城市。在土地革命问题上,提出坚决打击富农和“地主不分田,富农分坏田”的主张。在军事斗争问题上,实行进攻中的冒险主义、防御中的保守主义、退却中的逃跑主义。在党内斗争和组织问题上,推行宗派主义和“残酷斗争,无情打击”的方针。

这几次“左”倾错误,尤其是以王明为代表的“左”倾错误,使中国革命的复兴受到严重挫折。

在 20 世纪 30 年代前期、中期,中国共产党内屡次出现严重的“左”倾错误,其原因是多方面的。第一,八七会议以后党内一直存在着的浓厚的“左”倾情绪始终没有得到认真的清理,第二,共产国际对中国共产党内部事务的错误干预和瞎指挥,第三,全党的马克思主义理论准备不足,理论素养不高,实践经验也很缺乏。

(二)遵义会议——中国革命的历史性转折

1. 红军长征

王明等人的“左”倾机会主义错误,对中国革命造成最大的恶果,就是使红军在第五次反“围剿”战争中遭到失败,不得不退出南方根据地实行战略转移——长征。这次错误使红军和根据地损失了 90%,国民党统治区党的力量几乎损失了 100%。1934 年 10 月中旬,中共中央机关和中央红军(又称红一方面军)8.6 万人撤离根据地,向西突围转移,开始长征。长征初期,中共中央领导人博古等又犯了退却中的逃跑主义错误。在强渡湘江之后,红军和中央机关人员锐减到 3 万多人。

2. 遵义会议

中央红军占领黔北重镇遵义之后,中共中央政治局于 1935 年 1 月 15 日至 17 日在这里召开了扩大会议(史称“遵义会议”)。

遵义会议集中全力解决了当时具有决定意义的军事问题和组织问题。经过激烈的争论,多数人同意以毛泽东为代表的正确意见,批评了博古、李德在第五次反“围剿”中的错误。会议增选毛泽东为中央政治局常务委员，并委托张闻天起草《中央关于反对敌人五次“围剿”的总结的决议》(遵义会议决议)。会后不久，中共中央政治局常务委员分工，根据毛泽东的提议，决定由张闻天代替博古负总的责任；博古任红军总政治部代理主任；并成立了由周恩来、毛泽东、王稼祥组成的新的三人团，全权负责红军的军事行动。会议的一系列重大决策，是在中国共产党同共产国际的联系中断的情况下，独立自主地作出的。

遵义会议开始确立了以毛泽东为代表的马克思主义的正确路线在中共中央的领导地位，从而在极其危急的情况下挽救了中国共产党、挽救了中国工农红军、挽救了中国革命，成为中国共产党历史上一个生死攸关的转折点。

3. 长征的伟大意义

遵义会议后，在毛泽东等的领导下，中央红军采取灵活机动的战略战术，四渡赤水河、巧渡金沙江、抢渡大渡河、翻越人迹罕至的夹金山，摆脱了数十万国民党军队的围追堵截，赢得了战争的主动权。1935 年 6 月中央红军抵达四川懋功(今小金)地区，同 5 月初离开川陕根据地实行转移到达那里的红四方面军会师。之后，中共中央又同四方面军领导人张国焘分裂中央、分裂红军的严重错误进行了坚决的斗争。为了贯彻北上方针，红军经过茫茫草地，历经艰险。随后中共中央决定将北上红军改称陕甘支队，先行北上，于 10 月 19 日到达陕北吴起镇，同陕北红军会合，中国共产党所领导的革命力量有了新的落脚点和战略基地。至此，中央红军的二万五千里长征胜利结束。1936 年 10 月，红二、四方面军先后同红一方面军在甘肃会宁、静宁将台堡(今属宁夏回族自治区)会师。至此，三大主力红军的长征胜利结束。中国共产党领导的中国工农红军长征的胜利，是中国革命转危为安的关键。

中国工农红军的长征是一部伟大的革命英雄主义的史诗。它向全中国和全世界宣告，中国共产党及其领导的人民军队，是一支不可战胜的力量。共产党员和红军将士在长征中所表现出来的坚定的共产主义理想、革命必胜的信念、艰苦奋斗的精神和一往无前、不怕牺牲的英雄气概，构成了伟大的长征精神，它永远激励着中国共产党人、中国人民和人民军队奋勇向前。

长征一结束，中国革命的新局面就开始了。

(三)总结历史经验，迎接抗日民族解放战争

毛泽东早就提出，要注重调查研究，反对本本主义(教条主义)。基于这样的认识，红军长征到达陕北以后，毛泽东、中共中央用很大的精力，去总结历史经验，加强共产党自身的思想理论建设。

1935 年 12 月，毛泽东作了《论反对日本帝国主义的策略》的报告，阐明党的抗日

民族统一战线的新政策，批判党内的关门主义和对于革命的急性病，系统地解决了党的政治路线上的问题。1936 年 12 月，他写了《中国革命战争的战略问题》这部著作，总结土地革命战争中党内在军事问题上的大争论，系统地说明了有关中国革命战争战略方面的诸问题。1937 年夏，他在延安抗日军政大学讲授《实践论》、《矛盾论》，从马克思主义认识论的高度，总结中国共产党的历史经验，揭露和批评党内的主观主义尤其是教条主义错误，深入论证马克思主义基本原理同中国具体实际相结合的原则，科学地阐明党的马克思主义的思想路线。他指出：唯心论和机械唯物论，机会主义和冒险主义，都是以主观和客观相分裂，认识和实践相脱离为特征的。我们的结论是主观和客观、理论和实践、知和行的具体的历史的统一，反对一切离开具体历史的"左"的或右的错误思想。

以毛泽东为代表的中共中央所进行的理论工作，对党的政治路线、军事路线和思想路线进行了拨乱反正的工作，从思想上、理论上武装了中国共产党人，使他们满怀信心地去迎接即将到来的伟大的抗日民族解放战争。

同步练习

一、单项选择题

1. 毛泽东提出枪杆子里面出政权的思想是在　（　）

A. 中共五大上　B. 八七会议上　C. 秋收起义过程中　D. 中共六大上

2. 中国共产党创建初期，其主要精力是放在　（　）

A. 发展党的组织　B. 发动工人运动

C. 解决农民问题　D. 开展军事斗争

3. 中国共产党独立领导革命战争、创建人民军队和武装夺取政权的开端是　（　）

A. 秋收起义　B. 广州起义　C. 南昌起义　D. 左右江起义

4. 以蒋介石为代表的南京国民党政府的性质是　（　）

A. 资产阶级政权　B. 小资产阶级政权

C. 大地主大资产阶级政权　D. 封建君主专制政权

5. 中共八七会议召开的地点在　（　）

A. 九江　B. 汉口　C. 武昌　D. 上海

6. 中共八七会议确定的总方针是　（　）

A. 反对右倾投降主义　B. 走农村包围城市的革命道路

C. 创建井冈山革命根据地　D. 土地革命和武装反抗国民党反动派

7. 张太雷参与领导的武装起义是 ( )

A. 秋收起义 B. 百色起义 C. 南昌起义 D. 广州起义

8. 毛泽东为首的中国共产党一向认为中国革命的基本问题是 ( )

A. 党的问题 B. 农民问题 C. 工人问题 D. 民族资产阶级问题

9. 1931 年 11 月,中国共产党成立了中华苏维埃共和国临时中央政府,其政权性质是 ( )

A. 资产阶级专政 B. 各革命阶级联合专政

C. 抗日民主专政 D. 工农民主专政

10. 中国革命的主要形式是 ( )

A. 议会斗争 B. 群众斗争 C. 地下斗争 D. 武装斗争

11. 王明“左”倾冒险主义的主要特征是 ( )

A. 经验主义 B. 教条主义 C. 主观主义 D. 宗派主义

12. 1930 年 5 月,毛泽东写了( )一文,阐明了坚持辩证唯物主义的实事求是、坚持理论与实际相结合的原则的极端重要性。

A.《中国革命战争的战略问题》 B.《中国革命和中国共产党》

C.《反对本本主义》 D.《中国的红色政权为什么能够存在?》

13. 中国的武装斗争的实质是 ( )

A. 无产阶级领导下的农民战争 B. 无产阶级领导下的工人罢工

C. 无产阶级领导下的学生运动 D. 无产阶级领导下的商人罢市

14. 中共领导革命武装建立的全国第一个农村革命根据地是 ( )

A. 湘赣根据地 B. 井冈山根据地 C. 湘鄂西根据地 D. 陕甘宁根据地

15. 中国共产党民主革命时期制定的第一个土地法是 ( )

A.《井冈山土地法》 B.《兴国土地法》

C.《五四指示》 D.《中国土地法大纲》

16. 将以前“没收一切土地”改为“没收一切公共土地及地主阶级的土地”的土地法是 ( )

A.《井冈山土地法》 B.《兴国土地法》

C.《五四指示》 D.《中国土地法大纲》

17. 土地革命的目的是消灭封建地主的土地私有制,使土地归( )所有

A. 农民 B. 政府 C. 无产阶级 D. 资产阶级

18. 中国共产党在土地革命时期对待富农的正确政策是 ( )

A. 限制富农 B. 打击富农 C. 中立富农 D. 保护富农

19. 1931 年 1 月至 1935 年 1 月以王明为代表的“左”倾教条主义的最大恶果是 ( )

A.使白区革命力量遭到惨痛损失 B.使福建反蒋抗日事变失败

C. 使红军的第五次反"围剿"失败　　D. 使中国革命丧失了九一八事变后有利的形势

20. 国共十年对峙时期，以毛泽东为代表的中国共产党人之所以能开创出以农村包围城市的中国革命道路，其主要依据是　　(　　)

A. 总结了大革命失败的教训　　B. 进攻长沙遭到严重挫折

C. 井冈山具备开创根据地的良好条件　　D. 中国的国情和当时形势

21. 土地革命时期，挽救了中国共产党、中国工农红军和中国革命，成为中国共产党历史上一个生死攸关的转折点是　　(　　)

A. 八七会议　　B. 党的六大　　C. 遵义会议　　D. 瓦窑堡会议

22. 遵义会议主要纠正了　　(　　)

A. 陈独秀的右倾错误　　B. 王明的"左"倾错误

C. 瞿秋白的"左"倾错误　　D. 李立三的"左"倾错误

23. 1931 年 11 月，中华苏维埃共和国临时中央政府成立时当选为主席是　　(　　)

A. 周恩来　　B. 毛泽东　　C. 朱德　　D. 刘少奇

24. 中国民主革命的关键问题是　　(　　)

A. 武装斗争问题　　B.革命领导权问题　　C.农民问题　　D.统一战线问题

二、多项选择题

1. 南昌起义的主要领导人是　　(　　)

A. 周恩来　　B. 贺龙　　C. 叶挺　　D. 朱德

2. 国民党所实行的一党专政的军事独裁统治，是为了维护(　　)的利益

A. 地主阶级　　B. 大资产阶级　　C. 农民阶级　　D. 无产阶级

3. 1927 年，中国共产党领导的著名武装起义有　　(　　)

A. 南昌起义　　B. 秋收起义　　C. 广州起义　　D. 平江起义

4. 毛泽东第一次从理论上系统分析和论证了中国红色政权的发生、发展的原因和条件的著作有　　(　　)

A.《中国的红色政权为什么能够存在？》　　B.《井冈山的斗争》

C.《星星之火，可以燎原》　　D.《反对本本主义》

5. 土地革命战争时期，中国红色政权能够存在和发展的主观条件有　　(　　)

A. 政治经济发展的不平衡　　B. 相当力量的红军存在

C. 共产党组织的坚强有力和政策的正确　　D. 第一次国内革命战争的影响

6. 工农武装割据思想的基本内容有　　(　　)

A. 土地革命　　B. 农村根据地建设　　C. 武装斗争　　D. 党的建设

7. 1928 年 12 月至 1929 年 4 月，毛泽东主持制定的土地法有 ( )
A.《中华苏维埃共和国土地法》 B.《土地法大纲》
C.《井冈山土地法》 D.《兴国土地法》
8. 土地革命中所采用的正确的土地分配方法有 ( )
A. 以乡为单位，按人口平分土地 B. 在原耕地的基础上，抽多补少，抽肥补瘦
C. 地主不分 D. 富农分坏田
9. 1927 年 8 月 7 日，中共中央在汉口召开紧急会议，作出了如下决定 ( )
A. 彻底清算了王明的“左”倾冒险主义错误
B. 彻底清算了陈独秀右倾机会主义错误
C. 确定了土地革命和武装反抗国民党反动统治的总方针
D. 选出了以瞿秋白为书记的中央临时政治局
10. 从 1927 年 7 月大革命失败到 1935 年 1 月遵义会议召开之前，“左”倾错误先后几次在党中央的领导机关取得了统治地位，它们是 ( )
A. 瞿秋白的“左”倾盲动错误 B. 李立三的“左”倾冒险主义
C. 王明的“左”倾教条主义 D. 张国焘的“左”倾冒险主义
11. 第五次反“围剿”和长征初期，“左”倾冒险主义者在军事指挥上所犯的错误有 ( )
A. 进攻中的冒险主义 B. 退却中的拼命主义
C. 防御中的保守主义 D. 退却中的逃跑主义
12. 遵义会议集中解决了当时具有决定意义的 ( )
A. 思想问题 B. 政治问题 C. 军事问题 D. 组织问题
13. 遵义会议后组成的军事指挥小组的成员有 ( )
A. 毛泽东 B. 周恩来 C. 王稼祥 D. 张闻天
14. 标志毛泽东思想初步形成的著作主要有 ( )
A.《中国的红色政权为什么能够存在？》 B.《井冈山的斗争》
C.《星星之火，可以燎原》 D.《反对本本主义》
15. 下列关于遵义会议的表述不正确的是 ( )
A. 确立了毛泽东在党内的核心地位
B. 彻底清算了王明“左”倾错误路线的思想根源
C. 在危急情况下挽救了党和红军
D. 取消了李德的军事最高指挥权
16. 1936 年 10 月，在甘肃会宁、静宁地区先后会师的红军主力有 ( )
A. 红一方面军 B. 红二方面军 C. 红三方面军 D. 红四方面军

17. 1935 年 12 月，毛泽东《论反对日本帝国主义的策略》一文的主要内容有 ( )

A. 阐明党的抗日民族统一战线的新政策

B. 批判党内的关门主义

C. 批判党内对于革命的急性病

D. 系统地解决了党的政治路线上的问题

18. 全面抗战发生前后，毛泽东站在马克思主义辩证唯物主义的思想高度，系统地论述了马克思主义的思想路线的著作有 ( )

A.《实践论》 B.《矛盾论》 C.《反对本本主义》 D.《新民主主义论》

三、简答题

1. 简述国民党新军阀统治的实质和特点。

2. 简述国民革命失败后，中共领导的三次著名的武装起义及意义。

3. 红色政权存在和发展的根本原因是什么？

四、论述题

1. 从中国国情阐明中国革命走农村包围城市道路的必要性和可能性，并说明这条道路对建设中国特色社会主义的启示。

2. 论述 1927 年 7 月至 1935 年 1 月前党内连续出现“左”倾错误的原因及其严重后果。

五、材料分析题

1.阅读以下与红军第五次反“围剿”有关的材料：

材料 1 蒋介石要求国民党军，对根据地“予以严密封锁，使其交通物质，两相断绝，则内无生产，外无接济，既不得活动，又不能鼠窜，固守一隅，束手待毙”。

《处理剿匪省份政治工作报告》(1934 年)

材料 2 粟裕在回忆第五次反“围剿”时说，十九师是红七军团的主力、战斗力强，擅长打野战，但没有见到过装甲车……部队一见到(国民党军的)两个铁家伙打着机枪冲过来，就手足无措，一个师的阵地便是被两辆装甲车冲垮。

材料 3 长期的战争使扩大红军指标难以如期完成。如“上杭县才溪乡，共有二千余人口，在一次一次的扩军突击后，乡里只剩下壮丁七人，还要进行突击(扩大红军)，这当然不现实”。

《李志民回忆录》(1993 年)

材料 4 粮食问题已经非常严重的摆在我们面前，谷价到处高涨，有些地方如会昌、瑞金、博生、于都等处已涨到七八元一担。应该收集的土地税和公债谷子还差着很巨大的数目。

《红色中华》第146期(1934年)

回答:

(1)根据材料,概括指出红军在进行第五次反“围剿”时所面临的严峻内外形势。

(2)根据材料并结合所学知识,从指导方针和客观形势两方面分析红军第五次反“围剿”失败的主要原因

2. 阅读材料,然后回答问题。

材料1　《井冈山土地法》主要规定:“没收一切土地归苏维埃政府所有”“分配农民个别耕种”。遇特别情形时,可“分配农民共同耕种”或“组织模范农场耕种”;“一切土地,经苏维埃政府没收并分配后,禁止买卖”分配土地。“以人口为标准,男女老幼平均分配”,……分配土地“以乡为单位”。

《井冈山土地法》(1928年12月)

材料2　毛泽东在江西省兴国县主持制定了《兴国土地法》,把《井冈山土地法》中“没收一切土地”改为“没收公共土地及地主阶级土地”。

《兴国土地法》(1929年4月)

材料3　过去分好了的田即算分定,得田的人,即由他管所分的田,这田由他私有,别人不得侵犯,以后一家的田,一家定业,生的不补,死的不退,租借买卖,由他自主。

毛泽东:《关于加强春耕工作的意见》(1931年2月)

根据材料回答问题:

(1)材料1《井冈山土地法》的颁布有何意义?条文中尚有哪些不适合当时中国农村实际的政策规定?

(2)比较材料2与材料1,土地政策为什么做这样的修正?

(3)比较材料3和材料1,土地政策又有哪些原则的修正?为什么做这样的修正?

(4)从上述土地政策的调整中可以获得什么教益?

参考答案

一、单项选择题

1. B　*2.* B　*3.* C　*4.* C　*5.* B　*6.* D　*7.* D　*8.* B　*9.* D　*10.* D　*11.* B　*12.* C　*13.* A　*14.* B　*15.* A　*16.* B　*17.* A　*18.* A　*19.* C　*20.* D　*21.* C　*22.* B　*23.* B　*24.* B

二、多项选择题

1. ABCD　2. AB　3. ABC　4. ABCD　5. BC　6. ABC　7. CD　8. AB　9. BCD　10. ABC　11. ACD　12. CD　13. ABC　14. ABCD　15. AB　16. ABD　17. ABCD　18. AB

三、简答题

1. [答案要点] 1927 年大革命失败后，国民党已经不再是工人、农民、城市小资产阶级和民族资产阶级的革命联盟，而是变成了一个由代表地主阶级、买办性的大资产阶级利益的反动集团所控制的政党。国民党政府的统治依然是地主阶级和买办性的大资产阶级的统治，同北洋军阀的统治没有本质的区别。它对内实行独裁专制统治，对外投靠帝国主义。通过建立庞大的军队和庞大的全国性特务系统，镇压人民和消灭异己力量；还大力推行保甲制度和文化专制主义等方法，来维护帝国主义、封建主义、官僚资本主义的利益。中国人民要争取民族独立和自身解放，就必须同这个反动统治作坚决的斗争，因此，推翻国民党新军阀的统治成为新时期革命的首要目标。

2. [答案要点] (1)南昌起义：1927 年 8 月 1 日，在周恩来、朱德、刘伯承、贺龙、叶挺等领导下在南昌举行武装起义。意义：它打响了武装反抗国民党反动派的第一枪，开始了中国共产党独立领导武装斗争的新时期，揭开了土地革命战争的序幕。

(2)秋收起义：1927 年 9 月 9 日，毛泽东根据中央决定，领导和发动了湘赣边界的秋收起义。10 月 27 日，毛泽东率起义部队向井冈山进军，创建了井冈山革命根据地。它的历史意义：在实践上解决了在革命转入低潮形势下，如何把革命的退却与进攻结合起来的问题，为保存革命力量找到了一条新的途径，开辟了一条以农村包围城市，最后夺取全国政权的中国革命发展的新道路。

(3)广州起义：1927 年 12 月 11 日，在张太雷、叶挺、恽代英、叶剑英等领导下，在广州举行起义并建立了广州苏维埃政府，但很快失败，这是我党领导工农武装夺取政权的又一次伟大尝试。中共领导的这几次武装起义的实践表明，中国革命必须把马克思列宁主义与中国实际相结合，走出一条符合中国国情的革命道路，中国革命才能取得胜利，中国革命的战略重心必须从城市转向农村。

3. [答案要点] (1)中国是一个几个帝国主义国家间接统治的政治经济发展极端不平衡的半殖民地半封建的大国。这是红色政权能够存在和发展的根本原因(城乡分立，军阀割据、国家大等)。(2)国民革命的影响。(3)全国革命形势的继续向前发展。以上三点是红色政权存在和发展的两个客观条件。(4)相当力量的正式红军的存在。(5)共产党组织的坚强有力和各项政策的正确贯彻执行。这是红色政权存在和发展的两个主观条件。

四、论述题

1. [答案要点] 从中国国情阐明中国革命走农村包围城市，武装夺取政权道路的必要性和可能性，并说明这条道路对建设中国特色社会主义的启示。

1927年国民革命失败后，中国共产党根据马克思主义武装夺取政权的原理和中国革命的实际，明确了中国革命走农村包围城市道路的必要性：因为中国是一个半殖民地半封建的国家，在外部没有民族独立，在内部没有民主制度，革命只能以武装斗争为主要形式；农民占全国人口的绝大多数，是中国革命的主力军；中国革命的敌人非常强大并长期占据着城市。因此，中国共产党必须开展武装斗争，建立农村革命根据地；实行土地革命，走农村包围城市，最后夺取政权的道路。

同时，中国国情也为中国革命走农村包围城市道路提供了可能性：因为中国是一个政治经济发展不平衡的大国，地方性的农业经济和帝国主义的分裂剥削政策，造成统治阶级内部的长期分裂与战争；经过大革命影响的地方，具有建立红色政权的群众基础；引起中国革命的矛盾一个也没有解决并且日益激化；有相当数量的正式红军存在；有共产党的正确领导。

农村包围城市道路理论的伟大意义：揭示了中国革命的客观规律，指明了国民革命失败后中国革命继续前进的道路，对民主革命的胜利起了决定作用。

它是中国共产党人把马列主义关于武装夺取政权的原理同中国革命实践相结合的范例，丰富和发展了马列主义，是毛泽东思想形成的重要标志。

这个理论开启了共产主义运动多元化的进程，对探索中国特色社会主义道路具有十分重要的意义，中国特色社会主义也要把马克思列宁主义与中国实际相结合，走出一条符合中国国情的社会主义道路。

2. [答案要点] 从1927年7月大革命失败至1935年1月遵义会议召开之前，“左”倾错误先后三次在党中央的领导机关取得了统治地位。第一次是1927年11月至1928年4月的“左”倾盲动错误，认为革命形势在不断高涨，盲目要求“创造总暴动的局面”。第二次是1930年6月至9月以李立三为代表的“左”倾冒险主义，错误地认为中国革命进人高潮，要求举行全国暴动和攻打中心城市。第三次是1931年1月至1935年1月以王明为代表的“左”倾教条主义，把马克思主义教条化地应用于中国，把共产国际的经验和苏联经验神圣化。

在20世纪20年代后期和30年代前期，中共党内先后出现了“左”倾盲动主义、“左”倾冒险主义和“左”教条主义错误，其原因是多方面的：(1)八七会议以后，党内一直存在着的浓厚的近乎拼命的冲动，始终没有能够从指导思想上得到认真的清理。

(2)全党的马克思主义理论准备不足,理论素养还不高,实践经验也很缺乏,王明又时时搬出马克思主义的词句来吓唬人,容易使一些干部受到蒙骗。(3)共产国际的干预以及对王明的全力支持,更使许多人失去了识别和抵制能力。

从根本上说,党内屡次出现"左"倾错误的原因主要是全党的马克思主义理论准备不足,理论素养不高,实践经验也很缺乏,不善于把马克思列宁主义与中国实际全面地、正确地结合起来。

王明等人的"左"倾错误,对中国革命造成了极其严重的危害。其最大的恶果,就是使红军在第五次反"围剿"作战中失败,不得不退出南方根据地实行战略转移——长征。这次错误使红军和根据地损失了90%,国民党统治区党的力量几乎损失了100%,其教训是极其惨痛而深刻的。

五、材料分析题

1. **[答案要点]** (1)内外形势:国民党军对革命根据地的封锁更加严密;国民党军在装备上比红军强大得多;红军在兵源(征兵)、物资(粮食)等方面都已相当匮乏。(2)失败原因:指导方针:"左"倾错误主导红军的军事指导方针,进攻中的冒险主义,防守中的消极防御;客观形势:敌我双方力量。

2. **[答案要点]** (1)它以法律的形式肯定了农民分配土地的神圣权利。不适合的规定是:没收一切土地而不是只没收地主土地;土地所有权属于政府而不是属于农民,禁止土地买卖。

(2)把"没收一切土地"改为"没收一切公共土地及地主阶级土地"。没收一切土地往往造成对中农利益的损害,不利于土地革命的开展。

(3)将土地所有权属于政府改为属于农民,将禁止土地买卖改为允许农民自主租借买卖土地。土地革命属于民主革命范畴,民主革命不是一般地消灭私有制,应该承认农民对土地的私有权。

(4)土地政策的制定必须从实际出发,有利于调动农民的积极性,有利于团结革命力量,有利于发展农村生产力。

第六章　中华民族的抗日战争

学习目标

通过学习本章内容，深刻认识日本帝国主义发动的侵略战争给中华民族带来深重灾难；了解中国人民抗战所取得的伟大功绩，懂得中国共产党及其领导下的人民革命力量是抗日战争的中流砥柱；掌握抗日战争胜利的意义、原因和基本经验。

学习要点

一、日本发动灭亡中国的侵略战争

（一）日本灭亡中国的计划及其实施

1. 从九一八事变到华北事变

早在明治维新时期，日本就确定了对外扩张的国策，制定了所谓"大陆政策"。随后，加紧了侵略中国的准备。

1931 年 9 月 18 日深夜，日本关东军炸毁了南满铁路沈阳北郊柳条湖的一小段路轨，反诬中国军队"破坏"铁路、"袭击"日本守备队，当即炮轰东北军驻地北大营；同时，驻扎在南满铁路沿线的日本军队分别向沈阳城内和长春、四平、公主岭等地发起进攻。这就是九一八事变。九一八事变后，张学良率领 19 万东北军遵照蒋介石的不抵抗密令，不战自退。沈阳全城一夜之间陷入敌手。

日本占领中国东北后，随即开始入侵中国华北地区。1935 年，日本在华北制造一系列事端，向中国政府提出使华北政权"特殊化"的要求。国民政府在河北、察哈尔两省的主权大部丧失，华北成为日军可以自由出入的"真空地带"。接着，日方又策动华北五省（河北、察哈尔、绥远、山西、山东）两市（北平、天津）"防共自治运动"，制造傀儡政权。这就是华北事变。

2. 卢沟桥事变后，日本开始进行全面侵华战争

1937 年 7 月 7 日夜，驻丰台日军一个中队在卢沟桥以北的龙王庙附近举行军事演习。10 时结束后在回营的路上，忽听到几声枪响，随即集合点名，发现一名士兵失

踪(事后查明,失踪者为上厕所未请假所致)。日军就借口这名士兵失踪,要求进入宛平县城搜查。当地国民党驻军拒绝了这一无理要求。正交涉间,日军炮轰宛平城,攻击卢沟桥。这就是卢沟桥事变。卢沟桥事变标志着日本全面侵华战争的开始。

由于遭到中国军民的顽强抵抗,在1938年10月日军占领广州、武汉以后,日军被迫停止对正面战场的战略性进攻,抗日战争进入相持阶段。日本在坚持灭亡中国的总方针下调整侵华政策,实施"以华制华"和"以战养战"策略,对国民党政府采取政治诱降为主、军事打击为辅的方针;在占领区加紧扶植傀儡政权,建立和发展汉奸组织;逐步将主要兵力用于对共产党领导的敌后抗日根据地进行"扫荡"。1944年4月至1945年1月,日本发动打通中国大陆交通线的豫湘桂战役,占领20多万平方千米的中国领土。这是日军在中国的最后一次大规模进攻。

(二)残暴的殖民统治和中华民族的深重灾难

1. 日本在其占领区的残暴统治

日本的大举进攻,使中国的大片国土沦为日本的殖民地,日本在这些地方实行残暴的殖民统治。日本在华实行殖民统治的地区主要有四:

一是台湾地区;二是东北地区;三是华北某些地区;四是华中、华东部分地区。

2. 侵华日军的严重罪行

日本对中国的大规模侵略和在中国部分地区的殖民统治,犯下了空前严重的罪行,给中华民族造成了极为深重的灾难。首先,制造惨绝人寰的大屠杀。其次,疯狂掠夺中国的资源与财富。再次,强制推行奴化教育。

二、从局部抗战到全国性抗战

(一)中国共产党举起武装抗日的旗帜

中国军民在九一八事变后即开始抗战,直到1945年抗战胜利,是14年抗战,而不是8年抗战。只是1931年九一八事变到1937年七七事变前是局部抗战,七七事变后是全国性抗战。

在九一八事变后的第三天,中共中央就发表了《中国共产党为日本帝国主义强暴占领东三省事件宣言》。宣言指出,日本帝国主义侵占东北的目的是使中国完全变成它的殖民地,号召全国工农武装起来,进行民族的自卫战争。9月22日,中共中央作出《关于日本帝国主义强占满洲事变的决议》,要求各级党组织加紧组织、领导群众的反帝运动,直接给日本帝国主义以严重打击。1932年4月15日,中华苏维埃共和国临时中央政府发布《对日战争宣言》,正式宣布苏维埃政府对日战争。中国共产党还直接领导了东北人民的抗日武装斗争。

总之，九一八事变后，中国共产党坚决主张武装民众，进行民族革命战争，并率先举起武装抗日的旗帜。

（二）局部抗战与救亡运动

九一八事变后，抗日救亡运动在全国兴起。中国共产党及其领导的工农红军和广大的工人、农民是抗日救亡运动的中坚力量。上海、天津、广州、北平等地工人纷纷举行反日大罢工和抗日示威游行，组织抗日救国会，开展抗日募捐。

1933 年 5 月，原西北军将领冯玉祥在张家口成立察哈尔民众抗日同盟军，并谋求同共产党合作。在同盟军中工作的共产党员约有 300 人。北路前敌总指挥吉鸿昌不久加入了中国共产党。同年 11 月，国民党第十九路军将领蔡廷锴、蒋光鼐以及国民党内爱国人士陈铭枢、李济深等在福州发动反蒋抗日的福建事变。此前，第十九路军代表同中央根据地的红军代表签署了《反日反蒋的初步协定》。事变失败后，共产党人同李济深、蔡廷锴等爱国人士继续保持着联系。

1934 年 4 月，由中国共产党提出，由宋庆龄、何香凝、李杜等 1 779 人领衔，以“中国民族武装自卫委员会筹备委员会”名义，发表《中国人民对日作战的基本纲领》。在纲领上签字的群众达几十万人。

（三）停止内战，一致对外

1. 一二·九运动

在中共的领导下，1935 年 12 月 9 日，北平学生举行抗日游行，高呼“反对华北自治”、“打倒日本帝国主义”、“停止内战，一致对外”等口号，遭到国民党军警镇压。16 日，北平学生与市民举行更大规模的示威游行。它促进了中华民族的觉醒，标示着中国人民抗日救亡新高潮的到来。

2. 中共的抗日民族统一战线的新政策

1935 年 12 月，中国共产党在陕北子长县瓦窑堡召开中央政治局会议。出席会议的有毛泽东、张闻天、周恩来、刘少奇、秦邦宪、邓发、何克全、李维汉、张浩、杨尚昆等 10 余人。会议通过了《关于军事战略问题的决议》，确定把国内战争同民族战争结合起来，“准备直接对日作战的力量”和扩大红军的方针，同时提出了抗日游击战争在战略上的重大作用。会议还通过了《关于目前政治形势与党的任务决议》，《决议》全面地分析了国内外的政治形势和阶级关系的新变化，确定了建立最广泛的抗日民族统一战线的政策，提出了以“人民共和国”的口号代替“工农共和国”的口号，批判了成为当时党内在统一战线问题上的主要危险的“左”倾关门主义倾向，同时也指出了在新的革命时期预防右倾机会主义复活的必要性，坚持无产阶级在统一战线中的领导权。这次会议是从土地革命战争到抗日战争的伟大转折时期中召开的一次极其重要的会议，它表明中国共产党在总结革命中的成功和失败的经验教训的基础上，已经成熟起来，能够从中国的实际情况出发，创造性的进行工作。

在全国抗日救亡运动高涨之际，中国共产党及时提出了抗日民族统一战线的新政策。此时，蒋介石的对日态度及内外政策发生了某些变化，并开始着手整军备战工作。1936 年 5 月，中共中央发布《停战议和一致抗日通电》，放弃了反蒋抗日的口号，第一次公开把蒋介石作为联合的对象。9 月 1 日，中共中央发出党内指示，明确提出党的总方针是“逼蒋抗日”。

3. 西安事变及其和平解决

蒋介石还没有根本改变对日本的态度，并不领会共产党抗日的诚意，仍然准备组织力量对陕北根据地和红军发动新的“会剿”。1936 年 12 月初，蒋介石到达西安，逼迫张学良、杨虎城攻打陕北的红军。12 日凌晨，为了实现停止内战，实行抗日，张、杨在对蒋介石“哭谏”无效的情况下实行“兵谏”，扣留了蒋介石。这就是西安事变。

中共从民族大义出发，派周恩来等赴西安，参加张、杨与南京方面代表宋美龄、宋子文的和平谈判，和平解决西安事变，从而基本实现国内和平。

（四）全国性抗战的开始

1937 年 7 月 7 日，卢沟桥事变爆发，中国守军第二十九军奋起抵抗日军的进攻。中国抗日战争进入全国性抗战的新时期。

事变发生的第二天，中国共产党就通电全国，号召全中国同胞团结起来，筑成民族统一战线的坚固长城，抵抗日本的侵略。7 月 15 日，中共中央代表周恩来将《中国共产党为公布国共合作宣言》交给蒋介石，约定由国民党中央通讯社发表。9 月 22 日，国民党中央通讯社发表《中国共产党为公布国共合作宣言》。23 日，蒋介石发表谈话，表示：“在危急存亡之秋，更不应计较过去之一切，而使全国国民彻底更始，力谋团结，以共保国家之生命与生存”。这就在实际上承认了共产党的合法地位。至此，以国共两党第二次合作为基础的抗日民族统一战线正式形成。

8 月，国共两党达成将红军主力改编为国民革命军第八路军（简称八路军。不久改称第十八集团军）等协议。八路军由朱德任总指挥，彭德怀任副总指挥，叶剑英任参谋长，左权任副参谋长，任弼时任政治部主任，邓小平任政治部副主任。下辖三个师：第一一五师，师长林彪、副师长聂荣臻；第一二〇师，师长贺龙、副师长萧克；第一二九师，师长刘伯承、副师长徐向前。全军共 4.5 万人。接着，南方的红军和游击队，除琼崖红军游击队外，改编为国民革命军新编第四军（简称新四军），叶挺任军长，项英任副军长，下辖四个支队，全军 1.03 万人。9 月，陕甘宁根据地改称陕甘宁边区，仍是中共中央所在地。

国共第二次合作为基础的抗日民族统一战线正式形成，具有重要的历史意义。

三、国民党与抗日的正面战场

（一）战略防御阶段的正面战场

从1937年7月卢沟桥事变，到1938年10月广州、武汉失守，中国军民处于抗日战争的战略防御阶段。

在战略防御阶段，以国民党军队为主体的正面战场，担负了抗击日军战略进攻的主要任务。在这一阶段，国民党军队组织了淞沪、忻口、徐州、武汉会战等一系列大战役。1938年3月，李宗仁等部实施台儿庄战役，取得大捷，歼灭日军1万余人。

但是，国民党正面战场除了台儿庄战役取得大捷外，其他战役几乎都是以退却、失败而结束的。那么，国民党担负的正面战场为什么在短短一年零三个月时间，就丢失了100多万平方千米的国土、340多个大小城市，军队损失100多万。

造成这种状况的客观原因是敌强我弱，日本是东方头号帝国主义强国，又作了长时期的侵华准备，而中国是半殖民地半封建的弱国，加之国民党政府没有进行认真备战，敌我在军力、经济力和组织力的对比上，日本都占有较大的优势。主观原因：一是国民党片面抗战路线；二是战略指导方针上的失误；三是国民党军队派系林立，各为己谋。在战斗中往往为了保存自己的实力，不能协同作战甚至互相倾轧，常常因援军不能及时赶到而贻误战机。

（二）战略相持阶段的正面战场

抗日战争进入相持阶段后，日本对国民党政府采取以政治诱降为主、军事打击为辅的方针。国民党在重申坚持持久抗战的同时，其对内对外政策发生重大变化。1939年1月，国民党五届五中全会决定成立“防共委员会”，确定了“防共、限共、溶共、反共”的方针。蒋介石还将抗战到底的含义解释为“恢复到卢沟桥事变以前的状态”。这标志着国民党由片面抗战逐步转变为消极抗战。

在相持阶段，国民党蒋介石集团为什么从比较积极抗战转而实行消极抗战？这主要是由国民党的阶级性质决定的。国民党是中国大地主大资产阶级性质的政党，代表的是大地主大资产阶级的利益而不是广大人民群众的利益。这就决定了在相持阶段蒋介石集团一方面要进行抗战，因为不进行抗战，全国人民不答应，国民党政权就要垮台；另一方面又不能积极抗战而实行消极抗战，其目的是为了保存自己的实力，以便在抗战胜利后同中国共产党一决雌雄，继续维持国民党一党专政的独裁统治。

四、中国共产党成为抗日战争的中流砥柱

(一)全面抗战的路线和持久战的方针

1. 实行全面的全民族抗战的路线

抗日战争爆发后,如何坚持抗战、争取抗战的胜利?这是必须首先回答的一个重要问题。

中国共产党确信,决定战争胜负的,是人而不是武器。因此,与国民党实行的片面抗战路线不同,中国共产党一开始就主张实行人民战争的全面抗战路线。中国共产党把工作的重点放在敌后农村,在新的抗日民族解放战争条件下,继续走农村包围城市的道路。

中国共产党由于坚决实行放手发动群众、壮大人民力量的抗战路线,因而牢牢地掌握了历史的主动权,成为团结全民族抗战的中坚力量。

2. 采取持久战的战略方针

1938年春,在日本侵略者的疯狂进攻下,大片国土迅速沦丧。重重疑虑沉重地压在中国民众的心上:战争会怎样发展下去?中国的抗日能够取得胜利吗?怎样才能取得胜利?这是必须作出回答的又一个重要问题。

在这样的关键时刻,毛泽东发表了《论持久战》等著作,及时、科学地回答了这些重大问题,系统阐明了持久抗战的总方针。

毛泽东指出,中日战争是"半殖民地半封建的中国同帝国主义的日本之间在二十世纪三十年代所进行的一场决死的战争"。这是全部问题的根据。具体地说,战争双方具有敌强我弱、敌小我大、敌退步我进步、敌寡助我多助这样四个互反的基本特点。

毛泽东认为,日本是强国,中国是弱国,强国弱国的对比,决定了中国的抗日战争不能速胜。另一方面,日本是小国,发动的是退步的、野蛮的侵略战争,在国际上失道寡助;而中国是大国,进行的是进步的、正义的反侵略战争,在国际上得道多助。特别是中国已经有了代表中华民族和中国人民根本利益的、在政治上成熟的中国共产党及其领导的解放区和人民军队。因此,中国不会亡,持久战最后胜利属于中国。这一英明论断,犹如朝阳,拨开人们心头上的迷雾,指明了战争的前途,大大坚定了国人夺取抗战胜利的信心。

毛泽东还科学地预测了抗日战争的发展进程,即抗日战争将经过战略防御、战略相持、战略反攻三个阶段。其中,战略相持阶段,是中国抗日战争能否取得最后胜利的最关键的阶段。只要坚持持久抗战、坚持抗日民族统一战线,中国将在这个阶段中获得转弱为强的力量。

(二)敌后战场的开辟与游击战争的发展

为了贯彻执行全面抗战路线,中国共产党作出了开辟敌后战场的战略决策。

八路军刚开赴前线时,主要是直接在战役上配合国民党军队作战。1937 年 9 月,八路军一一五师主力在晋东北平型关附近伏击日军,歼敌 1 000 余人,击毁汽车 100 多辆,取得全民族抗战以来中国军队的第一次重大胜利,粉碎了日军不可战胜的神话。

在战略相持阶段,敌后游击战争成为主要的抗日作战方式。

(三)坚持抗战、团结、进步的方针和原则

中国共产党在领导开辟敌后战场、开展抗日游击战争的同时,还提出了一系列坚持抗战、团结、进步的方针和原则。

(1)坚持抗日民族统一战线中的独立自主原则;(2)坚持抗战、团结、进步,反对妥协、分裂、倒退的方针;(3)巩固抗日民族统一战线的发展进步势力、争取中间势力、孤立顽固势力的策略总方针和有理、有利、有节的同顽固派作斗争的策略原则。

(四)抗日民主根据地的建设及其地位

抗日根据地是认真贯彻和实现中国共产党全面抗战路线、坚持抗战和争取胜利的坚强阵地。1940 年,毛泽东发表《新民主主义论》等著作,提出了比较完整的新民主主义建设的基本纲领、基本政策,为各抗日根据地的建设指明了方向。1941 年 5 月,中共中央批准颁布的《陕甘宁边区施政纲领》,全面地体现了中国共产党关于根据地建设的基本方针。

1. 三三制的民主政权建设

加强政权建设,是抗日根据地建设的首要的、根本的任务。中国共产党提出,根据地政权是共产党领导的抗日民族统一战线性质的政权，是一切赞成抗日又赞成民主的人们的政权,是几个革命阶级联合起来对于汉奸和反动派的民主专政。边区(省)、县参议会既是民意机关,也是立法机关;边区、县、乡抗日民主政府是行政机关;边区高等法院和县法院是司法机关。抗日民主政府在工作人员分配上实行“三三制”原则,即共产党员、非党的左派进步分子和不左不右的中间派各占 1/3。这样做,可以容纳各方面的代表,团结一切赞成抗日又赞成民主的各阶级、阶层。

2. 减租减息,发展生产

各地抗日民主政权十分重视根据地的经济建设。根据地内停止实行没收地主土地的政策,普遍实行减租减息政策,以便使广大农民减轻负担,得到实惠,提高抗日和生产的积极性;同时又照顾地主的利益,增强地主对抗日民主政权的认同感,保障解放区的社会稳定。

为了克服根据地面临的严重困难局面,毛泽东提出了“发展生产,保障供给”的经

济工作和财政工作的总方针，发出了“自己动手，丰衣足食”的号召。1942年，中国共产党领导根据地军民开展了大生产运动。毛泽东、朱德等亲自参加生产。陕甘宁边区的三五九旅发扬艰苦奋斗的精神，将荒无人烟的南泥湾改造成为“陕北江南”。抗日民主政府还厉行精兵简政，以减轻人民负担。根据地军民终于战胜了困难，农业生产和工商业都得到恢复和发展，为坚持抗战、争取胜利奠定了物质基础。

3. 文化建设与干部教育

中共中央及时作出大量吸收知识分子的决定，把发展抗日的革命文化运动提上重要议事日程，中国人民抗日军政大学（简称抗大）、鲁迅艺术学院（简称鲁艺）等一批干部学校和专门学校创办起来。各根据地还创办了大量的中、小学校，吸收农民子女入学。哲学社会科学和自然科学研究也得到重视。

（五）国民党统治区的抗日民主运动和进步文化工作

抗战时期，中国共产党的工作重心，是在敌后发动抗日游击战争，建设抗日民主根据地。同时，也在国民党统治区（习惯上称“大后方”）开展促进团结抗日等有关工作。

在抗战初期，中国共产党对国民党统治区的工作，先是通过中共中央长江局具体领导。1939年1月以后，由以周恩来为书记的中共中央南方局具体领导。政治上主要是发起宪政运动，文化上发展抗日文化。

（六）中国共产党的自身建设

为了胜利地领导中国人民进行抗日战争，中国共产党密切地联系着党的政治路线，在斗争实践中不断推进党的建设的伟大工程。

1. 马克思主义中国化命题的提出

1938年10月，中共六届六中全会提出马克思主义中国化的命题。

2. 新民主主义理论的系统阐明

在20世纪30年代后期和40年代前中期，为了将丰富的中国革命实际经验马克思主义化，以便更好地指导抗日战争和中国革命，毛泽东撰写了《〈共产党人〉发刊词》、《中国革命和中国共产党》、《新民主主义论》等一批重要的理论著作，系统阐明新民主主义理论。

毛泽东首先揭示了中国半殖民地半封建社会的性质和主要特征，近代中国社会的主要矛盾和中国革命发生和发展的原因；阐明了中国共产党在新民主主义革命阶段的政治、经济、文化纲领；总结了中国共产党成立以来的历史经验。统一战线、武装斗争、党的建设，这就是中国共产党在中国革命中战胜敌人的三个主要的法宝。新民主主义理论的系统阐明，标志着毛泽东思想得到多方面展开而达到成熟。

3. 开展整风运动

在20世纪40年代前中期,中国共产党以延安为中心,在全党范围内开展了一场整风运动。1941年5月,毛泽东作了《改造我们的学习》的报告,整风运动首先在党的高级干部中进行。1942年2月,毛泽东先后作了《整顿党的作风》和《反对党八股》的讲演,整风运动在全党范围普遍展开。整风运动的主要内容是:反对主观主义以整顿学风、反对宗派主义以整顿党风、反对党八股以整顿文风。其中,反对主观主义是整风运动最主要的任务。整风运动是一场伟大的思想解放运动,确立党的实事求是的思想路线。

五、抗日战争的胜利及其意义

(一)抗日战争的胜利

1945年上半年,世界反法西斯战争进入最后阶段。7月26日,中、美、英三国发表波茨坦公告,敦促日本投降。8月14日,日本政府照会中、美、英、苏等国,表示接受波茨坦公告。8月15日,日本天皇裕仁以广播"终战诏书"的形式宣布日本投降。9月2日,日本天皇和政府以及日本大本营的代表在东京湾美军军舰密苏里号上签署向盟国的投降书。9月3日,成为中国抗日战争胜利纪念日。1945年10月25日,中国政府在台湾举行受降仪式。根据波茨坦公告,被日本占领50年之久的台湾以及澎湖列岛,由中国收回。这成为抗日战争取得完全胜利的重要标志。

(二)中国人民抗日战争在世界反法西斯战争中的地位

第一,中国的抗日战争是世界反法西斯战争的重要组成部分,是世界反法西斯战争的东方主战场。

第二,中国坚持持久抗战,抗击和牵制着日本陆军主力,大大减轻了其他战场的压力,为同盟国军队完成太平洋战场的战略转折和实施战略反攻创造了有利条件。

第三,中国作为亚洲太平洋地区盟军对日作战的重要后方基地,还为盟国提供了大量战略物资和军事情报。

总之,中国是全世界参加反法西斯战争的五个最大的国家之一,是在亚洲大陆上反对日本侵略者的主要国家。中国在抗日战争中,为了自己的解放,为了帮助各同盟国,曾经作出了伟大的努力。

(三)抗日战争胜利的意义、原因和基本经验

中国人民抗日战争,是近代以来中华民族反抗外敌入侵第一次取得完全胜利的民族解放战争,是20世纪中国和人类历史上的重大事件。

1. 抗日战争胜利的意义

第一，中国人民抗日战争的胜利，彻底打败了日本侵略者，捍卫了中国的国家主权和领土完整，使中华民族避免了遭受殖民奴役的厄运。抗日战争的胜利，结束了日本在台湾50年的殖民统治，使台湾回到祖国的怀抱。第二，中国人民抗日战争的胜利，促进了中华民族的觉醒，使中国人民在精神上、组织上的进步达到了前所未有的高度。第三，中国人民抗日战争的胜利，促进了中华民族的大团结，弘扬了中华民族的伟大精神。第四，中国人民抗日战争的胜利，对世界各国夺取反法西斯战争的胜利、维护世界和平的伟大事业产生了巨大影响。

2. 中国人民抗日战争胜利的主要原因

第一，中国共产党以自己的坚定意志和模范行动，在全民族抗战中发挥了中流砥柱的作用。第二，中国人民巨大的民族觉醒、空前的民族团结和英勇的民族抗争，是中国人民抗日战争胜利的决定性因素。第三，中国人民抗日战争的胜利，同世界所有爱好和平和正义的国家和人民、国际组织以及各种反法西斯力量的同情和支持也是分不开的。

3. 抗日战争胜利的基本经验

第一，全国各族人民的大团结是中国人民战胜一切艰难困苦、实现奋斗目标的力量源泉。第二，以爱国主义为核心的伟大民族精神是中国人民团结奋进的精神动力。第三，提高综合国力是中华民族自立于世界民族之林的基本保证。第四，中国人民热爱和平，反对侵略战争，同时又决不惧怕战争。第五，中国共产党是中国人民抗日战争的中流砥柱。

同步练习

一、单项选择题

1. 日本全面侵略中国的标志性事件是　　（　　）

A. 九一八事变　B. 华北事变　C. 卢沟桥事变　D. 淞沪事变

2. 日寇在中国不断挑起各个事变，发生在上海的是　　（　　）

A. 一·二八事变和七七事变　B. 一·二八事变和八一三事变

C. 七七事变和九一八事变　D. 八一三事变和九一八事变

3. 卢沟桥事变后，国内各阶级、各派政治势力纷纷发表政治主张，要求立即对日抵抗，但是当时蒋介石最初的态度是　　（　　）

A. 对日本还抱有幻想，希望通过和平外交方法解决　B. 坚决抵抗，立即对日作战

C. 观望各国对华的态度　　　　D. 坚持反共，反对抗日

4. 中共制定抗日救国十大纲领的重要会议是1937年8月召开的　　（　　）

A. 遵义会议　　B. 古田会议　　C. 洛川会议　　D. 瓦窑堡会议

5. 以国共合作为基础的抗日民族统一战线正式形成的标志是　　（　　）

A. 西安事变的和平解决

B. 国民党五届三中全会确定实行联共政策

C. 国民党公布了合作宣言和蒋介石发表承认中共合法地位的谈话

D. 7月17日，周恩来、秦邦宪等在庐山同蒋介石、张冲等进行谈判

6. 1937年8月，陕北红军奉命改编为国民革命军第八路军，其正、副总指挥分别是（　　）

A. 朱德、彭德怀　　B. 叶挺、项英　　C. 朱德、刘伯承　　D. 朱德、贺龙

7. 1937年9月，八路军一一五师主力在山西前线取得（　　）的重大胜利，粉碎了日军不可战胜的神话。

A. 台儿庄战役　　B. 平型关战役　　C. 雁门关战役　　D. 阳明堡战役

8. 在抗战进入（　　）阶段后，中国共产党领导的敌后游击战争成为主要的抗日作战方式。

A. 战略防御　　B. 战略相持　　C. 战略反攻　　D. 战略决战

9. 毛泽东发表《论持久战》的时间是　　（　　）

A. 1935年12月　B. 1936年12月　C. 1937年7月　D. 1938年5月至6月

10. 毛泽东在《论持久战》中分析交战的中日双方存在着相互矛盾的特点是　　（　　）

A. 敌强我弱；敌退步我进步；敌小国我大国；敌寡助我多助

B. 抗日战争是持久战，最后胜利是中国的

C. 战争要经过战略防御、战略相持、战略反攻三个阶段

D. 中国是正义战争，日本是侵略战争

11. 毛泽东认为：游击战争在抗日战争中具有（　　）地位。

A. 重要　　B. 战术　　C. 战略　　D. 首要

12. 毛泽东明确提出"马克思主义的中国化"命题是在（　　）上。

A. 1921年中共一大　　　　B. 1935年遵义会议

C. 1938年9至11月中共六届六中全会　　D. 1945年中共七大

13. 1940年代前期中国共产党在全党范围开展整风运动，最主要的任务是　　（　　）

A. 反对主观主义　　B. 反对宗派主义

C. 反对党八股　　D. 反对右倾投降主义

14. 中国共产党在抗日民族统一战线中坚持独立自主原则的实质是　　（　　）

A. 巩固和发展抗日民族统一战线　　B. 力争共产党对抗日战争的领导权

C. 粉碎国民党顽固派反共投降逆流　　D. 争取民主,废止国民党一党专政

15. 抗日战争时期,中国共产党解决农民问题的基本政策是　　(　　)

A. 土地国有　B. 没收地主土地　C. 减租减息　D. 按人口平均分配土地

16. 中国共产党领导的民主政权实行“三三制”原则是在　　(　　)

A. 解放战争时期　B. 抗日战争时期　C. 土地革命时期　D. 大革命时期

17. 比较完整地阐明新民主主义的基本纲领、基本政策的文章是　　(　　)

A.《中国革命和中国共产党》　B.《新民主主义论》

C.《中国社会各阶级的分析》　D.《〈共产党人〉发刊词》

18. 在战略相持阶段,中国共产党领导的军队主动出击日军的最大规模战役是　　(　　)

A. 淞沪会战　B. 平型关大捷　C. 徐州会战　D. 百团大战

19. 百团大战的指挥者是　　(　　)

A. 聂荣臻　B. 徐向前　C. 彭德怀　D. 邓小平

20. 世界反法西斯战争由战略防御转入战略反攻的转折点是　　(　　)

A. 美英联军在北非地区登陆作战　B. 斯大林格勒战役的胜利

C. 苏军进入德国领土　D. 欧洲第二战场的开辟

21. 日本天皇向公众宣布无条件投降的时间是　　(　　)

A. 1945 年 8 月 14 日　B. 1945 年 8 月 15 日

C. 1945 年 9 月 2 日　D. 1945 年 9 月 3 日

22. 下列关于抗战历史意义中不恰当的表述是　　(　　)

A. 是中国人民近百年来第一次取得的反对帝国主义侵略斗争的完全胜利

B. 增强了全国人民的自尊心和自信心

C. 是世界反法西斯战争的重要组成部分

D. 结束了中国半殖民地半封建社会的历史

二、多项选择题

1. 以国共两党第二次合作为基础的抗日民族统一战线正式形成的标志是　　(　　)

A. 1937 年国民党五届三中全会

B. 1937 年蒋介石发表承认共产党合法地位的谈话

C. 国民党中央通讯社发表《中国共产党为公布国共合作宣言》

D. 西安事变的和平解决

2. 1937 年八路军开赴山西前线,配合国民党军队正面战场作战,先后取得(　　)等战役的胜利。

A. 平型关　　B. 雁门关　　C. 阳明堡　　D. 黄桥

3. 1939年7月，针对蒋介石消极抗日、积极反共，中国共产党明确提出的政治方针是 (　　)

A. 坚持抗战，反对妥协　　B. 坚持团结，反对分裂

C. 坚持进步，反对倒退　　D. 坚持抗战，反对投降

4. 1938年5月至6月间，毛泽东发表《论持久战》的讲演，科学地预测抗日战争将经历(　　)三个阶段。

A. 战略防御　　B. 战略相持　　C. 战略反攻　　D. 战略决战

5. 中国共产党在中国革命中战胜敌人的三大法宝是 (　　)

A. 实事求是　　B. 统一战线　　C. 武装斗争　　D. 党的建设

6. 1938年5月至6月间，毛泽东在《论持久战》中论述的中日矛盾双方的特点是 (　　)

A. 敌强我弱　　B. 敌小国我大国　　C. 敌退步我进步　　D. 敌寡助我多助

7. 在20世纪30年代后期和40年代前期，毛泽东论述新民主主义革命理论的著作是 (　　)

A.《论持久战》　　B.《〈共产党人〉发刊词》

C.《中国革命和中国共产党》　　D.《新民主主义论》

8. 1941年和1942年毛泽东为延安整风所作的报告是 (　　)

A.《改造我们的学习》　　B.《整顿党的作风》

C.《反对党八股》　　D.《中国革命和中国共产党》

9. 抗日战争时期延安整风运动的主要内容是 (　　)

A. 反对主观主义以整顿学风　　B. 反对主观主义以整顿党风

C. 反对宗派主义以整顿党风　　D. 反对党八股以整顿文风

10. 在抗日民族统一战线中，中国共产党争取的中间势力指的是 (　　)

A. 民族资产阶级　　B. 开明绅士　　C. 上层小资产阶级　　D. 地方实力派

11. 中国共产党争取抗日民族统一战线中的中间势力的条件是 (　　)

A. 共产党必须有充足的力量　　B. 必须同他们的动摇性作斗争

C. 必须尊重他们的利益　　D. 必须同顽固派作斗争并不断取得胜利

12. 进入抗战最艰苦时期，中国共产党为了战胜困难，坚持长期抗战，争取最后胜利，先后制定了巩固解放区的一系列重大政策。其中，两个中心环节是 (　　)

A. 整风运动　　B. 大生产运动　　C. 减租减息　　D. 精兵简政

13. 毛泽东在《新民主主义论》中提出了党关于新民主主义革命的三大纲领是 (　　)

A. 政治纲领　　B. 经济纲领　　C. 军事纲领　　D. 文化纲领

14. 在敌后军民的艰苦抗战中，涌现了无数可歌可泣的民族英雄，他们是 (　　)

A. 左权　　B. 赵尚志　　C. 杨靖宇　　D. 彭雪枫

15. 毛泽东提出的中国共产党的新民主主义经济纲领的主要内容是 ( )

A. 没收操纵国计民生的大银行、大工业、大商业归新民主主义国家所有,建立国营经济

B. 允许民族资本主义经济的发展

C. 消灭富农经济

D. 没收地主阶级的土地归农民所有

16. 皖南事变中遇难的新四军将领有 ( )

A. 叶挺　　B. 项英　　C. 袁国平　　D. 周子昆

17. 中国共产党在抗日民族统一战线中的策略总方针是 ( )

A. 发展进步势力　　B.争取中间势力　　C.孤立顽固势力　　D.消灭顽固势力

三、简答题

1. 简述国民党在抗日战争中的地位和作用。

2. 简述抗日战争胜利的基本经验。

3. 延安整风运动的内容、方针和意义是什么?

4. 简述抗日民族统一战线的特点及意义。

四、论述题

1.毛泽东《论持久战》一文的主要内容和意义是什么?

2.如何理解中国共产党是抗日战争的中流砥柱?

3.试述抗日战争胜利的意义。

五、材料分析题

1.阅读材料,回答问题。

材料1　张学良回忆说:“过去我们对日本办事情,‘南京事件’也好,‘济南事件’也好,都是大事化小,小事化了。我当时也是大事化小,小事化了。”

材料2　国民党军事委员会在总结淞沪会战的经验教训时指出:“作战时前方军队与后方补给及前方战场与后方战场关系最为重大,盖军队不能枵腹而战,而近代火器发达,弹药之补充更为重要。至战场军队及难民之慰劳收容,均后方民众组织以任慰劳收容之责。但此次作战,因我前后方未臻密切联系与合作,缺憾丛生。”

材料3　毛泽东在论述抗战胜利的时候指出:“原子弹能不能解决战争?不能。原子弹不能使日本投降。只有原子弹而没有人民的战争,原子弹是空的。”

请根据以上材料思考下列问题:

(1)根据材料1说明“九一八”事变中张学良不抵抗政策产生的原因。

(2)材料2反映了国民党的抗战态度,试根据抗日战争中有关历史事实,说明国共两党在如何进行抗战问题上的不同政策。

(3)根据抗日战争的基本史实,谈谈你对材料3所表述的观点的看法。

2. 阅读材料,回答问题。

材料1 在攻陷南京后,帝国政府为了仍然给中国国民政府以最后重新考虑的机会,一直等到现在。然而,国民政府不了解帝国的真意,竟然策动抗战……因此,帝国政府今后不以国民政府为对手,而期望真能与帝国合作的中国政权的建立与发展,并将与此新政权调整两国邦交,协助建设复兴的新中国。

《声明》(1938年1月16日)

材料2 帝国陆海军已攻克广东(州)、武汉三镇,平定中国重要地区。国民政府仅为一地方政权而已。然而,如该政府坚持抗日容共政策,则帝国决不收兵,一直打到它崩溃为止……如果国民政府抛弃以前的一贯政策,更换人事组织,取得新生的成果,参加新秩序的建设,我方并不予以拒绝。

《声明》(1938年11月3日)

材料3 日本政府本年曾一再声明,决定始终一贯地以武力扫荡抗日的国民政府。同时,和中国同感忧虑、具有卓识的人士合作,为建设东亚新秩序而迈进。……当此之时,政府向国内外阐明同新生的中国调整关系的总方针,以求彻底了解帝国的真意。日满华三国应以建设东亚新秩序为共.同目标而联合起来,共谋实现相互善邻友好、共同防共和经济合作。

《声明》(1938年12月22日)

以上材料是1938年日本近卫内阁发表的对华政策《声明》的节录,摘自《日本帝国主义对外侵略史料选编》

根据材料回答问题:

(1)材料1指出日本对国民政府的方针是什么?

(2)根据材料2分析,日本对国民政府的方针有何变化?结合史实说明其原因。

(3)根据材料3分析,日本侵华政策的新变化,并联系史实说明它对国民政府产生的影响。

参考答案

一、单项选择题

1. C　2. B　3. A　4. C　5. C　6. A　7. B　8. B　9. D　10. A　11. C　12. C　13. A　14. B　15. C　16. B　17. B　18. D　19. C　20. B　21. B　22. D

二、多项选择题

1. BC　2. ABC　3. ABC　4. ABC　5. BCD　6. ABCD　7. ABCD　8. ABC　9. ACD　10. ABD　11. ACD　12. BD　13. ABD　14. ABCD　15. ABD　16. BC　17. ABC

三、简答题

1. [答案要点] 第一,国民党掌握全国政权,有200万正规军,在卢沟桥事变后,能接受中国共产党提出的团结抗日主张,实现第二次国共合作,全国性抗战得以实现,是对民族立了一大功。

第二,在战略防御阶段,以国民党军队为主体的正面战场,担负了抗击日军进攻的主要任务。国民党政府采取了一些比较进步的措施,组织了淞沪、忻口、徐州、武汉等一系列战役。台儿庄战役大捷,发挥了重要作用,粉碎了日本侵略者在3个月内灭亡中国的战略计划和"速战速决"的方针;客观上,有利于八路军、新四军开辟敌后战场,建立根据地。

第三,在战略相持阶段到来后,国民党对日军进攻做过一些抵抗,牵制了敌人,保住了西南、西北大后方。但国民党执行了片面抗战路线,国民党的一部分以汪精卫集团为代表叛变投敌,成立了汪伪政权。另一方面,以蒋介石集团为代表将其政策重点由抗日转向反共,消极抗战,先后发动三次反共高潮,给抗日带来极大危害,并造成豫湘桂战役的大失败。

第四,在抗日战争中国民党中爱国官兵的抗战英雄业绩大长了中华民族的志气,扩大了中国抗战在国际上的影响力。但由于国民党始终坚持一党专政,在战略反攻阶段,加强独裁统治,拒绝共产党提出的建立民主联合政府的主张,在经济上实行残酷掠夺,扩大官僚资本,造成国民党统治的危机,对抗战造成了危害,并预埋了内战的祸胎。

2. [答案要点] 中国的抗日战争,是战争史上的奇观,是中华民族的壮举,是惊天动地的伟业。这场艰苦卓绝的战争,为我们留下了昭示今人、启迪后代的珍贵的丰富的经验。

第一,全国各族人民的大团结是中国人民战胜一切艰难困苦、实现奋斗目标的力量源泉。第二,以爱国主义为核心的伟大民族精神是中国人民团结奋进的精神动力。这是抗日战争得以坚持和胜利的思想保证。第三,提高综合国力是中华民族自立于世界民族之林的基本保证。一个国家只有首先自强,才能在世界上自立。第四,中国人民热爱和平,反对侵略战争,同时又决不惧怕战争。中国人民进行反侵略战争,是为了捍卫中华民族生存和发展的权利,是对世界反法西斯战争和人类和平进步的重大贡献。第五,只有坚持中国共产党的领导,中华民族才能捍卫自己生存和发展的权利,才能创造美好的未来。

3. **[答案要点]** 为了总结和吸取历史上的经验教训,以提高广大党员的思想理论水平,增强党的凝聚力和战斗力,有必要集中开展一场普遍的马克思主义思想教育运动。为此,在 20 世纪 40 年代前期,中国共产党以延安为中心,在全党范围内开展了一场整风运动。1941 年 5 月,毛泽东作了《改造我们的学习》的报告,整风运动首先在党的高级干部中进行。1942 年 2 月,毛泽东先后作了《整顿党的作风》和反对党八股》的演讲,整风运动在全党范围内展开。

整风运动的主要内容是反对主观主义以整顿学风、反对宗派主义以整顿党风、反对党八股以整顿文风。其中,反对主观主义是整风运动的最主要任务。

毛泽东总结党内斗争的历史经验, 根据党内矛盾性质和特点明确提出了整风运动的方针和宗旨是“惩前毖后,治病救人”,达到既要弄清思想,又要团结同志这样两个目的。

整风运动是一场伟大的思想解放运动。一切从实际出发、理论联系实际、实事求是的马克思主义思想路线,在全党范围内确立了起来。它使全党在思想上、政治上和组织上的团结空前巩固,为争取抗日战争的胜利奠定了思想基础;它是无产阶级政党建设上的一个创举,是对马克思主义建党学说的发展。

4. **[答案要点]** 1937 年 9 月,国民党中央通讯社发表《中国共产党为公布国共合作宣言》,以蒋介石发表承认共产党合法地位谈话为标志,国共两党合作为基础的抗日民族统一战线正式形成。它有四个特点:第一,它具有广泛的民族性和极大的复杂性;第二,它是以国共两党各自独立的两个政权、两个军队为基础的合作;第三,没有双方共同遵守的共同纲领和固定的组织形式的党外合作;第四,它处在既有利又极其复杂的国际环境中。

抗日民族统一战线的形成使抗日战争成为中国近代历史上空前规模的全民族的反侵略战争,给予了中国革命以广大、深刻的影响,为中国抗日救国的伟大事业建立了必要的基础,它对中国人民必定打败日本帝国主义起了决定性的作用。

四、论述题

1. [答案要点] 为了澄清党内外在抗日战争问题上的混乱思想，驳斥“亡国论”和“速胜论”，1938 年 5 月至 6 月间，毛泽东发表了《论持久战》的著名讲演，总结抗战 10 个月来的经验，集中了全党的智慧，系统地阐明了持久抗战的方针。其主要内容是：

全面地分析了中日战争所处的时代和敌我双方的基本特点，揭示了“抗日战争是持久战，最后胜利是属于中国的”规律。毛泽东指出，中日战争是“半殖民地半封建的中国和帝国主义的日本之间在 20 世纪 30 年代进行的一次决死的战争”。中日双方存在着四个互相矛盾的基本特点：敌强我弱，敌小我大，敌退步我进步，敌寡助我多助。一方面，日本是强国，中国是弱国，敌强我弱的特点，决定了抗日战争只能是持久战，而不是速决战。另一方面，日本是小国，发动的是退步的、野蛮的侵略战争，在国际上失道寡助；而中国是大国，进行的是进步的正义的反侵略战争，在国际上得道多助。再加上中国已有了代表中华民族和中国人民根本利益的、在政治上成熟的中国共产党及其领导的抗日根据地和人民军队。因此，最后的胜利又将是属于中国的。因此，“亡国论”和“速胜论”都是错误的，不符合抗日战争发展的客观规律。

毛泽东科学地预见了整个抗日战争发展的进程，即抗日战争将经过战略防御、战略相持和战略反攻三个阶段。其中，战略相持阶段，是中国抗日战争取得最后胜利的最关键的阶段。只要坚持持久战、坚持抗日民族统一战线，中国将在这个阶段中获得转弱为强的力量。

毛泽东论述了抗日战争必须实行人民战争的战略方针。深刻的阐明了只有充分发动群众，实行人民战争，才是争取抗战胜利的唯一正确路线。毛泽东指出，“兵民是胜利之本”，“战争的伟力之最深厚的根源，存在于民众之中”。只有动员了全国的老百姓，才能造成陷敌于灭顶之灾的汪洋大海，才能克服困难最后战胜敌人，只有放手发动群众，实行人民战争，才能坚持持久战，取得抗日战争的胜利。

毛泽东阐述了抗日游击战争的战略地位。我军的作战方针应该是“基本的是游击战争，但不放松有利条件下的运动战”，“游击战与正规战不仅是战役配合，而且是战略配合”。

总之，毛泽东阐明的持久战战略思想，揭示了抗日战争的发展规律和坚持抗战、争取抗战胜利必须实行的战略方针，批驳了“亡国论”和“速胜论”，对全国抗战的战略指导产生了积极的影响，为争取抗日战争的全面胜利指明了道路。

2. [答案要点] (1)中国共产党实行的是全民族抗战的路线，采取的是持久战的战略方针。(2)为了贯彻执行全面抗战路线，中国共产党作出了开辟敌后战场的战略决策，并坚持在敌后广泛开展游击战。(3)中国共产党在统一战线中坚持独立自主的原则，坚持抗战，团结，进步的方针，反对妥协，分裂和倒退。(4)中国共产党积极建设抗日民主根据地。在抗日民主根据地实行三三制的民主政权建设，减租减息，大力发展生产，积极进行全化建设和干部教育。(5)在大后方开展抗日民主运动和抗战文化工作，对于激发大后方人民的爱国意识，坚持国共合作团结抗战，支援抗战前线，积蓄革命力量等发挥了重要的作用。(6)中国共产党将马克思主义溶入中国国情，创立出的新民主主义理论从思想上武装了中国共产党人，使他们极大的增强了参加和领导抗日战争和新民主主义革命的自觉性。

3. [答案要点] 中国人民抗日战争，是近代以来中华民族反抗外敌人侵第一次取得完全胜利的民族解放战争，是 20 世纪中国和人类历史上的重大事件。

第一，中国人民抗日战争的胜利，彻底打败了日本侵略者，捍卫了中国的国家主权和领土完整，使中华民族避免了遭受殖民奴役的厄运。抗日战争的胜利，结束了日本在台湾 50 年的殖民统治，使台湾回到了祖国的怀抱。

第二，中国人民抗日战争的胜利，促进了中华民族的觉醒，使中国人民在精神上、组织上的进步达到了前所未有的高度。中国人民通过抗日战争的实践认识到，中国共产党是领导中国人民争取民族独立和人民解放的坚强核心。正是在抗日战争胜利的基础上，中国共产党领导人民取得了新民主主义革命的伟大胜利，建立了中华人民共和国，实现了中国历史上最伟大、最深刻的社会变革。

第三，中国人民抗日战争的胜利，促进了中华民族的大团结，弘扬了中华民族的伟大精神。这就是：坚持维护国家和民族利益至上、誓死不当亡国奴的民族自尊品格；万众一心、共赴国难的民族团结意识；不畏强暴、敢于同敌人血战到底的民族英雄气概；百折不挠、勇于依靠自己的力量战胜侵略者的民族自强信念；开拓创新、善于在危难中开辟发展新路的民族创造精神；坚持正义、自觉为人类和平进步事业贡献力量的民族奉献精神。

第四，中国人民抗日战争的胜利，对世界各国人民夺取反法西斯战争的胜利、维护世界和平的伟大事业产生了巨大影响。中国人民为最终战胜世界法西斯势力作出了历史性贡献，在全世界人民面前树立了一个以弱胜强的范例。中国参与发起成立联合国并成为联合国安理会常任理事国，显著提高了中国的国际地位和国际影响。

五、材料解析题

1. [答案要点] (1)张学良在“九一八”事变中的不抵抗态度是由于国民政府一贯的妥协退让态度的反映。

（2）国民党实行片面抗战路线，单纯依靠政府和军队，不能有效地动员民众参加抗战。而共产党坚持全面抗战路线，形成消灭日本侵略者的人民战争的“汪洋大海”。

（3）武器是影响战争胜负的重要因素，但决定性因素是人，不是物，只有发动人民，才能取得抗战的最后胜利。

2. **[答案要点]** （1）日本采取不承认国民政府，图谋另立亲日的伪政权的方针。

（2）日本改变了不承认国民政府的方针，在对国民政府实行军事打击的同时，伸出诱降之手。从当时中日战争的实际看，日军占领武汉、广州后，由于战线太长，兵力不足，资源紧张，又由于中共领导的敌后抗日根据地的发展，严重威胁日军后方，日本被迫改变原来的方针。

（3）日本提出所谓“善邻友好、共同防共、经济合作”三项原则，作为诱降的条件。在日本的诱降下，国民政府内亲日派头子汪精卫公开投敌，成立了伪国民政府。蒋介石集团的抗战则表现出很大的动摇性。

第七章　为新中国而奋斗

学习目标

通过本章的学习，了解二战后国际国内的政治形势；了解国民党为什么坚持内战独裁的道路，同时掌握共产党为了实现和平所作出的努力；了解解放战争发展以及第二条战线的形成的过程；全面掌握《共同纲领》的内容，重点把握中国革命胜利的原因和基本经验。

学习要点

一、从争取和平民主到进行自卫战争

（一）中国共产党争取和平民主的斗争

1. 战后国际国内政治形势

抗日战争胜利后，中国广大人民热切希望实现和平、民主，为建设新中国而奋斗。

国民党统治集团作为大地主、大资产阶级的政治代表，其根本目标是使战后的中国恢复到战前的状态，即坚持蒋介石的独裁统治，继续走半殖民地半封建社会的老路。

还在 1945 年 5 月中共召开七大时，毛泽东就提出，对蒋介石拟采取“洗脸”政策而不是“杀头”政策。8 月 24 日，毛泽东根据时局变化进一步指出，抗战结束，和平建设阶段开始。中央正向重庆谈判，避免内战，实现和平建国。8 月 25 日，中共中央在对时局的宣言中明确提出“和平、民主、团结”的口号。

2. 重庆谈判和政治协商会议

为了争取和平民主，毛泽东不顾个人安危，于 8 月 28 日偕周恩来、王若飞赴重庆与国民党当局进行谈判。10 月 10 日，双方签署《政府与中共代表会谈纪要》即双十协定，确认和平建国的基本方针，同意“长期合作，坚决避免内战”。

3. 维护和破坏政协协议的较量

中国共产党是决心严格履行政协协定的。在政协召开时，毛泽东指出：“中国和平民主新阶段即将从此开始；全党应为巩固国内和平，实现民主改革，建立新中国而奋

斗。”同时，中共中央也指出：“必须提高警惕，注意阵地的取得和保持，做好自卫战争的准备。”

（二）国民党发动内战和解放区军民的自卫战争

1946年6月底，国民党军以进攻中原解放区为起点，挑起了全国性的内战。同年11月10日，国民党军占领华北解放区重镇张家口，并于当天片面下令召开由它一手包办的“国民大会”。次年3月，国民党当局限期令中共驻南京、上海、重庆三地代表及工作人员全部撤退。至此，一切和平谈判之门都被国民党关闭，国共关系彻底破裂。

在1946年6月至1947年6月的一年稍多一点的时间里，人民军队处于战略防御阶段。战争主要在解放区进行。

从1946年6月至10月，国民党军侵占解放区城市153座；解放军则收复城市40座、歼敌29.8万人。从1946年11月至1947年2月，国民党军侵占解放区城市87座；解放军则收复和解放城市87座、歼敌41万人。国民党军被迫放弃对解放区的全面进攻，而改为对陕北、山东解放区实施重点进攻。

从1947年3月至6月，解放军经过4个月的内线作战，打退了国民党军的重点进攻，并在东北、热河、冀东、豫南等地开始局部反攻。

二、国民党政府处在全民的包围中

（一）全国解放战争的胜利发展

1. 人民解放军转入战略进攻

1947年6月底，根据中共中央的决策和部署，刘伯承、邓小平率领的晋冀鲁豫野战军主力，实施中央突破，千里跃进大别山；陈毅、粟裕指挥的华东野战军主力为东路，挺进苏鲁豫皖地区；陈赓、谢富治指挥的晋冀鲁豫野战军一部为西路，挺进豫西。三路大军相互策应，机动歼敌。它们调动和吸引国民党军南线全部兵力160多个旅中约90个旅左右于自己周围，迫使国民党军处于被动地位。人民解放战争战略进攻的序幕由此揭开。

2. 提出“打倒蒋介石，解放全中国”的口号

1947年10月10日，中国人民解放军总部发表宣言，提出“打倒蒋介石，解放全中国”的口号。因为这时，不仅老百姓不要蒋介石，就连上层分子（除了少数反动集团外）、中产阶级也不想给蒋介石抬轿子了，也要推翻他了。这个口号的提出，极大地鼓舞了解放军全体指战员和全国人民的斗志。

（二）土地改革与农民的广泛发动

1. 从《五四指示》到《中国土地法大纲》

在解放战争胜利发展的同时，解放区开展了轰轰烈烈的土地改革运动。毛泽东指出："土地制度的彻底改革，是现阶段中国革命的一项基本任务。如果我们能够普遍地彻底地解决土地问题，我们就获得了足以战胜一切敌人的最基本的条件"。

在全面内战爆发的前夕，1946 年 5 月 4 日，中共中央发出《关于清算、减租及土地问题的指示》（史称《五四指示》），决定将党在抗日战争时期实行的减租减息政策改变为实现"耕者有其田"的政策。在此之后，通过开展清算斗争等，到 1947 年下半年，解放区即有 2／3 的地区基本上实际解决了农民的土地问题。

在人民解放军转入战略进攻之后，为了维护广大农民的利益、进一步激发他们支援解放战争的积极性，1947 年 7 月至 9 月，中国共产党在河北省平山县召开全国土地会议，制定和通过了《中国土地法大纲》，明确规定"废除封建性及半封建性的土地制度，实现耕者有其田的制度"，"乡村中一切地主的土地及公田，由乡村农会接收"，分配给无地或少地的农民。这个大纲指引着在封建制度压迫下的亿万农民群众，将自己的力量汇入民主革命的洪流。

2. 土地改革运动的热潮

全国土地会议以后，解放区广大农村迅速掀起土地制度改革（习惯称"土改"）运动的热潮。

经过土地改革运动，到 1948 年秋，一亿人口的解放区消灭了封建生产关系。广大农民分得土地并在政治上获得翻身以后，其政治觉悟和组织程度空前提高，农村生产力得到解放，工农联盟进一步巩固和加强。人民解放战争的胜利提供了源源不断的人力、物力的支援。

土地制度改革，是从根本上摧毁中国封建制度根基的社会大变革。土改运动的发展表明，解放战争在胜利推进的同时，中国的社会变革也在深入发展。经过这个运动，中国最主要的人民群众——农民进一步认识到，中国共产党是自身利益的坚决维护者，因而自觉地在党的周围团结起来。这就为打败蒋介石、建立新中国奠定了深厚的群众基础。

（三）第二条战线的形成

1. 国民党统治区的政治经济危机

在国民党统治区，以学生运动为先导的人民民主运动也迅速地发展起来，成为配合人民解放战争的第二条战线。

2. 学生运动的高涨

针对国民党当局积极从事内战的准备，1945 年底，昆明学生发动了以"反对内战，争取自由"为主要口号的一二·一运动。1946 年 12 月，北平学生发动抗议驻华美军暴行运动。1947 年 5 月 20 日，南京、北平等地发生反饥饿、反内战运动。这一运动迅速波及上海、杭州、武汉、广州等 60 多个大、中城市。

三、中国共产党与民主党派的合作

（一）各民主党派的历史发展

中国各民主党派是中国共产党领导的爱国统一战线的重要组成部分。

中国的民主党派，少数成立于大革命时期和十年内战时期，多数成立于抗日战争和解放战争时期。主要是：

中国国民党革命委员会（简称民革）；中国民主同盟（简称民盟）；中国民主建国会（简称民建）；中国民主促进会（简称民进）；中国农工民主党（亦称第三党）；中国致公党；九三学社；台湾民主自治同盟（简称台盟）。

（二）中国共产党与民主党派的团结合作

在抗战胜利以后，民主党派在中国的政治舞台上比较活跃。

中国各民主党派的政纲不尽相同，但都主张爱国、反对卖国，主张民主、反对独裁。在这些方面，同中国共产党的新民主主义革命政纲基本上是一致的。因此，它们从成立的时候起，大多同中国共产党建立了不同程度的合作关系，并在斗争实践中逐步地发展了这种关系。

中国共产党对各民主党派采取了积极的争取和团结的政策。同中国共产党合作奋斗，并在实践中不断进步，是各民主党派在这个时期表现的主要方面。中国共产党与民主党派的合作，对于中国人民解放事业的发展起到了积极的作用。

（三）第三条道路的幻灭

1. 第三条道路的主张

抗日战争胜利后，某些民主党派的领导人物曾经鼓吹"中间路线"。

中间路线的鼓吹者主张：在政治上"必须实现英美式的民主政治"，但不准地主官僚资本家操纵；在经济上，"应当实行改良的资本主义"，但不容官僚买办资本横行。而实行的方法，则是走和平的改良的道路。他们所提倡的，是资产阶级共和国的方案；他们所主张的，实质上是旧民主主义的道路。

但是，中国在战后面临的是两种命运、两个前途的尖锐斗争。客观形势决定了人们没有走中间路线的余地。持有中间路线想法的人们一接触到实际斗争，尤其是内战重起，就使他只能在靠近共产党或靠近国民党中选择道路，而不能有其他道路。如前所述，青年党、民社党跟随国民党走了，民盟的大多数则是靠近共产党的。

2. 国民党当局对民主党派的迫害

国民党当局不仅极度仇视中国共产党,而且对民主党派、民主人士也充满敌意。尽管民盟等一向主张“以民主的方式争取民主,以合法的行动争取合法的地位”,国民党当局还是不断以暴力对他们施行迫害。继李公朴、闻一多遭暗杀之后,杜斌丞又在西安被杀害。10月,国民党当局宣布民盟“为非法团体”,明令对该组织及其成员的一切活动“严加取缔”。同年11月6日,民盟总部被迫在上海发表公告,“通告盟员自即日起一律停止政治活动,本盟总部同人即日起总辞职,总部亦即日解散”。

3. 民主党派历史上的转折点

1948年1月,民盟领导人沈钧儒等在香港召开民盟一届三中全会,宣布不接受解散民盟的任何决定,并恢复民盟总部。会议明确宣告,民盟“决不能够在是非曲直之间有中立的态度”,指出独立的中间路线不符合中国的现实环境,是“行不通”的。民盟必须站在人民的、民主的、革命的立场,为彻底推翻国民党统治集团、消灭封建土地所有制、驱逐美帝国主义出中国、实现人民的民主而奋斗。会议确认中国共产党“值得每个爱国的中国人赞佩”,表示“今后要与他们携手合作”。这次会议,标志着民盟站到了新民主主义革命的立场。

其他民主党派也明确表示了参加新民主主义革命的立场。这些情况表明,中国人民民主统一战线得到了进一步的巩固和加强,国民党的反动政权陷入众叛亲离、彻底孤立的境地。

(四)中国共产党领导的多党合作、政治协商格局的形成

1948年4月30日,中共中央在纪念五一国际劳动节的口号中提出:“各民主党派、各人民团体、各社会贤达迅速召开政治协商会议,讨论并实现召集人民代表大会,成立民主联合政府。”这个号召得到各民主党派和社会各界的热烈响应。

同年春,毛泽东在同有关人士谈话时提出,民主党派应“积极参政,共同建设新中国”。民主党派参加新政协并将在新中国参政,标志着民主党派地位的根本变化。它们不再是旧中国反动政权下的在野党,而成为中国人民民主专政的参加者,在中国共产党的领导下,和共产党一道担负起管理国家和建设国家的历史重任。从此,各民主党派走上了新的历史道路。

四、人民共和国:中国人民的历史性选择

(一)南京国民党政权的覆灭

1. 辽沈、淮海、平津三大战役

1948年秋,人民解放战争进入夺取全国胜利的决定性的阶段。这时,人民解放军

已由战争开始时的127万人发展到280万人，解放区面积达到235.5万平方千米、拥有1.68亿人口，并且基本完成土地制度改革，广大农民的革命和生产积极性空前高涨，解放军的后方进一步巩固。与此相反，国民党军队则由430万人下降为365万人，其中可用于第一线的兵力仅174万人，而且士气低落，战斗力不强；由于遭到各阶层人民的强烈反对，处境十分孤立。它在军事上不得不放弃“全面防御”而实行“重点防御”。国民党政权濒临崩溃。人民解放军同国民党军队进行战略决战的时机已经成熟。

在毛泽东和中共中央军委的领导和指挥下，在人民群众的热烈支援下，中国人民解放军先后发动了辽沈、淮海、平津三大战役。

辽沈战役自1948年9月12日开始至11月2日结束，历时52天。东北野战军主力70万人在林彪、罗荣桓领导下，共歼敌47.2万人。淮海战役自1948年11月6日开始至1949年1月10日结束，历时66天。华东野战军、中原野战军以及地方武装共60万人，在由刘伯承、陈毅、邓小平、粟裕、谭震林等组成的总前委（邓小平为书记）领导下，歼敌55万人。平津战役自1948年11月29日开始至1949年1月31日结束，历时64天。入关作战的东北野战军、华北解放军主力与地方武装共100万人，在由林彪、罗荣桓、聂荣臻组成的平津前线总前委领导下，歼灭和改编国民党军队52万余人。

三大战役前后历时4个月零19天，共歼灭国民党军队的有生力量154万余人，加上1948年7月至1949年1月期间在济南战役和其他战役中的损失，国民党军队共丧失兵力230余万人。国民党赖以维持其反动统治的主要军事力量基本上被摧毁。

三大战役，无论是战争的规模或取得的成果，在中国战争史上是空前的，在世界战争史上也是罕见的。这是人民战争的胜利，是毛泽东军事思想的胜利。

2. 人民解放军向全国进军

1949年元旦，蒋介石发表“求和”声明，企图借“和平谈判”之机争取喘息时间，布置长江防线，以便卷土重来。由于国民党政府拒绝在《国内和平协定》上签字，1949年4月21日，毛泽东、朱德发布《向全国进军的命令》。人民解放军第二、第三野战军在东起江阴，西至湖口，长达1 000多里的战线上强渡长江天险，一举摧毁国民党苦心经营了3个半月的长江防线。4月23日，人民解放军占领南京，宣告延续了22年之久的国民党反动统治的覆灭。

（二）人民政协与《共同纲领》

随着解放战争的胜利发展，建立新中国的任务被提上了历史日程。

在1948年9月召开的中共中央政治局会议上，毛泽东论述了即将成立的新中国的国体和政体，即国家政权的阶级性，他说：“我们政权的阶级性是这样：无产阶级领导的，以工农联盟为基础，但不仅仅是工农，还有资产阶级民主分子参加的人民民主专政。"关于政体,即国家政权的组织形式,他说:我们"不必搞资产阶级的议会制和三权鼎立等",我们应当"建立民主集中制的各级人民代表会议制度"。

1949 年 3 月召开的中共七届二中全会,规定了党在全国胜利后在政治、经济、外交方面应当采取的基本政策,指出了中国由农业国转变为工业国、由新民主主义社会转变为社会主义社会的发展方向。在这次会议上,毛泽东告诫全党,夺取全国胜利,这只是万里长征走完了第一步,中国的革命是伟大的,但革命以后的路更长,工作更伟大,更艰苦。据此,他提出了"两个务必"的思想,即"务必使同志们继续地保持谦虚、谨慎、不骄、不躁的作风,务必使同志们继续地保持艰苦奋斗的作风"。1949 年 6 月 30 日,毛泽东发表《论人民民主专政》一文,探讨即将成立的新中国的国体问题。总结了中国革命经验。

中共七届二中全会的决议和毛泽东的《论人民民主专政》,构成了《中国人民政治协商会议共同纲领》的基础。

1949 年 9 月 21 日,中国人民政治协商会议第一届全体会议在北平中南海怀仁堂隆重开幕,参加会议的代表共 662 人。会议通过了《中国人民政治协商会议共同纲领》。

《共同纲领》规定:"中华人民共和国为新民主主义即人民民主主义的国家,实行工人阶级领导的、以工农联盟为基础的、团结各民主阶级和国内各民族的人民民主专政"。"中华人民共和国的国家政权属于人民。人民行使国家政权的机关为各级人民代表大会和各级人民政府"。"各级政权机关一律实行民主集中制"。

《共同纲领》规定:"中华人民共和国境内各民族一律平等"。"各少数民族聚居的地区,应实行民族区域自治"。"各少数民族均有发展其语言文字、保持或变革其风俗习惯及宗教信仰的自由,人民政府应帮助少数民族的人民大众发展其政治、经济、文化、教育的建设事业","使中华人民共和国成为各民族友爱合作的大家庭"。

《共同纲领》规定,在经济工作中,"以公私兼顾、劳资两利、城乡互助、内外交流的政策,达到发展生产、繁荣经济之目的"。国家应调剂国营经济、个体经济、私人资本主义经济等,"使各种社会经济成分在国营经济领导之下,分工合作,各得其所,以促进整个社会经济的发展"。

《共同纲领》规定,新中国外交工作的原则,是"保障本国独立、自由和领土主权的完整,维护国际的持久和平和各国人民间的友好合作,反对帝国主义的侵略政策和战争政策"。

《共同纲领》在当时是全国人民的大宪章,起着临时宪法的作用。

会议通过了中央人民政府组织法,一致选举毛泽东为中央人民政府主席,朱德、刘少奇、宋庆龄、李济深、张澜、高岗为副主席，陈毅等 56 人为中央人民政府委员。随后，中央人民政府委员会任命周恩来为政务院总理兼外交部长。

9 月 30 日，全国政协第一次全体会议闭幕。创建中华人民共和国的筹备工作胜利完成。1949 年月 10 日，中华人民共和国成立。

(三)两个中国之命运

1. 三种政治力量，三种建国方案

在 1921 年至 1949 年时期，中国存在着三种主要的阶级政治力量：一是地主阶级和买办性的大资产阶级（后称官僚资产阶级），他们是反动势力（有时称顽固势力）、民主革命的对象，其政治代表先是北洋政府，以后主要是国民党统治集团。二是民族资产阶级，他们是中间势力、民主革命的力量之一；其政治代表是民主党派的某些领导人物和若干无党派民主人士；三是工人阶级、农民阶级和城市小资产阶级，他们是进步势力、民主革命的主要力量，其政治代表是中国共产党。

第一，地主阶级和买办性的大资产阶级及其建国方案。地主阶级和买办性的大资产阶级是中国社会的反动势力、民主革命的对象，其政治代表先是北洋政府，后主要是国民党统治集团。他们主张继续实行地主买办资产阶级的军事独裁统治，坚持走半殖民地半封建社会的道路。

第二，民族资产阶级及其建国方案。民族资产阶级是指同帝国主义和封建势力联系较少的中等资产阶级和上层小资产阶级，他们是中间势力、民主革命的力量之一，其政治代表是民主党派的某些领导人物和若干无党派民主人士，其基本政治主张是建立一个名副其实的资产阶级共和国，以便让资本主义得到自由的和充分的发展，使中国成为一个独立的资本主义社会。

第三，工人阶级、农民阶级和城市小资产阶级及其建国方案。这三个阶级是进步势力、民主革命的主要力量。其政治代表是中国共产党。

中国共产党的建国方案是在工人阶级及其政党的领导下，通过进行彻底的反帝反封建的新民主主义革命，建立一个工人阶级领导的、以工农联盟为基础的、团结一切可以团结的力量的人民民主专政的人民共和国。

2. 两种基本的选择，两个中国之命运

资产阶级共和国道路在中国行不通：(1)帝国主义不允许；(2)大地主大资产阶级不允许；(3)人民不支持，同时近代中国的社会矛盾和阶级斗争尖锐、激烈，使得任何改良的、中间性的政治方案都失去了现实的可能（和平的道路走不通，没有武装的资产阶级只能在国共两条道路中择一而从）；(4)社会主义不允许。同时，更由于民族资产阶级在经济上、政治上的软弱性，使得他们没有勇气和能力去领导人民进行彻底反帝反封建的斗争,从而为建立资产阶级共和国扫清障碍。

中国共产党的建国方案最终成为中国人民的共同选择:地主、买办资产阶级的方案由于根本违背中国人民的根本利益,遭到了广大中国人民的唾弃,它们的反动统治也在根本上被推翻了。民族资产阶级的方案由于脱离中国实际,也没有得到中国广大群众的拥护,连提出这种方案的多数人,最终也承认这个方案是行不通的。只有中国共产党提出的关于建立人民共和国的方案,逐步地获得了工人、农民、城市小资产阶级乃至民族资产阶级及其政治代表的拥护,由此成了中国最广大人民群众的共同选择。

(四)中国革命胜利的原因和基本经验

1. 中国革命胜利的原因

随着国民党反动统治的覆灭和中华人民共和国的创建,中国新民主主义革命赢得了基本的胜利。

第一,中国革命的发生不是偶然的,它有着深刻的社会根源和雄厚的群众基础。

帝国主义、封建主义、官僚资本主义的残酷压迫,驱使中国人民走上了反帝反封建斗争的伟大时代。

工人、农民、城市小资产阶级群众是反帝反封建革命的主要力量。在他们中间,涌现出无数像林祥谦、刘胡兰、董存瑞这样的无畏的英雄和不屈的战士。随着斗争的发展,民族资产阶级也逐步向共产党靠拢,这种现象曾经被人称作是"开万国未有之奇"。

各民主党派和无党派民主人士、各少数民族、爱国的知识分子和华侨等,都在这场斗争中发挥了积极的作用。

没有广大人民和各界人士的广泛参加和大力支持,中国革命的胜利是不可能的。

第二,中国革命之所以能够走上胜利发展的道路,是由于得到了中国工人阶级的先锋队——中国共产党的领导。

第三,中国革命之所以能够赢得胜利,同国际无产阶级和人民群众的支持也是分不开的。毛泽东说过,假如没有苏联的存在和人民民主国家的出现,没有被压迫民族的斗争和资本主义国家人民的斗争,堆在中国人民头上的国际反动势力不知要大多少倍,在这种情况下,我们是不可能胜利的;胜利了,要巩固,也不可能。为了中国人民解放事业,一些国际友人还直接参加了中国的革命斗争,有的已经长眠在了中国的土地上。

2. 中国革命胜利的基本经验

中国人民的反帝反封建的革命斗争,是在中国共产党的领导下,在它所提出的新民主主义的理论、纲领、路线和方针政策的指引下,经过长期的艰苦、曲折的斗争,逐步取得胜利的。无产阶级领导的，人民大众的，反对帝国主义、封建主义和官僚资本主义的革命，这就是中国共产党在新民主主义革命阶段的总路线和总政策。

中国共产党在领导人民革命的过程中，积累了丰富的经验，锻造出了有效的克敌制胜的武器。毛泽东指出："统一战线，武装斗争，党的建设，是中国共产党在中国革命中战胜敌人的三个法宝，三个主要的法宝。"

第一，建立广泛的统一战线。统一战线中存在着两个联盟：一个是劳动者的联盟，主要是工人、农民和城市小资产阶级的联盟；一个是劳动者与非劳动者的联盟，主要是劳动者与民族资产阶级的联盟，有时还包括与一部分大资产阶级的暂时的联盟。前者是基本的、主要的；后者是辅助的、同时又是重要的。必须坚决依靠第一个联盟，争取建立和扩大第二个联盟。巩固和扩大统一战线的关键，是坚持工人阶级及其政党的领导权。第二，坚持革命的武装斗争。第三，加强共产党自身的建设。中国共产党首先着重党的思想建设，要求党员用工人阶级思想克服资产阶级、小资产阶级思想，解决思想上入党的问题；培植和发扬理论与实际相结合、密切联系群众和自我批评的作风；在党内斗争中实行"惩前毖后，治病救人"的方针；并创造了在全党通过批评与自我批评进行马克思主义思想教育的整风形式等。

革命的根本问题是国家政权问题。毛泽东在回顾中国共产党走过的历史道路时指出：总结我们的经验，集中到一点，就是工人阶级（经过共产党）领导的以工农联盟为基础的人民民主专政。这个专政必须和国际革命力量团结一致。

人民民主专政的新中国的创建，标志着近代以来中国面临的争取民族独立、人民解放这个历史任务的基本完成，这就为中国人民集中力量进行建设，以实现国家的繁荣富强和人民的共同富裕，创造了前提，开辟了道路。

同步练习

一、单项选择题

1. 抗日战争胜利后，中国社会的主要矛盾是 （　　）

A. 中美民族矛盾　　B. 无产阶级同资产阶级的矛盾

C. 中日民族矛盾　　D. 中国人民同美帝国主义支持的国民党反动派之间的矛盾

2. 抗战胜利后，美国帮助蒋介石将在大后方的军队运送到各战略要地，其直接目的是 （　　）

A. 帮助蒋介石打内战　　B. 扶蒋反共

C. 阻止共产党完全控制中国　　D. 在中国建立一个亲美反共政府

3. 抗日战争胜利后，某些民主党派的领导人物曾坚持"中间路线"，其实质是 （　　）

A. 介于国民党与共产党之间的第三势力
B. 以实现政治民主化,军队国家化为目标
C. 仿效西方民主,走资产阶级共和国道路
D. 反对暴力革命,主张和平改良

4. 重庆谈判的焦点问题是 ( )
A. 人民军队和解放区的合法地位问题 B. 要不要和平建国的问题
C. 实行宪政、结束训政的问题 D. 人民的民主、自由权利的问题

5.《双十协定》的签订,中共取得的战略优势是 ( )
A. 获得了自卫战争的准备时间 B. 解放区获得了合法地位
C. 赢得了民主党派的支持 D. 取得了政治上的主动地位

6. 国共关系彻底破裂的标志是 ( )
A. 国共内战的爆发 B. 国民党限令撤销中共驻南京、上海、重庆代表
C. 国民党召开"制宪国大" D. 蒋介石集团制造一系列血案

7. 第二条战线是指 ( )
A. 国统区民主党派的斗争 B. 国统区广大人民的起义
C. 国民党与共产党的军事对立 D. 国统区的民主运动

8. 解放战争时期,最早与蒋介石集团决裂的民主党派是 ( )
A. 中国民主同盟 B. 民主建国会
C. 中国民主促进会 D. 中国国民党革命委员会

9. 1947 年刘邓大军挺进中原的重大意义在于 ( )
A. 影响战略决战主攻方向 B. 粉碎蒋介石的重点进攻
C. 改变敌我双方的力量对比 D. 改变解放战争的战略态势

10. 国民政府解散民盟的真正原因是 ( )
A. 民盟与共产党一起组织武装,共同参加人民解放战争
B. 民盟企图推翻国民政府,取代国民党在中国的统治地位
C. 民盟反对国民党的内战独裁
D. 国民党发动的内战进展顺利,民盟已没有利用价值

11. 中共改变抗战时期减租减息的土地政策为实现"耕者有其田"的政策文件是 ( )
A.《关于清算、减租及土地问题的指示》 B.《中国土地法大纲》
C.《井冈山土地法》 D.《中华人民共和国土地改革法》

12. 解放战争时期制定的《中国土地法大纲》规定 ( )
A. 实现土地国有 B. 调整减租减息政策

C. 按贫雇农人口分配土地　　　　D. 废除封建土地私有制

13. 1949 年蒋介石元旦“求和”声明发表后国民政府的和谈直接意图是　　（　　）

A. 缓兵之计　　B. 屈服求和　　C. 划江而治　　D. 国共合作

14. 1949 年 3 月中共中央离开西柏坡迁往北平。毛泽东说，今天是进京赶考的日子，我们决不当李自成，我们都希望考个好成绩。这句话的意思主要是　　（　　）

①避免农民战争中的流寇主义②克服农民阶级的私有观念③防止产生骄傲麻痹思想④防止干部中出现享乐腐化作风

A. ①②　　B. ②③　　C. ③④　　D. ①④

15. 决定党的工作中心开始由乡村转入城市的会议是　　（　　）

A. 十二月会议　　　　B. 中共七届二中全会

C. 中国人民政治协商会议　　　　D. 全国土地会议

16. 中共七届二中全会在党的建设方面所作出的重大贡献是　　（　　）

A. 清算了“左”的和右的错误思想，达到了空前的团结和统一

B. 确定了毛泽东思想为党的指导思想

C. 妥善处理了党内存在的分歧和矛盾

D. 提倡“两个务必”的思想

17. 有人说：“民盟被迫解散，是民盟史上的一大挫折，但也正是民盟转变的起点。”这里“转变”的根本涵义指的是　　（　　）

A. 由公开斗争转入地下斗争

B. 由合法斗争转入武装斗争

C. 站到新民主主义的立场并承认中国共产党的领导

D. 对国共双方采取中立态度

18. 标志着国民党政权在大陆统治覆灭的重大事件是　　（　　）

A. 1949 年南京解放　　　　B. 1949 年北平解放

C. 1949 年上海解放　　　　D. 1949 年开国大典

19. 中国新民主主义革命胜利的基本经验中，集中到一点是　　（　　）

A. 建立统一战线　　　　B. 坚持共产党的领导

C. 开展武装斗争　　　　D. 人民民主专政

二、多项选择题

1. 1945 年 8 月到 1946年 6 月的中国　　（　　）

A. 处于民族战争向国内战争的过渡阶段

B. 国内阶级矛盾上升为主要矛盾

C. 政治斗争的基本内容是争取和平民主、反对独裁内战

D. 国内政治斗争的焦点是建立一个怎样的国家

2. 下列关于重庆谈判的正确表述是 ( )

A. 共产党与国民党进行了不妥协的斗争 B. 国民党被迫承认和平建国基本方针

C.《双十协定》的签订是人民力量的胜利 D. 中共取得了政治上的主动地位

3. 1945 年 8 月到重庆参加与蒋介石谈判的中共代表是 ( )

A. 刘少奇 B. 毛泽东 C. 周恩来 D. 王若飞

4. 通过重庆谈判和签订的“双十协定”,中共取得的成果有 ( )

A. 在全国人民面前表现了和平诚意 B. 迫使国民党承认和平建国的基本方针

C. 实现了中共在国家政治生活中的合法地位 D. 团结了民主力量

5. 下列对 1946 年政协会议协议的正确的表述有 ( )

A. 有利于实现民主政治与和平建国 B. 在许多方面反映了人民的愿望

C. 体现了民主协商的精神 D. 很快被国民政府撕毁

6. 参加 1946 年重庆政治协商会议的有 ( )

A. 中国致公党 B. 中国民主同盟 C. 青年党 D. 台湾民主自治同盟

7. 1947 年 3 月,国民党军队重点进攻的解放区是 ( )

A. 山东 B. 中原 C. 华东 D. 陕北

8. 人民解放军粉碎国民党全面与重点进攻的作战原则和方法主要是 ( )

A. 分兵作战化整为零的原则 B. 歼灭敌人有生力量的原则

C. 运动战的作战方法 D. 外线作战的战略方针

9. 五二〇运动发生的地点有 ( )

A. 上海 B. 杭州 C. 天津 D. 南京

10. 下列与国统区严重经济危机有关的正确表述有 ( )

A. 财政金融极其紊乱,赤字惊人 B. 工商企业大量倒闭破产,工人失业

C. 农业生产衰退,粮荒严重 D. 物价飞涨

11. 中共中央决定同国民党军进行战略决战的前提条件包括 ( )

A. 我军在装备、战斗力方面有很大提高 B. 国民党军被迫转入战略防御

C. 我军在数量上占据了优势 D. 国统区危机四伏,解放区日益巩固

12. 关于 1949 年国共北平和谈各方目的叙述正确的有 ( )

A. 蒋介石以和谈作缓兵之计 B. 李宗仁企图与共产党划长江而治

C. 蒋介石为了退居幕后指挥 D. 中共为了迅速结束战争,实现国内和平

13. 下列属于《中国土地法大纲》主要内容的有 ( )

A. 废除封建剥削的土地制度 B. 保护中小工商业者

C. 实行耕者有其田的土地制度 D. 分地给无地或少地的农民

14. 出席中国人民政治协商会议的代表,除中共和各民主党派外,还有 ( )

A. 各人民团体的代表 B. 各地区各民族和海外华侨代表

C. 中国人民解放军各部队代表 D. 特别邀请代表

15. 下列内容属于七届二中全会的是 ( )

A. 中共工作中心从农村转移到城市 B. 强调加强党的思想建设

C. 提出由新民主主义向社会主义转变 D. 确立毛泽东思想为党的指导思想

三、简答题

1. 为什么说"没有共产党就没有新中国"?

2. 在民主革命时期,中共的工作重心发生了两次转移,每次转移的历史条件是什么? 两次转移的历程说明了什么问题?

3. 新民主主义革命总路线和总政策、中国革命胜利的基本经验是什么?

四、论述题

1. 如何理解近代中国在中国共产党产生后,三种力量分别提出的三种不同的建国方案?

2. 资产阶级共和国的方案为什么在中国是行不通的?

3. 论述全面内战爆发后,国民党反动统治迅速崩溃,中国革命能迅速胜利的原因。

4.论述中国新民主主义革命胜利的伟大意义。

五、材料分析题

1. 阅读材料,回答问题。

材料 1 1945 年 8 月 20 日蒋介石再次邀请毛泽东到重庆谈判 的电报:"大战方告结束,内争不容再有……如何以建国之功收抗战之果,甚有赖于先生之惠然一行,共定大计……。"

材料 2 1945 年 10 月 13 日蒋介石给陆军总司令何应钦的密电:"抗战胜利,日寇投降……乃奸匪竟……企图破坏统一以遂其割据之阴谋,若不速予剿除,不仅八年抗战前功尽失,且必遗害无穷……此次剿共为人民幸福之所系,务本以往抗战之精

神,遵照中正(注:蒋介石)所订剿共手本,督励所属,努力进剿,迅速完成任务……。”

材料3 1945年11月16日蒋介石对高级将领的演讲:“回想这20年来,奸匪始终是本党唯一的敌人。”

材料4 (美国总统)杜鲁门回忆录:“事实上,蒋介石甚至连再占领华南都有极大的困难……如果他不同共产党人及俄国人达成协议,他就休想进入东北。由于共产党人占领了铁路中间的地方,蒋介石要想占领东北和中南就不可能……假如我们让日本人立即放下他们的武器……那么整个中国就会被共产党人拿过去……因此,我们便命令日本人守着他们的岗位和维持秩序,等到蒋介石的军队一到,日本军队便向他们投降……这种利用日本军队阻止共产党人的办法是国防部和国务院的联合决定而经我批准的。”

(1)蒋介石电邀毛泽东到重庆谈判的理由是什么?国共双方经过9月至10月的谈判,有什么结果?

(2)蒋介石对中国共产党的真实态度是什么?在上引材料中有何依据?在当时的实际行动中有何表现?

(3)蒋介石当时为什么要玩弄反革命两手?在上引材料中有何依据?

(4)对于蒋介石玩弄的反革命两手,美国政府采取什么态度?这在上引材料和历史事实中有什么证据?

2. 阅读材料,回答问题。

按照我们的方针,人民的方针,是不要打内战的。不要打内战的只是中国共产党和中国人民,可惜不包括蒋介石和国民党。一个不要打,一个要打。如果两方面都不要打,就打不起来。现在不要打的只是一个方面,并且这一方面的力量又还不足以制止那一方面,所以内战危险就十分严重。抗战胜利的果实应该属于人民,这是一个问题;但是,胜利果实究竟落到谁手,能不能归于人民,这是另一个问题。不要以为胜利的果实都靠得住落在人民的手里。一批大桃子,例如上海、南京、杭州等大城市,那时要被蒋介石抢去的。蒋介石勾结着美国帝国主义,在那些地方他们的力量占优势,革命的人民还基本上只能占领乡村。另一批桃子是双方要争夺太原以北的同蒲,平绥中断,北宁,郑州以北的平汉,正太,白晋,德石,津浦,胶济,郑州以东的陇海,这些地方的中小城市是必争的,这一批中小桃子都是解放区人民流血流汗灌溉起来的。究竟这些地方能不能落到人民的手里,现在还不能说。现在只能讲两个字:力争。……从整个形势看来,抗日战争的阶段过去了,新的情况和任务是国内斗争。蒋介石说要“建国”,今后就是建什么国的斗争。是建立一个无产阶级领导的人民大众的新民主主义的国家呢,还是建立一个大地主大资产阶级专政的半殖民地半封建的国家?这将是一场很复杂的斗争。……我们的方针要放在什么基点上?放在自己力量的基点上,叫做自力更生。我们并不孤立,全世界一切反对帝国主义的国家和人民都是我们的朋友。但是我们强调自力更生,我们能够依靠自己组织的力量,打败一切中外反动派。

毛泽东:《抗日战争胜利后的时局和我们的方针》(1945 年 8 月 13 日)

根据材料回答:抗日战争胜利后时局如何?中国共产党的基本政治主张是什么?抗日战争胜利后国内斗争的焦点是什么?

参考答案

一、单项选择题

1. D　*2.* D　*3.* C　*4.* A　*5.* D　*6.* B　*7.* D　*8.* A　*9.* D　*10.* C　*11.* A　*12.* D　*13.* C　*14.* B　*15.* B　*16.* D　*17.* C　*18.* A　*19.* D

二、多项选择题

1. ABCD　*2.* BCD　*3.* BCD　*4.* ABD　*5.* ABCD　*6.* BC　*7.* AD　*8.* BC　*9.* ABD　*10.* ABCD　*11.* ABD　*12.* ABD　*13.* ACD　*14.* ABCD　*15.* ABC

三、简答题

1. **[答案要点]** (1)中国共产党作为工人阶级的政党,不仅代表着中国工人阶级的利益,而且代表着整个中华民族和全中国人民的利益;中国共产党能够制定出适合中国情况的,符合中国人民利益的纲领、路线、方针和政策,为中国人民斗争指明正确的方向;中国共产党人在革命过程中始终英勇地站在斗争的最前线。

2. **[答案要点]** 第一次工作重心从城市转移到乡村,历史条件是:①大革命失败后,国民党建立了一党专政的统治,其势力在城市中占据了绝对优势。②中国共产党决定以武装起义反抗国民党反动派,于 1927 年下半年先后发动了南昌起义、秋收起义、广州起义,因敌我力量对比悬殊而失败。③在秋收起义中,毛泽东决定向敌人统治力量薄弱的山区进军。1927 年底,中共从城市转入农村,建立农村革命根据地,走上了以农村包围城市的“工农武装割据”的道路。

第二次工作重心是从乡村转移到城市。历史条件是:1949 年初,三大战役基本上消灭了国民党军主力,东北、华北、华东、中原解放区连成一片,民主革命即将在全国取得胜利。北方许多城市回到了人民手中,迫切需要加以管理和重建。中共召开七届二中全会,提出将党的工作重心从乡村转移到城市。

工作重心两次转移的历程说明了：中国革命道路的艰难与曲折。中共在民主革命过程中，把马克思主义基本原理与中国革命的实践相结合，探索出了一条以农村包围城市，最后夺取城市的革命道路，实践证明了这条道路是完全正确的。

3. [答案要点] 无产阶级领导的，人民大众的，反对帝国主义、封建主义和官僚资本主义的革命，这就是中国共产党在新民主主义革命阶段的总路线和总政策。

中国共产党在领导新民主主义革命的过程中，积累了丰富的经验：毛泽东指出："统一战线，武装斗争，党的建设，是中国共产党在中国革命中战胜敌人的三个法宝，三个主要的法宝。"建立广泛的统一战线，是坚持和发展革命的政治基础；离开了武装斗争，就没有共产党的地位，就不能完成任何革命任务；中国共产党成为了全国各族人民拥戴的领导核心。毛泽东在回顾中国共产党走过的历史道路时指出：总结我们的经验，集中到一点，就是工人阶级（经过共产党）领导的以工农联盟为基础的人民民主专政。

四、论述题

1. [答案要点] 在中国共产党产生以后，三种政治力量分别提出了三种不同的建国方案：

第一种是地主阶级与买办性的大资产阶级的方案。地主阶级与买办性的大资产阶级是半殖民地半封建的中国社会中占统治地位的力量。他们同广大的人民处于尖锐对立的地位，因而主张继续实行地主阶级、买办性的大资产阶级的军事独裁统治，使中国继续走半殖民地半封建社会的道路。国民党统治集团的首领蒋介石认为，社会主义制度、资产阶级民主主义制度，都是不能行之于中国的。他主张实行反革命军事独裁统治，来维护帝国主义和地主阶级与买办性的大资产阶级的利益的。

第二种是民族资产阶级的方案。在旧中国，民族资产阶级在政治上始终没有占据统治地位。他们的基本政治主张，是建立一个名副其实的资产阶级共和国，以便使资本主义得到自由和充分的发展，使中国成为一个独立的资本主义社会。尽管辛亥革命的流产已经宣告了资产阶级共和国方案在中国行不通，中国的资产阶级及其代表人物还是一次又一次地把这个方案重新提了出来。抗日战争胜利以后的一个时期内，一些民主党派的领导人物和若干无党派人士更大力鼓吹过"中间路线"或"第三条道路"，企图在国民党坚持的地主阶级与买办性的大资产阶级专政和共产党主张的无产阶级领导的革命阶级联合专政的政权之外，另找一条道路，实际上就是资产阶级共和国的道路。这种资产阶级共和国的方案，对于地主阶级与买办性的大资产阶级专政的政治现实是一种批判，但在实际上却并不具备现实的可行性。

第三种是工人阶级和其他进步势力的方案。工人、农民和城市小资产阶级是中国民主革命的基本动力和主要依靠。他们的政治代表——中国共产党主张，中国人民应当在工人阶级及其政党的领导下，首先进行一场彻底的反帝反封建的新式资产阶级民主革命，即新民主主义革命，以便建立一个工人阶级领导的人民共和国，即人民民主专政的国家，并经过这个人民共和国，逐步到达社会主义和共产主义。

总之，地主阶级与买办性的大资产阶级的方案由于违背中国人民的根本利益，在中国行不通；民族资产阶级的方案由于脱离中国实际，也没有得到中国广大群众的拥护，连提出这种方案的多数人最终也承认这个方案是行不通的；只有中国共产党提出的关于建立人民共和国的方案，逐步地获得了工人、农民、城市小资产阶级乃至民族资产阶级及其政治代表的拥护，由此成了中国最广大人民群众的共同选择。

2. **[答案要点]** 资产阶级共和国的方案之所以行不通，是由当时中国所处的时代条件和国内阶级关系的状况所决定的。

帝国主义列强来到中国，不是为了使中国成为一个独立、富强的资本主义国家，而是为了掠夺中国，发展他们自己的资本主义。对于他们来说，政治上、经济上不独立的中国，乃是理想的倾销商品的市场，投资的场所与廉价原料、廉价劳动力的供应地。如果中国成为独立、富强的资本主义国家，它就要在平等的基础上与西方发达国家建立和发展关系。这是他们不能容忍的。民族资产阶级是真诚地希望中国通过建立资产阶级共和国走上独立、富强之路的。但是，他们的力量过于软弱。他们没有勇气和能力去领导中国人民进行彻底反帝反封建的革命斗争，从而为建立资产阶级共和国扫清障碍。代表这个阶级要求的中间派，由于提不出彻底的土地革命纲领，无法动员农民这个最广大的群众；由于不敢进行革命的武装斗争，根本不掌握军队。因此，他们在政治上没有很大的分量。在这种情况下，他们往往把实现民主政治的希望，寄托在统治阶级让步这种幻想之上。但严酷的事实教育了他们，使他们逐步放弃了走中间路线的幻想，而站到了拥护共产党主张的新民主主义革命的立场上来。在反对蒋介石独裁统治的斗争中，中国各民主党派和无党派人士都作出了自己的贡献。

总之，民族资产阶级的方案由于脱离中国实际，不能得到中国广大群众的拥护。因此这种方案在近代中国是行不通的。

3. **[答案要点]** 国民党反动派实行内战、独裁、卖国的政策，妄图把中国拉回到殖民地半殖民地的黑暗前途，完全违背了全国人民的意愿，违背了历史发展规律，所以遭到全国人民反对。而中国共产党反对内战独裁，争取和平民主，深受全国人民的支持和拥护。人心的向背，是战争胜负的决定因素。

国民党反动统治很快出现军事上、政治上、经济上的全面危机，使它迅速走向失败。军事上，蒋介石凭借优势兵力和美国援助，向解放区发动全面进攻。但是，好景不长，到战争的第三年，人民解放军发动战略决战，蒋介石军队主力基本被消灭。政治上，蒋介石大搞政治欺骗，召开伪国大，制定伪宪法，玩弄“改组政府”把戏。与此同时，蒋介石残酷镇压人民，制造多起流血惨案。这一切倒行逆施的行为，使其政治欺骗迅速破产。经济上，国民党官僚资本横征暴敛，残酷掠夺，美国商品充斥中国市场，使得国统区通货膨胀，物价飞涨，民族工业倒闭，农村经济破产，人民生活恶化。伴随国民党军事、政治、经济危机四起，国统区爱国民主运动迅速高涨，并形成反蒋的第二条战线，有力地配合了人民解放军的作战，使蒋介石集团陷入全国人民包围之中。

中国共产党把马克思列宁主义与中国革命实际相结合，制定各项正确的方针政策，保证了中国革命迅速取得胜利。(1)军事上，依据敌我力量对比变化，科学地制定了我军战略方针：集中兵力打运动战，以歼灭国民党有生力量为主，而不以保守地方为主的积极防御的战略方针。(2)政治上，联合工农兵学商各被压迫阶级、各人民团体、各民主党派、各少数民族、各地华侨和其他爱国分子，组成民族统一战线，打倒蒋介石独裁的政府，成立民主联合政府。(3)经济上，实行新民主主义革命的三大经济纲领，深得人民拥护。尤其是土改运动，解决了中国革命的根本问题，即农民问题，建立巩固的工农联盟，保证了解放战争的胜利进行。

4. **[答案要点]** 中国新民主主义革命胜利的意义：(1)中国革命的胜利开创了中国历史的新纪元，结束了帝国主义、封建主义、官僚资本主义奴役中国各族人民的苦难历史。(2)中国革命的胜利改变了世界政治力量的对比，是继十月革命后国际共产主义运动中的又一伟大事件，它激励了殖民地半殖民地国家人民争取民族解放斗争的信心，对国际形势和世界人民斗争的发展具有深刻的久远的影响。(3)中国革命的胜利是马克思列宁主义毛泽东思想的胜利。实践表明，只要善于把马克思列宁主义与本国实际结合起来，革命事业就无往而不胜。中国革命的胜利为社会主义制度在中国的建立和发展奠定了坚实的基础。

五、材料分析题

1. **[答案要点]** ①表面上说为了避免内战，共商大计。10 月 10 日签订了《会谈纪要》。②蒋介石对中共极端仇视，力图消灭。材料 2 是当时蒋介石的剿共密令；材料 3 表明蒋的一贯立场就是把中共视为“唯一的敌人”。谈判期间，国民党军队就在晋东南和平汉路沿线向解放区进攻。③当时国民党军队大多还在西南，无法控制全国，所以蒋介石要争取时间，企图一手利用谈判来束缚中共，另一手加紧调兵抢占地盘削弱中共。材料 4 中，杜鲁门指出当时蒋介石无法控制东北和中南地区，如果日军放下武器，“整个中国就会被共产党人拿过去”。④蒋介石的“两手”是在美国的全力支持和密切

配合下进行的。材料 4 中，杜鲁门表明了美国的态度，甚至决定了“利用日本军队阻止共产党人的办法”。事实上，当时美军侵占了上海、秦皇岛等大中城市，替国民党抢占战略要地和运送军队。

2. **[答案要点]** 抗日战争胜利后的基本时局在于：国际上，世界趋于和平与发展；国内中国共产党和广大人民主张和平与民主，国民党主张抢占胜利果实，力主内战，内战危险十分严峻。

抗日战争胜利后，中国共产党的基本政治主张是和平、民主与团结，主张和平建国。

抗日战争胜利后，国内斗争的焦点集中在建立一个什么国的问题，中国共产党主张建立一个无产阶级领导的人民大众的新民主主义的国家，国民党主张建立一个大地主大资产阶级专政的半殖民地半封建的国家。

第八章 社会主义基本制度在中国的确立

学习目标

通过本章学习，了解在新中国建立初期的特定的历史阶段，党制定的正确的路线和指导方针；了解过渡时期总路线提出的必然性；了解社会主义改造的方针政策及历史影响；充分理解历史和人民对社会主义道路的选择。

学习要点

一、中华人民共和国的成立

1949年10月1日，首都军民30万人齐集北京天安门广场举行开国大典，欢庆中华人民共和国的诞生。

（一）新中国成立的意义

中华人民共和国的成立，宣告中国人民当家作主的时代已经到来，中国历史由此开辟了一个新纪元。

（1）帝国主义列强压迫中国、奴役中国人民的历史从此结束；（2）本国封建主义、官僚资本主义统治的历史从此结束；（3）军阀割据、战乱频仍、匪患不断的历史从此结束；（4）从根本上改变了中国社会的发展方向；（5）中国共产党成为全国范围内的执政党。

（二）新中国面临的严峻的考验

新中国成立初期，也面临着许多严重的困难和一些紧迫的问题。这对于刚刚执掌全国政权的中国共产党来说，是新的严峻的考验。主要是：

（1）能不能保卫住人民胜利的成果，巩固新生的人民政权；（2）能不能战胜严重的经济困难，迅速恢复和发展国民经济；（3）能不能巩固民族独立，维护国家主权和安全；（4）能不能经受住执政的考验，继续保持谦虚、谨慎、不骄、不躁的作风和艰苦奋斗的作风。

（三）党和人民政府的主要工作

（1）完成民主革命的遗留任务；（2）领导国民经济恢复工作；（3）巩固民族独立，维护国家主权和安全；(4)加强中国共产党的自身建设。

二、从新民主主义向社会主义过渡的开始

（一）新民主主义社会的性质

1. 新民主主义社会的建立

1949年10月1日，中华人民共和国成立，揭开了中国政治发展史上崭新的一页。由于中国半殖民地半封建社会的性质，决定了中国革命胜利必须分两步走：第一步是民主革命，第二步是社会主义革命，社会主义革命是新民主主义革命的必然趋势。

从中华人民共和国成立到社会主义改造基本完成，是我国从新民主主义到社会主义过渡的时期，这一时期，我国社会的性质是新民主主义社会。新民主主义社会是一个过渡性质的社会，而不是一个独立的社会形态。它属于社会主义体系和逐步过渡到社会主义社会的过渡性质的社会。新民主主义社会中存在着社会主义因素和资本主义因素。

2. 中共中央对新民主主义社会的分析

对于新民主主义革命胜利后所建立起来的新民主主义社会的性质，1948年9月召开的中共中央政治局会议做过分析。新民主主义社会是一个过渡性质的社会，其经济由五种成分构成：国营经济是社会主义的，合作社经济是半社会主义的，加上私人资本主义、个体经济、国家资本主义经济，这些构成了新民主主义的经济形态，而非新资本主义经济。《共同纲领》又进一步规定了“各种经济成分在国营经济的领导下，分工合作，各得其所，以促进整个社会经济的发展”，从而奠定了新民主主义时期经济制度的基本框架。

新民主主义社会基本矛盾：刘少奇提出，民主革命胜利以后产生的新社会的主要矛盾，是“无产阶级与资产阶级的这种斗争，是社会主义与资本主义的两条路线的斗争”。国际上是新中国同帝国主义的矛盾，国内是工人阶级和资产阶级的矛盾。

（二）开始向社会主义过渡

1. 开始采取向社会主义过渡的实际步骤

1949年中华人民共和国刚成立时，民主革命的任务尚未全部完成。七届三中全会决定，首先集中力量完成民主革命的遗留任务（包括土地改革、镇压反革命等）和进行恢复国民经济、争取国家财政经济状况基本好转等工作，以便为开展有系统的社会主义改造和有计划的经济建设创造条件。同时，社会主义革命的任务也开始实行：

（1）没收官僚资本，确立社会主义性质的国营经济的领导地位。我国的社会主义国营经济，是建立解放区原有的公营经济、没收官僚资本的基础上形成的，再加上

建国后管制、征用及征购国外资本。

新中国成立以后，没收官僚资本的工作即在全国范围展开，并于1952年基本完成，成为新中国成立初期国营经济的主要组成部分。由于官僚资本是国民党反动政权的经济基础，因而摧毁它就具有民主革命的性质，同时从消灭大资本主义看，又带有社会主义革命的性质，所以，没收官僚资本具有双重革命性质。

(2)开始将资本主义纳入国家资本主义轨道。1949年10月至1952年底，主要是实行初级形式的国家资本主义。初级形式的国家资本主义是指企业仍由资本家经营，同国营社会主义经济通过订立合同的办法，在企业外部建立这样那样的联系。对私营工业实行加工定货、统购包销。对私营的商业实行经销代销，通过国家资本主义的形式，把私营企业的生产纳入国家计划的轨道，又不同程度控制了资本主义企业的原料供应和产品销售，限制了剥削，促进生产力的发展。

(3)引导个体农民在土地改革后逐步走上互助合作的道路。1952年，全国已有40%的农户参加了互助组，少数农户还参加了半社会主义及全社会主义性质的农业生产合作社。

2. 对新民主主义社会过渡性认识的深入

新民主主义社会不是一个凝固不变的、独立的社会形态。它本身具有过渡性，它是处在很深刻的变动之中的。1954年9月15日，刘少奇在《关于中华人民共和国宪法草案的报告》中，说："我国正处在建设社会主义社会的过渡时期。在我国，这个时期也叫做新民主主义时期，这个时期在经济上的特点，就是既有社会主义，又有资本主义。"

三、社会主义道路：历史和人民的选择

(一)工业化的任务和发展道路

1. 提出国家工业化的任务

进行经济建设，首先要把中国从一个落后的农业国变为一个先进的工业国，实现国家的工业化。

近代以来，中国面临着争取民族独立、人民解放和实现国家的繁荣富强即实现国家经济的现代化这样两项根本性的历史任务。1949年中华人民共和国的成立，标志着第一项历史任务的基本实现。随着民主革命遗留任务的完成和国民经济的恢复，集中力量进行经济建设即为实现第二项历史任务而奋斗，被提上了党和国家的议事日程。在中国实现工业化这一重大而艰巨的任务，就历史地落到了无产阶级及其政党的肩上。中国社会主义工业化是在基础差、起点低的情况下起步的。

新中国建立之初，在政治上无产阶级新生政权刚刚成立，生产水平仍然很低，加之西方资本主义国家对我国实行禁运和封锁，特别是美帝国主义还与我们实际上处于军事对峙状态。面对上述状况，不进行社会主义工业化建设，不仅无法建立社会主义物质基础，广大劳动人民不能摆脱贫困状态，而且也无法巩固人民政权、抵御帝国主义侵略。

2. 选择社会主义工业化的道路

近代以来的历史表明，资本主义工业化的道路在中国是走不通的。中国必须采取社会主义的工业化道路，这不仅是中国革命发展的必然趋向，是中国人民的主体性选择，而且在当时也具备了基本条件：

(1)社会主义性质国营经济领导地位的确立。有了日益强大的社会主义性质的国营经济，这是中国选择社会主义的一个具有决定意义的基本条件；(2)资本主义经济无力承担国家工业化的任务。资本主义经济先天不足，难以承担实现国家工业化的任务，这是中国选择社会主义的又一个基本条件。(3)国际环境的客观要求。当时中国所处的国际环境是我们选择社会主义的重要外因。

(二)过渡时期总路线反映了历史的必然性

1. 过渡时期总路线的提出

(1)在七届二中全会上报告中提出要使中国稳步地由农业国转变为工业国。新中国成立前夕，毛泽东在中共七届二中全会上的报告中明确指出，应当“在革命胜利以后，迅速地恢复和发展生产，对付国外的帝国主义，使中国稳步地由农业国转变为工业国，把中国建设成一个伟大的社会主义国家”。

(2)建国初设想要经过一段相当长的时间过渡到社会主义。新中国成立之初，中共中央领导人根据当时的具体情况，决定在民主革命遗留任务彻底完成、国民经济基本恢复之前，先不急于明确提出向社会主义过渡的任务。至于中国到底什么时候过渡到社会主义，当时的设想大致是：经过一段相当长的时间(估计至少要 10 年，多则 15 年或 20 年)，工业发展了，国营经济壮大了，就可以采取“严重的社会主义的步骤”，一举实行资本主义工商业的国有化和个体农业的集体化。

(3)国民经济恢复任务完成后提出“从现在逐步过渡到社会主义去”。随着实践的发展和经验的积累，对于如何向社会主义过渡的步骤，中共中央的认识发生了变化。1952 年 9 月 24 日，毛泽东在中共中央书记处会议上提出，我们要在“十到十五年，基本上完成社会主义，不是十年以后才过渡到社会主义”。刘少奇、周恩来等也都论述过“从现在逐步过渡到社会主义去”的设想。这种认识上的改变，主要有两方面的原因：

一方面，随着民主革命遗留任务的彻底完成，国内的阶级关系和主要矛盾发生了深刻的变化。另一方面，随着国民经济的恢复和初步发展，中国社会的经济成分(生产关系)发生了重要变化。这种变化，用周恩来的话说，就是"社会主义成分的比重一天一天增加，国营经济的领导地位一天一天加强"。这说明，中国向社会主义过渡在实际上已经开始了。

(4)1953 年正式提出党在过渡时期的总路线。正是从以上两个方面变化了的实际情况出发，中共中央在 1952 年底开始酝酿并于 1953 年正式提出党在过渡时期的总路线，明确规定："党在这个过渡时期的总路线和总任务，是要在一个相当长的时期内，逐步实现国家的社会主义工业化，并逐步实现国家对农业、对手工业和对资本主义工商业的社会主义改造。"当时，对这条总路线的内容有过一种通俗的解释："好比一只鸟，它要有一个主体，这就是发展社会主义工业；它又要有一双翅膀，这就是对农业、手工业和私营工商业的社会主义改造。"

(5)过渡时期总路线反映了由新民主主义向社会主义转变的历史必然性。第一，实现国家工业化是国家独立、富强的必然要求和必要条件；第二，对个体农业，手工业进行社会主义改造，是发展农业和整个社会生产力的需要；第三，对资本主义工商业进行社会主义改造，是实现社会主义工业化，建设社会主义强大国家的迫切需要。过渡时期总路线反映了中国人民要求尽快变农业国为工业国，摆脱贫苦，消灭剥削制度的愿望，反映了中国社会发展的历史必然。

2. 实行社会主义改造的国内外条件

当时中国之所以要着力进行和可能进行社会主义改造，主要是因为：(1)社会主义性质的国营经济力量相对强大，是实现国家工业化的主要基础；(2)资本主义经济力量弱小，发展困难，不可能成为中国工业起飞的基础；(3)对个体农业进行改造，是保证工业发展、实现国家工业化的必要条件；(4)当时的国际环境也促使中国选择社会主义。

四、有中国特点的向社会主义过渡的道路

(一)社会主义工业化与社会主义改造同时并举

中国共产党在过渡时期的总路线，一方面要求把实现社会主义工业化作为全党、全国人民面前的基本任务，另一方面又要求通过对农业、手工业和资本主义工商业的社会主义改造来促进生产力的发展，以利于社会主义工业化的实现。这两个任务是互相关联而不可分离的。

1. 编制发展国民经济的第一个五年计划

实现国家的工业化，是中国真正获得独立和走向富强的当然要求和必要条件。新

中国的工业化是从第一个五年计划(1953—1957年)开始起步的,这个计划从我国的实际出发,参照了苏联的经验,经过反复修改,做法慎重,成为切实可行的计划。编制发展国民经济的第一个五年计划的工作,在1951年就在着手进行。1952年12月,中共中央发出《关于编制1953年计划及长期计划纲要的指示》。1953年4月,中央批准下达1953年计划提要。"一五"计划的编制,历时四年,五易其稿,到1954年9月基本确定下来,在1955年7月召开的一届全国人大二次会议通过。

一五计划的基本任务就是集中力量发展重工业、建立国家工业化和国防现代化的初步基础;相应发展交通运输业、轻工业、农业和商业;相应地培养建设人才;有步骤地促进农业、手工业的合作化,继续进行对资本主义工商业的改造,保证国民经济中的社会主义成分的比重的稳步增长,同时正确发挥个体农业、手工业和资本主义工商业的作用,保证在发展生产的基础上,逐步提高人民物质生活和文化生活水平。

一五计划的指导方针:第一,优先发展重工业的指导方针;第二,正确处理积累和消费的关系。

2. 社会主义改造围绕社会主义工业化建设的任务进行

在社会主义改造过程中,党和政府采取的实际步骤总是力求与经济发展的要求相适应,以便促进生产力的发展,而不允许对生产力造成破坏。正因为如此,社会主义改造这样一场极其深刻的社会变革,不仅没有引起激烈的社会动荡和经济破坏,而且使生产逐年增加。它成了社会主义建设的直接的推动力量。第一个五年计划规定的到1957年应达到的指标,在1956年底就提前达到了。

(二)农业合作化运动的发展

1. 农业合作化任务的提出

我国的土地改革完成以后,小农经济分散落后,力量薄弱,无法满足社会主义工业化对农业提供工业原料、资金和市场的需要,小农经济也不利于兴办大规模的农田水利建设,同时还可能造成农村的两极分化,因此,需要引导农民走上互助合作的道路。

我国遵循自愿互利,典型示范,国家帮助的原则,实行积极领导,稳步前进的方针。从实际出发,创造了从互助组到初级农业生产合作社再到高级农业生产合作社的逐步过渡的形式,逐步把个体农民的生产资料私有制改造成为社会主义的集体所有制。依靠农民的大多数,制定并贯彻正确的农村阶级路线

2. 农业合作化的基本理论

第一,在中国条件下,可以走先合作化、后机械化的道路。第二,充分利用和发挥土改后农民的两种生产积极性,通过互助组、初级农业生产合作社、高级农业生产合作社这种由低到高的互助合作的组织形式,实行积极发展、稳步前进、逐步过渡的

方针。第三,农业互助合作的发展,要坚持自愿和互利的原则,采取典型示范、逐步推广的方法,发展一批,巩固一批。第四,要始终把是否增产作为衡量合作社是否办好的标准。第五,要把社会改造同技术改造相结合。在实现农业合作化以后,国家应努力用先进的技术和装备发展农业经济。

3. 农业合作化的发展和基本完成

我国农业合作化运动的发展过程,大体经历了三个阶段:

(1)1951 年 9 月到 1953 年底。这一阶段的特点是大量发展互助组,有重点地发展初级农业合作社。

(2)1953 年春到 1955 年,第二阶段的特点是以发展半社会主义的初级农业生产合作社为中心。

(3)1955 年下半年到 1956 年,这阶段的特点是大办高级社,掀起农业合作化运动的高潮。

(三)手工业合作化的实现

在推进手工业合作化的过程中,中国共产党采取的是积极领导、稳步前进的方针。手工业合作化的组织形式,是由手工业生产合作小组、手工业供销合作社到手工业生产合作社,步骤是从供销入手,由小到大,由低到高,逐步实行社会主义改造和生产改造。到 1956 年底,参加合作社的手工业人员已占全体手工业人员的 91.7%。手工业的合作化也基本完成了。

(四)对资本主义工商业赎买政策的实施

1. 经过国家资本主义走向社会主义

在农业合作化运动迅速发展的同时,对资本主义工商业的改造也开始推进。

(1)对民族资产阶级实行赎买政策。民族资产阶级在社会主义时期仍然具有两面性。他们既有剥削工人取得利润的一面,又有拥护宪法、愿意接受社会主义改造的一面。

对资本主义工商企业进行社会主义改造,就是要把民族资本主义工商业改造成为社会主义性质的企业,并对民族资产阶级实行赎买政策。采取这样的政策,既可以在一定时期利用资本主义工商业的积极作用(如增加产品供应、扩大商品流通、维持工人就业、为国家提供税收等),又有利于争取民族资产阶级及其知识分子,并减少他们接受社会主义改造的阻力。

(2)国家资本主义经济的各种形式。初级国家资本主义形式,在工业中有收购、加工、订货、统购、包销;商业中有经销、代销、代购代销、公私联营等。高级形式的国家资本主义就是公私合营,由个别行业的公私合营和全行业的公私合营组成。

新中国成立初期,着重发展的是加工订货、经销代销等初级形式的国家资本主义。1954年1月，中央人民政府财政经济委员会提出《关于有步骤地将有十个工人以上的资本主义工业基本上改造成为公私合营企业的意见》，高级形式的国家资本主义进一步发展起来。开始时，主要是个别企业的公私合营。在这种合营企业中，公方代表已经居于领导地位。企业利润采取"四马分肥"的办法，即分为国家所得税、企业公积金、工人福利费、股金红利四个部分。企业收益大部分归国家和工人，资本家所得不足四分之一。这种企业已经具有不同程度的社会主义性质。

1955年，合营工业的产值占到全部私营工业产值(包括已合营的在内)的49.6%。这一年，北京、上海、天津的一些行业先后实行全行业公私合营。这时，国家对资本家原有的生产资料进行清理估价，以核实私股股额；在合营期间，每年发给资本家5%的股息，这就叫定股定息。全行业公私合营以后，这些企业基本上已经是社会主义性质的经济，除资本家领取定息外，同国营企业已经没有原则的区别。1956年1月，北京市首先在全市范围内完成全行业公私合营。到这年年底，全国私营工业户的99%、私营商业户的82.2%，都走上了全行业公私合营的道路。

2. 和平赎买政策的实现

(1)对资本家采取和平赎买的政策；(2)实现了马克思、恩格斯的设想；(3)使原工商业者提高了觉悟。

(五)社会主义基本制度在中国的全面确立

1. 社会主义改造的基本完成

到1956年，随着社会主义改造的基本完成，社会主义的基本经济制度在中国全面地建立起来了。这是中国进入社会主义社会的最主要的标志。这表明，中国已经胜利地完成了从新民主主义到社会主义的过渡。

2. 在社会主义条件下推进工业化、现代化

社会主义革命的目的是为了解放生产力。在社会主义改造基本完成后，中国人民面临的主要任务，就是进一步推进工业化、现代化建设，为实现国家的繁荣富强和人民的共同富裕而奋斗。而社会主义制度的全面确立，正是为推进中国的工业化、现代化事业，为中国以后一切的进步和发展，奠定了基础。

同步练习

一、单项选择题

1. 中华人民共和国的成立，标志着中国已从半殖民地半封建社会进入到　　(　　)

A. 资本主义社会　　B. 新民主主义社会

C. 社会主义社会　　D. 共产主义社会

2. 新中国建立初期，社会主义国营经济的主要来源是　（　）

A. 解放区的公营经济　　B. 没收的官僚资本

C. 征收、代管的外国资本　　D. 国家资本主义经济

3. 新中国成立初期，民族资本主义工商业的发展趋向是　（　）

A. 国营经济　B. 官僚资本主义　C. 国家资本主义　D. 私营经济

4. 新民主主义文化同旧民主主义文化相区别的标志是　（　）

A. 以共产主义为指导　　B. 民族的形式

C. 科学的内容　　D. 大众的方向

5. 提出争取国家财政经济状况基本好转任务的会议是　（　）

A. 中共七届二中全会　　B. 中共七届三中全会

C. 中共七届四中全会　　D. 中共八大

6. 建国初期，党在土地改革中对富农的政策是　（　）

A. 扶持富农　B. 消灭富农　C. 保存富农经济　D. 限制富农

7. 新民主主义社会的五种经济成分中处于领导地位的是　（　）

A. 国营经济　B. 合作社经济　C. 国家资本主义经济　D. 私人资本主义经济

8. 1950 年 6 月，中央人民政府颁布的土地法是　（　）

A.《中国土地法大纲》　　B.《中华人民共和国土地法》

C.《中国土地改革法》　　D.《中华人民共和国土地改革法》

9. 下列新民主主义经济成份中有具有过渡性质的是　（　）

A. 国营经济　B. 个体经济　C. 合作社会经济　D. 资本主义经济

10. 1951 年至 1952 年“五反”运动开展的领域是　（　）

A. 国营企业　B. 私营工商业　C. 党政机关　D. 合作社

11. 新中国发展国民经济的第一个五年计划期间是指　（　）

A. 1952—1956 年　B. 1949—1954 年　C. 1953—1957 年　D. 1950—1955 年

12. 从 1953 年开始的第一个五年计划的中心环节是　（　）

A. 优先发展重工业　　B. 进行社会主义改造

C. 优先发展农业　　D. 恢复国民经济

13. 从新民主主义向社会主义转变的根本政治保证是　（　）

A .马克思主义指导思想地位的确立　　B. 人民民主专政政权在全国的建立

C. 社会主义国营经济领导地位的确立　　D. 共产党领导的人民武装力量的壮大

14. 过渡时期总路线提出后，新民主主义社会内部的主要矛盾是 ( )

A. 人民大众与封建主义的矛盾

B.中华民族与帝国主义的矛盾

C.无产阶级与资产阶级的矛盾

D. 人民对于经济文化迅速发展的需要同当前经济文化不能满足人民需要的状况之间的矛盾

15. 党在过渡时期的总路线的主体是 ( )

A. 对农业的社会主义改造　B. 对手工业的社会主义改造

C. 对资本主义工商业的社会主义改造　D. 实现国家的社会主义工业化

16. 毛泽东提出的关于农业社会主义改造的原则是 ( )

A. 自愿互利、典型示范、国家帮助　B. 积极领导，稳步发展

C. 说服教育、典型示范、国家援助　D. 先合作化，后机械化

17. 毛泽东提出的关于个体农业社会主义改造的方针是 ( )

A. 自愿互利、典型示范、国家帮助　B. 积极领导，稳步发展

C. 先合作化，后机械化　D. 积极发展，稳步前进，逐步过渡

18. 下列资本主义工商业社会主义改造各形式中属高级形式的国家资本主义是 ( )

A. 计划订货　B. 统购包销　C. 委托加工　D. 公私合营

19. 1954 年颁布的《中华人民共和国宪法》的性质是 ( )

A. 新民主主义性质　B. 社会主义性质

C. 半社会主义性质　D. 共产主义性质

20. 中国进入社会主义初级阶段的标志是 ( )

A. 社会主义改造的完成　B. 中华人民共和国的成立

C. 大陆的解放　D. 全国各级政权的建立和巩固

二、多项选择题

1.中国由新民主主义向社会主义转变的条件主要包括 ( )

A. 中国共产党的领导和人民民主专政的国家制度的建立

B. 国家财政经济状况的根本好转

C. 新民主主义经济制度的建立和国民经济的恢复

D. 马克思主义、毛泽东思想的指导地位

2. 新民主主义社会的三种基本阶级力量是 ( )

A. 工人阶级　B. 民族资产阶级

C. 地主阶级　　　　　　　D. 农民和其他小资产阶级

3. 对资本主义工商业进行和平改造的主要依据有　（　　）

A. 中国的民族资产阶级存在着两面性

B. 中国工人阶级与民族资产阶级长期保持着统一战线的关系

C. 建立了人民民主专政的国家政权和社会主义国营经济

D. 国家对资本主义工商业逐步实施了利用、限制、改造的政策

4. 对资本主义工商业进行社会主义改造中采取的初级形式的国家资本主义有（　　）

A. 计划订货　　B. 统购包销　　C. 委托加工　　D. 公私合营

5. 中国特色的社会主义改造的主要经验有　（　　）

A. 坚持中国共产党的领导　　　　B. 采取和平的方式

C. 由低级到高级逐步过渡的形式　　D. 对所有制和改造和对人的改造相结合

6. 关于新民主主义经济的正确说法是　（　　）

A. 它应在国营经济的领导下，使五种经济成分统筹兼顾，分工合作

B. 在新民主主义经济构成中，社会主义性质的国营经济居于主导地位

C. 是社会主义经济

D. 是一种过渡性经济，发展前途是社会主义经济

7. 1950 年 12 月起，在全国范围内开展的镇压反革命运动集中打击了　（　　）

A. 土匪和恶霸　　B. 特务　　C. 反动党团骨干分子　　D. 反动会道门头子

8. 新中国成立后，国民经济迅速恢复的原因有　（　　）

A. 以发展生产力作为一切工作的中心，正确处理了政治和经济的关系

B. 制定了不要“四面出击”的正确方针政策

C. 稳定了民族资产阶级，巩固了统一战线

D. 开展了整风和整党运动，加强了党的自身的建设

9. 党在过渡时期的总路线的主要内容有　（　　）

A. 没收官僚垄断资本

B. 没收民族资本

C. 逐步实现社会主义工业化

D. 逐步实现对农业、手工业、资本主义工商业的社会主义改造

10. 对个体农业、手工业和资本主义工商业进行社会主义改造是为了　（　　）

A. 确立社会主义生产关系　　　B. 健全社会主义上层建筑

C. 继续解放和发展生产力　　　D. 为实现社会主义工业化创造必要条件

三、简答题

1. 新中国成立初期,中国共产党面临着哪些新的严峻的考验?
2. 中国特色的社会主义改造道路有哪些主要经验?
3. 简述过渡时期总路线提出的历史必然性。
4. 新民主主义社会的性质是什么?

四、论述题

1. 试述由新民主主义向社会主义转变的历史必然性。
2. 试述对资产阶级实行"和平赎买"政策的可能性。

五、材料分析题

1. 阅读材料,回答问题。

材料1 我们对待小农的态度究竟是怎样的呢?在我们夺得国家政权的那一天,我们应该怎样对待他们呢?第一,法国纲领的论点是完全正确的:我们预见到小农必然灭亡,但是我们无论如何不要以自己的干预去加速其灭亡。第二,同样明显的是,当我们掌握了国家政权的时候,我们决不会考虑用暴力去剥夺小农(无论有无报偿,都是一样),像我们将不得不如此对待大土地占有者那样。我们对于小农的任务,首先是把他们的私人生产和私人占有变为合作社的生产和占有,不是采用暴力,而是通过示范和为此提供社会帮助。当然,到那时候,我们将有足够的手段,向小农许诺,他们将得到现在就必须让他们明了的好处。

恩格斯:《法德农民问题》(1894年11月)

材料2 我们的党一旦掌握了国家政权,就应该干脆地剥夺大土地占有者,就像剥夺工厂主一样。这一剥夺是否要用赎买来实行,这大半不取决于我们,而取决于我们取得政权时的情况,尤其是也取决于大土地占有者先生们自己的态度。我们决不认为,赎买在任何情况下都是不容许的;马克思曾向我讲过(并且讲过好多次!)他的意见:假如我们能赎买下这整个匪帮,那对于我们最便宜不过了。

恩格斯:《法德农民问题》(1894年11月)

材料3 在我国,既然国家政权操在工人阶级手中,既然全部生产资料又属于这个国家政权,我们要解决的任务的确就只剩下实现居民合作化了。

我们许多做实际工作的人所估计不足的正是这一情况。在我国,人们还轻视合作社,还不了解:第一,在原则方面(生产资料所有权在国家手中),第二,在采用尽可能使农民感到简便易行和容易接受的方法过渡到新制度方面，这种合作社具有多么重大的意义。

列宁:《论合作社》(1923 年 1 月)

根据材料请回答:

(1)材料 1 和材料 3 中提出的重要观点是什么?

(2)材料 2 中的"这整个匪帮"指的是什么?恩格斯提出了哪些重要观点?对中国社会主义改造有什么指导意义?

2. 阅读材料,回答问题。

材料 1 "这个中国革命的第一阶段(其中又分为许多小阶段),其社会性质是新式的资产阶级的民主主义革命,还不是无产阶级社会主义革命,……这个革命的第一步、第一阶段,决不是也不能建立中国资产阶级专政的资本主义的社会,而是要建立以中国无产阶级为首领的中国各个革命阶级联合专政的新民主主义社会,以完结其第一阶段。然后,再使之发展到第二阶段,以建立中国社会主义的社会。"

毛泽东:《新民主主义论》

材料 2 "'确立新民主主义社会秩序'。这种提法是有害的。过渡时期每天都在变动,每天都在发生社会主义因素。所谓'新民主主义社会秩序',怎样'确立'?要'确立'是很难的哩!……我们现在的革命斗争,甚至比过去的武装革命斗争还要深刻。这是要指导资本主义制度和一切剥削制度彻底埋葬的一场革命。'确立新民主主义社会秩序'的想法,是不符合实际斗争情况的,是妨碍社会主义事业的发展的。"

毛泽东在 1953 年 6 月 15 日中央政治局会议上的讲话

根据材料请回答:

(1)新民主主义社会是一种怎样的社会?其与社会主义社会是一种怎样的关系?

(2)毛泽东为什么认为"确立新民主主义社会秩序"这种提法是有害的、是妨碍社会主义事业的发展的?

参考答案

一、单项选择题

1. B　*2.* B　*3.* C　*4.* A　*5.* B　*6.* C　*7.* A　*8.* D　*9.* C　*10.* B　*11.* C　*12.* A　*13.* B　*14.* C　15. D　*16.* A　*17.* D　*18.* D　*19.* B　*20.* A

二、多项选择题

1. ACD　*2*. ABD　*3*. ABCD　*4*. ABC　*5*. BCD　*6*. ABD　*7*. ABCD　*8*. ABD　*9*. CD　*10*. ABCD

三、简答题

1. **[答案要点]** 第一,能不能保卫住人民胜利的成果,巩固新生的人民政权。第二,能不能战胜严重的经济困难,迅速恢复和发展国民经济。第三,能不能巩固民族独立,维护国家主权和安全。新中国的诞生,打破了帝国主义在东方划定的势力范围,这是以美国为首的西方资本主义阵营不愿意看到的。第四,能不能经受住执政的考验,继续保持谦虚、谨慎、不骄、不躁的作风和艰苦奋斗的作风。

2. **[答案要点]** 中国在对生产资料私有制的社会主义改造中,创造性地提出了许多符合中国实际情况的方针政策,积累了丰富的经验,形成了一条有中国特色社会主义改造道路。这些经验主要是:

第一,改造的和平(自愿)的方式。不仅对个体农业和个体手工业是以和平的方式完成改造的,对私营资本主义工商业也成功实现了列宁曾经设想过但未能在苏联得到实现的"和平赎买"的政策。第二,采取了逐步(稳妥)过渡的形式。三大改造均采取了循序渐进,逐步过渡的形式。如对个体农业的改造遵循了自愿互利、典型示范和国家帮助的原则,经历了由互助组到初级社到高级社的逐步过渡,对私营资本主义工商业的改造经历了由初级形式的国家资本主义到高级形式的国家资本主义的逐步过渡。从而,保证了改造和平平稳进行。第三,把对所有制的改造和对人的改造结合起来同时进行。把个体农业和个体手工业改造成为社会主义集体经济的同时,把农民和小手工业者改造成为社会主义的集体劳动生产者,在把私人资本主义工商业改造成为社会主义公有制的同时,把资本家由剥削者改造成为自食其力的劳动者。第四,所有制的改造和发展生产力同时并举,改造的目的是发展生产力。

3. **[答案要点]** 从 1953 年开始,在过渡时期总路线的指引下,中国共产党领导人民开始进行有计划的社会主义建设和有系统的社会主义改造。当时中国之所以要着力进行和可能进行社会主义改造,主要是因为:

第一,社会主义性质的国营经济力量相对来说比较强大,它是实现国家工业化的主要基础。第二,资本主义经济力量弱小,发展困难,不可能成为中国工业起飞的基础。而且,它对国家和国营经济有很大的依赖性,不可避免地要向国家资本主义的方向发展。第三,对个体农业进行社会主义改造,是保证工业发展、实现国家工业化的一个必要条件。第四,当时的国际环境也促使中国选择社会主义。新中国成立以后,长期受到美国等西方资本主义国家经济上、外交上和军事上的严密封锁和遏制。当时只有社会主义国家和第二次世界大战后为独立而斗争的国家同情中国。只有苏联能够援助中国。这种国际环境,也是中国选择社会主义的基本因素之一。

4. [答案要点] 第一,新中国成立以前,新民主主义社会是在局部地区建立起来的,这就是当时的各个解的任务尚未完成,这时的新民主主义社会还不具备向社会主义过渡的条件。

第二,1949 年中华人民共和国的成立,标志着新民主主义革命阶段的基本结束和社会主义革命阶段的开始,即进入由新民主主义到社会主义的过渡时期。这时的新民主主义社会,就已经是一个"属于社会主义体系的和逐步过渡到社会主义社会的过渡性质的社会"了。

四、论述题

1. [答案要点] 新民主主义革命的胜利是近代中国历史发展的必然结果。中华人民共和国的建立把中国由半殖民地半封建社会推进到了新民主主义社会, 随着新民主主义政治、经济制度的建议,使得中国社会由新民主主义向社会主义转变成为历史的必然。

第一,中国共产党的领导和人民民主专政的国家制度的建立,为进行社会主义革命奠定了所必需的优越的政治条件, 也保证了新民主主义社会的发展前途必然是社会主义。第二,新民主主义经济制度的建立、社会主义国营经济领导地位的确立保证了新民主主义社会的发展前途必然是社会主义。第三,马克思主义、毛泽东思想的指导地位为新民主主义向社会主义的转变革命提供了充分的思想文化条件。

总之,新民主主义革命的胜利,虽然在客观上为资本主义的发展扫除了障碍,同时,它也为社会主义的发展开辟了更为广阔的道路。随着新民主主义的政治、经济制度的建立和国民经济的恢复,社会主义的因素在整个国家的政治、经济、文化生活中占着越来越大的比重,很快就超过资本主义因素。这就使中国新民主主义革命的最后结果,既可以避免资本主义的前途,又不会长时期地留在新民主主义时期而会较快地向社会主义转变。新民主主义过程中社会主义经济条件、政治条件与思想文化条件的积累和增长,是新民主主义向社会主义转变的内在驱动力,它从根本上决定了中国新民主主义向社会主义转变的历史必须性。

2. [答案要点] 无产阶级掌握政权以后,用"和平赎买"的方法改造私人资本主义经济,这是马克思、恩格斯和列宁曾经提出但未能实现的设想。在中国社会主义改造中,对资产阶级实行"和平赎买"政策的可能性主要在于:

第一,中国的民族资产阶级是一个具有两面性的阶级,它不仅在民主革命阶段具有两面性,曾经是中国共产党的同盟者。在社会主义革命阶段仍然具有两面性,"它有剥削工人阶级取得利润的一面,又有拥护宪法、愿意接受社会主义改造的一面。"毛泽东正是根据中国民族资产阶级这一基本特点,制定了利用、限制、改造的政策,实施和平赎买,把马克思、列宁的设想变成了现实。

第二,中国工人阶级与民族资产阶级长期保持着统一战线的关系。在民主革命时期,中国共产党就将民族资产阶级作为革命团结的对象和统一战线的重要力量。新中国成立后,党仍然同民族资产阶级保持着统一战线关系。在新民主主义国家里,工人阶级同民族资产阶级的矛盾属于人民内部矛盾,这就为和平改造提供了有利条件。

第三, 建立了人民民主专政的国家政权和社会主义国营经济。新民主主义革命胜利后,我国已建立了强大的人民民主专政的国家政权,有了巩固的工农联盟,国家对主要农产品实行统购统销政策, 割断了资本主义经济同集体经济的主要联系,使其逐步丧失了独立经营的地位。同时,强大的社会主义国营经济已经掌握了国家的经济命脉。这就使民族资产阶级在政治上和经济上都陷于孤立地位,不得不接受社会主义改造。

因此,在中国社会主义改造中,对资产阶级实行"和平赎买"的政策具有了现实的可能性。

五、材料分析题

1. **[答案要点]** (1)材料 1 和材料 3 中提出了通过农业合作化实现社会主义改造的重要观点。

(2)"这整个匪帮"是指资产阶级。恩格斯在这里提出了以赎买方法解决资产阶级问题的伟大设想。同时他还提出,无产阶级取得政权后,究竟采取哪种形式实现社会主义生产资料公有制的任务,只能根据各国的社会历史特点和具体情况决定。恩格斯的这些思想为中国对资本主义工商业的社会主义改造提供了重要的理论根据。

2. **[答案要点]** (1)新民主主义社会是一种过渡性的社会形态,它是中国社会由半殖民地半封建社会通向社会主义社会的过渡阶段。它既不同于一般的资本主义制度也不同于社会主义制度。在政治上它是无产阶级领导下的各革命阶级的联合专政,而不是单一的无产阶级专政。在经济制度上它是社会主义国营经济领导下多种经济成份并存,而不是单一的公有制经济。新民主主义社会是社会主义社会的必要准备,社会主义社会是新民主主义社会发展的必然趋势。

(2)因为新民主主义社会是一种过渡性的社会形态,它的政治经济、形态都不是固定不变的，而是始终处于不断发展变化的状态中，其社会主义的成份在不断增长，而民主主义的成份则在不断的减少，最终将完全过渡到社会主义。因此，毛泽东认为“确立新民主主义社会秩序”这种提法是有害的、是妨碍社会主义事业的发展的。

第九章　社会主义建设在探索中曲折发展

学习目标

通过本章学习，了解我国在开始建设社会主义历程中的伟大成就及经验教训。懂得把马克思主义的普遍真理与中国社会主义建设的实际相结合的重要性。

学习要点

一、良好的开局

（一）全面建设社会主义的开端

1. 提出马克思主义和中国实际的“第二次结合”

1956年，社会主义基本制度的全面确立，标志着中国进入开始全面建设社会主义的历史阶段。

（1）建国初期我国照搬苏联模式的原因。①为了生存与安全不得不与苏联结盟。②建国初期我国生产力水平非常落后。中国已经是一个社会主义国家，但又是一个经济文化落后、人口众多、幅员辽阔、发展极不平衡的国家。怎样建设社会主义，怎样巩固和发展社会主义，并没有现成的道路可循，必须在实践中进行艰苦的探索。③党刚刚取得政权没有经验。新中国成立初期，因为没有经验，在经济建设上只得学习甚至照搬苏联的做法。“这在当时是完全必要的，同时又是一个缺点，缺乏创造性，缺乏独立自主的能力。这当然不应当是长久之计。”

（2）开始探索适合中国情况的社会主义建设道路。1956年2月召开的苏共二十大，进一步暴露了苏联在社会主义建设中存在的缺点和错误。在这种情况下，中国共产党人决心走自己的路，开始探索适合中国情况的社会主义建设道路。

探索中国的社会主义建设道路，首先有一个如何把马克思列宁主义原理同中国实际相结合的问题。毛泽东提出的关于实行马克思主义同中国实际的“第二次结合”的任务，为探索适合中国情况的社会主义建设道路，提供了基本的指导原则。

2. 在社会主义制度下保护和发展生产力

(1)公布《1956 年到 1967 年全国农业发展纲要(草案)》,鼓舞了人民,特别是农民,逐步掀起了社会主义建设的高潮。(2)召开知识分子问题会议。搞建设需要文化知识,向科学进军的口号,鼓舞了科学工作者。(3)提出"百花齐放、百家争鸣"的方针,成为我国科学文化艺术繁荣进步的指导方针,后来也成了发扬社会主义民主,正确处理人民内部矛盾的方针之一。(4)制定了《1956—1967 年科学技术发展远景规划纲要》。向知识分子提出了我国科学技术的空白领域,激发了中国知识分子的探索精神。

(二)早期探索的积极进展

1.《论十大关系》的发表

从 1956 年初开始,以毛泽东为主要代表的中国共产党人,对中国的社会主义建设道路进行了艰苦的探索,并取得了积极的成果。

为准备召开中国共产党第八次全国代表大会,毛泽东、刘少奇等领导人进行了大规模的调查研究工作。毛泽东逐渐形成《论十大关系》的基本思路,并先后在 4 月 25 日中央政治局扩大会议和 5 月 2 日最高国务会议工作《论十大关系》的报告。这个报告,总结经济建设的初步经验,借鉴苏联建设的经验教训,概括提出了十大关系。这十大关系,围绕一个基本方针,即"一定要努力把党内党外、国内国外的一切积极的因素,直接的、间接的积极因素,全部调动起来,把我国建设成为一个强大的社会主义国家"。《论十大关系》是以毛泽东为主要代表的中国共产党人开始探索中国自己的社会主义建设道路的标志。

2. 中共八大路线的制定

(1)中共八大的召开。1956 年 9 月 15 日至 27 日,中国共产党第八次全国代表大会在北京举行。毛泽东致开幕词,刘少奇作政治报告,周恩来作关于国民经济发展第二个五年计划建议的报告,邓小平作关于修改党章的报告。

(2)八大对社会主义改造完成后中国社会的主要矛盾和主要任务的分析。中共八大正确分析了社会主义改造完成后中国社会的主要矛盾和主要任务,指出:国内主要矛盾已经不再是工人阶级和资产阶级的矛盾,而是人民对于经济文化迅速发展的需要同当前经济文化不能满足人民需要的状况之间的矛盾;全国人民的主要任务是集中力量发展社会生产力,实现国家工业化,逐步满足人民日益增长的物质和文化需要;虽然还有阶级斗争,还要加强人民民主专政,但其根本任务已经是在新的生产关系下面保护和发展生产力。

(3)八大提出的社会主义建设的各项方针。在经济建设上,大会坚持既反保守又反冒进即在综合平衡中稳步前进的方针。在政治建设上,提出要扩大社会主义民主、健全社会主义法制，使党和政府的活动做到“有法可依”和“有法必依”。在执政党建设上，强调要提高全党的马克思列宁主义思想水平，健全党内民主集中制，坚持集体领导制度，反对个人崇拜，发展党内民主和人民民主，加强党和群众的联系。

(4)对适合中国特点的经济体制的探索。在大会发言中，陈云提出“三个主体、三个补充”的思想，即国家经营和集体经营是主体，一定数量的个体经营为补充；计划生产是主体，一定范围的自由生产为补充；国家市场是主体，一定范围的自由市场为补充。这个思想为大会所采纳，并写入决议，成为突破传统观念、探索适合中国特点的经济体制的重要步骤。

中共八大的路线是正确的，它为社会主义事业的发展和党的建设指明了方向。中共八大后，中国共产党在探索中又提出一些重要的新思想。同年12月，毛泽东提出，可以消灭了资本主义，又搞资本主义，并把这称作“新经济政策”。这个意见得到了刘少奇、周恩来等领导人的赞同。

3.《关于正确处理人民内部矛盾的问题》的发表

(1)提出社会主义社会两类不同性质矛盾理论。1957年2月，毛泽东在扩大的最高国务会议上发表《关于正确处理人民内部矛盾的问题》的讲话，指出：在社会主义制度下，人民的根本利益是一致的，但还存在着敌我矛盾和人民内部矛盾。必须区分社会主义社会两类不同性质的社会矛盾，把正确处理人民内部矛盾作为国家政治生活的主题。他强调，不能用解决敌我矛盾的方法去解决人民内部矛盾，只能用民主的、说服的、教育的、“团结—批评—团结”的方法去解决。

毛泽东提出正确处理人民内部矛盾的问题，有个重要的指导思想，这就是：“团结全国各族人民进行一场新的战争——向自然界开战，发展我们的经济，发展我们的文化，使全体人民比较顺利地走过目前的过渡时期，巩固我们的新制度，建设我们的新国家”。

(2)对社会主义社会的基本矛盾作出科学分析。他指出：矛盾是普遍存在的。社会主义社会充满着矛盾，正是这些矛盾推动着社会主义社会不断向前发展。在社会主义社会中，基本的矛盾仍然是生产关系和生产力之间的矛盾、上层建筑和经济基础之间的矛盾。这些矛盾，可以通过社会主义制度本身的自我调整和自我完善不断地得到解决。这实际上为社会主义制度的完善和发展奠定了理论基石。

《关于正确处理人民内部矛盾的问题》是一篇重要的马克思主义文献。它创造性地阐述了社会主义社会矛盾学说，是对科学社会主义理论的重要发展，对中国社会主义事业具有长远的指导意义。

4. 整风运动和反右派斗争。

(1)整风运动。1957年4月27日,中共中央下发《关于整风运动的指示》,指出:由于党在全国范围内处于执政地位,有必要在全党进行一次反对官僚主义、宗派主义和主观主义的整风运动。

这场运动采取开门整风的形式。各级党组织纷纷召开座谈会和小组会,听取党内外群众的意见,迅速在全社会形成一个"鸣放"的高潮。毛泽东和中共中央真诚地希望通过这种方式,加强党外人士对共产党员特别是党员领导干部的批评、监督,进一步密切党同群众的联系。

(2)反右派运动的全面展开及扩大化。在整风运动中人们提出的各种意见,绝大多数是诚恳的。但确有极少数资产阶级右派分子乘机向党和新生的社会主义制度发动进攻。他们把共产党在国家政治生活中的领导地位攻击为"党天下",要求"轮流坐庄";他们竭力抹煞社会主义改造和建设的成绩,根本否认社会主义的优越性;他们还把人民民主专政制度说成是产生主观主义、官僚主义和宗派主义的根源。有的人甚至散布煽动性言论,鼓动一些不明真相的人上街闹事。这说明,事情正在起变化。

6月8日,中央发出组织力量反击右派分子进攻的党内指示,《人民日报》发表题为《这是为什么?》的社论。一场全国规模的群众性反右派运动全面展开。

对极少数右派分子的进攻实行坚决反击,是完全正确的和必要的。在涉及重大政治原则的大是大非问题上如果不能旗帜鲜明,就会造成思想上和政治上的混乱。但是反右派斗争被严重地扩大化了。而在运动中采取的大鸣、大放、大辩论、大字报的错误斗争方式,也是反右派斗争严重扩大化的一个重要因素。

反右派斗争严重扩大化的重要影响,是1957年10月至11月召开的中共八届三中全会开始改变党的八大关于社会主要矛盾的正确判断,认为当前国内的主要矛盾仍然是无产阶级和资产阶级、社会主义道路和资本主义道路的矛盾。后来召开的中共八大二次会议正式确认了这个判断。这一理论上和指导思想上的失误造成了长时期的严重后果。

二、探索中的严重曲折

(一)"大跃进"及其纠正

1. "大跃进"和人民公社化运动的发动

(1)揭开"大跃进"的序幕。1957年"一五"计划提前完成增强了中国共产党人领导经济建设的自信心。在胜利面前,毛泽东以及中央和地方不少领导干部滋长了骄傲自满情绪,夸大了主观意志和主观努力的作用,忽视经济规律,急于求成,对社会主义建设的长期性、复杂性估计严重不足。

同年10月至11月召开的中共八届三中全会通过农业发展纲要四十条，随后在农村开展了关于农业生产建设的大辩论。11月13日《人民日报》社论提出："在生产战线上来一个大的跃进"。"大跃进"的序幕也由此揭开。

(2)错误地批判反冒进。1958年1月和3月，毛泽东先后在广西南宁和四川成都主持召开中央工作会议，错误地改变了中共八大确定的在经济建设上既反保守又反冒进即在综合平衡中稳步前进的方针，严厉批判反冒进，一些坚持正确意见的中央领导人被迫在会工作了检讨。这些做法破坏了党的集体领导原则和民主集中制。

(3)提出社会主义建设总路线。同年5月，中共八大二次会议通过了"鼓足干劲、力争上游、多快好省地建设社会主义"的社会主义建设总路线。这条总路线及其基本点，其正确的一面，是反映了广大人民群众迫切要求改变国家经济文化落后状况的普遍愿望；其缺点是忽视了客观的经济规律。总路线提出的"多快好省"这四个字，本来是相互制约的，但在宣传中和实际工作中片面地突出了一个"快"字，提出"速度是总路线的灵魂"。

由于"大跃进"中片面地追求建设的高速度、高指标，在各项高指标中又特别突出地强调钢铁指标和粮食指标，严重地破坏了国民经济各部门的综合平衡。

(4)开展农村人民公社化运动。在误以为农村集体经济的规模越大、公有化程度越高，就越能促进增产增收的思想指导下，1958年7、8月，毛泽东在视察期间对小社并大社的做法给予肯定。同年8月，中共中央政治局北戴河会议通过了《关于在农村建立人民公社问题的决议》，提出"应该积极地运用人民公社的形式，摸索出一条过渡到共产主义的具体途径"。

人民公社实行"政社合一"的体制，其基本特点被概括为"一大二公"，实际上就是搞"一平二调"。所谓"大"，就是规模大，原来一二百户规模的农业生产合作社被合并成拥有四五千户甚至一两万户的人民公社；所谓"公"，就是公有化程度高。它严重地脱离了农村的生产力水平，致使"一平二调"之风泛滥，损害了广大的社员和小集体的利益。

2. 初步纠正"左"倾错误的努力

毛泽东是"大跃进"和人民公社化运动的积极倡导者和推动者，又是中央领导集体中较早地觉察并实际纠正"左"倾错误的领导人。1958年11月，毛泽东主持召开第一次郑州会议，指出当时大有立即宣布全民所有、废除商业、消灭商品生产之势，发展下去势必会重犯苏联剥夺农民的历史性错误。这次会议对于正在急剧膨胀的"左"倾错误起了一定程度的遏制作用。

1958 年 11、12 月间，毛泽东在武昌先后主持召开中共中央政治局会议和八届六中全会，着重纠正急于向全民所有制和向共产主义过渡的倾向，以及企图过早地取消商品生产和商品交换的倾向，并决定开展整顿人民公社的工作。1959 年 2 月，毛泽东主持召开第二次郑州会议，针对人民公社存在的平均主义和过分集中的问题，提出队为基础、分级管理、三级核算、各计盈亏、按劳分配、承认差别的方针。同年 3、4 月间召开的中共中央政治局上海会议制定了《关于人民公社的十八个问题》，并开始调整钢产量的高指标，进一步巩固了武昌会议和第二次郑州会议的纠“左”成果。

3. 庐山会议与纠“左”进程的中断

1959 年 7 月 2 日至 8 月 1 日，中共中央在江西庐山召开政治局扩大会议。毛泽东提出 18 个问题，要求与会者讨论。其出发点是统一全党的认识，巩固纠“左”成果。但是党内的高层领导对 1958 年以来的工作和当前形势的估计存在着严重分歧。

7 月 14 日，彭德怀给毛泽东写信，着重指出“大跃进”存在的严重问题和突出矛盾，认为这些矛盾的性质“是具有政治性的”；犯错误的主观原因，一是“犯了不够实事求是的毛病”，二是“小资产阶级的狂热性”。7 月 23 日，毛泽东在会上发表讲话，错误地对彭德怀的信提出尖锐批评，认为这代表了党内外的右倾势力对“三面红旗”（总路线、“大跃进”、人民公社）的猖狂进攻。8 月 2 日至 16 日，毛泽东在庐山主持召开中共八届八中全会，作出了《关于以彭德怀同志为首的反党集团的错误的决议》，随后在全党范围开展了“反右倾”斗争。

这场斗争，在经济建设上打断了纠“左”的进程，使错误延续了更长时间，造成了更加严重的国民经济比例失调，尤其是使农业生产遭到了极大破坏；由于把党内正常的意见分歧当作阶级斗争来处理，这就使阶级斗争扩大化的错误理论和实践进一步升级，党内从中央到基层的民主生活遭到严重损害。

主要由于“大跃进”和“反右倾”斗争的错误，加上当时的自然灾害和苏联政府背信弃义地撕毁合同、撤走全部专家，中国国民经济在 1959 年到 1961 年发生严重困难。1960 年粮食和棉花产量均跌落到 1951 年的水平。许多地方因饥荒普遍地发生浮肿病，不少省份农村人口死亡增加，加上出生率大幅度降低，1960 年全国总人口比上一年减少 1 000 万人。

4. 国民经济的调整

1961 年 1 月，中共八届九中全会决定对国民经济实行“调整、巩固、充实、提高”的八字方针，毛泽东在会上号召全党大兴调查研究之风。

同年 3 月，毛泽东在广州主持起草了《农村人民公社工作条例（草案）》（简称农业六十条），以后又几经修改，确定以生产队为基本核算单位，要求认真贯彻按劳分配的原则，废除供给制，停办公共食堂。农业六十条的贯彻执行，对于克服严重存在的平均主义，调动农民的生产积极性，推动恢复和发展农业生产，起到了十分重要的作用。由于调整经济的正确方针的贯彻执行，社会主义建设逐步地重新出现欣欣向荣的景象。

5.“七千人大会”的召开及影响

(1)“七千人大会”的召开。1962 年 1 月至 2 月间召开的扩大的中央工作会议(“七千人大会”)，围绕讨论和修改刘少奇 1 月 27 日向大会提交的书面报告，畅所欲言，开展批评和自我批评。毛泽东在讲话中着重阐述了民主集中制的极端重要性，并带头做了自我批评。这次会议恢复和发扬了党内的民主精神和自我批评精神，统一了全党的认识，对全面贯彻八字方针起了极其重要的推动作用。

(2)调整国民经济任务基本完成。从 1962 年到 1965 年，由于全党和全国人民的主要注意力一直放在贯彻执行八字方针上，加上党和国家在经济、政治方面采取的有力措施，国民经济开始得到比较顺利的恢复和发展。

(3)“左”倾错误在政治和思想文化方面的发展。但是，20 世纪 50 年代后期开始的“左”倾错误，在经济工作指导思想中尚未得到彻底纠正，在政治和思想文化方面还有发展。1962 年 9 月召开的中共八届十中全会上，毛泽东把社会主义社会中一定范围内存在的阶级斗争扩大化和绝对化，后来更发展成为“以阶级斗争为纲”的指导思想。

1963 年至 1965 年间，中共中央领导进行了城乡社会主义教育运动。这一运动虽然对于解决干部作风和经济管理等方面的问题起了一定作用，但由于把这些不同性质的问题都认为是阶级斗争或者是阶级斗争在党内的反映，在 1964 年下半年使不少基层干部受到不应有的打击，1965 年初又错误地提出了运动的重点是整所谓“党内走资本主义道路的当权派”。

在意识形态领域，也对一些文艺作品、学术观点和文艺界学术界的一些代表人物进行了错误的、过火的政治批判，在对待知识分子问题、教育科学文化问题上发生了愈来愈严重的“左”的偏差，并且在后来发展成为“文化大革命”的导火线。不过，这些错误当时还没有达到支配全局的程度。

(二)“文化大革命”的十年

1.“文化大革命”的发动

1966 年 5 月至 1976 年 10 月的“文化大革命”，是全局性的、长时间的“左”倾严重错误。它使中国共产党、国家和人民遭到新中国成立以来最严重的挫折和损失。这场“文化大革命”是毛泽东发动和领导的。

(1)毛泽东发动“文化大革命”的主观愿望。是为抵御帝国主义“和平演变”的图谋，消除官僚主义和特权思想等现象，防止国内资本主义复辟，并为人民群众参与对国家事务的监督和管理寻找一条途径。

(2)毛泽东发动“文化大革命”的主要论点。一大批资产阶级的代表人物、反革命的修正主义分子,已经混进党里、政府里、军队里和文化领域的各界里,相当大的一个多数的单位的领导权已经不在马克思主义者和人民群众手里。党内走资本主义道路的当权派在中央形成了一个资产阶级司令部，它有一条修正主义的政治路线和组织路线,在各省、市、自治区和中央各部门都有代理人。

(3)“文化大革命”的发动。1965 年 11 月 10 日,姚文元的文章《评新编历史剧(海瑞罢官)》在上海《文汇报》发表,成为毛泽东发动“文化大革命”的导火线。

1966 年 5 月,中共中央召开政治局扩大会议。会议通过的《中共中央通知》(即“五一六通知”),系统地阐发了发动“文化大革命”的主要论点。会议还决定设立“中央文化革命小组”。这个小组被江青等人把持,实际上凌驾于中央政治局之上。随后,由毛泽东批示在全国广播了北京大学聂元梓等人攻击中共北京大学党委和中共北京市委的大字报,对于鼓动许多城市的大中学生“踢开党委闹革命”起了推波助澜的作用,许多学校的党组织陷于被动以至瘫痪。

同年 8 月 1 日至 12 日,毛泽东主持召开中共八届十一中全会,并在全会上印发《炮打司令部——我的一张大字报》,对“文化大革命”进行再发动。全会通过的《关于无产阶级文化大革命的决定》(简称“十六条”),成为“文化大革命”的指导方针。

2. 全面内乱的形成

(1)全国掀起“打倒一切、全面内战”狂潮。1967 年 1 月,上海造反派头目王洪文等人在张春桥、姚文元的策划下,夺取了中共上海市委、市人民委员会的领导权,号称“一月革命”。毛泽东肯定了上海造反派的夺权斗争。在夺权过程中,各地的造反派组织普遍形成两大对立面,加上江青、陈伯达、康生、张春桥等人趁机煽动,在全国掀起了“打倒一切、全面内战”的狂潮。

(2)老一辈革命家的抗争被诬为“二月逆流”。同年 2 月中旬,在有部分中共中央政治局委员、国务院和中共中央军委领导人参加的碰头会上,谭震林、陈毅、叶剑英、李富春、李先念、徐向前、聂荣臻等对中央文革小组的错误做法提出强烈的批评。然而,这次抗争却被诬称为“二月逆流”而遭到压制。

(3)许多地方发生大规模武斗。按照毛泽东原先的估计,“全面夺权”在 1967 年 2、3、4 月就要看出眉目来。然而,同年 6 月到 8 月,中央文革小组煽动北京和外地的上千个造反派组织成立‘“揪刘(少奇)火线”,聚集上万人围困中南海。7 月 22 日,江青提出“文攻武卫”口号。8 月 7 日,公安部长谢富治提出“砸烂公(公安系统)检(检察院系统)法(法院系统)”,中央文革小组成员王力煽动夺外交部大权。此后,许多地方发生大规模武斗,局势发展到几乎失控的地步。

(4)各地成立革命委员会。为了稳定局势,毛泽东采取了一系列非常措施,如派人民解放军实行三支两军(支左、支工、支农、军管、军训),派工人宣传队进入学校等。经过1967年初至1968年10月历时20个月的社会大动乱,在中共八届十二中全会前夕,各省、市、自治区相继成立了革命委员会。

(5)九大使"文化大革命"的错误理论和实践合法化。1969年4月1日至24日,中国共产党第九次全国代表大会在北京召开。这次大会使"文化大革命"的错误理论和实践合法化,加强了林彪、江青、康生等人在党中央的地位。九大在思想上、政治上和组织上的指导方针都是错误的。

3. 粉碎林彪反革命集团

1970年3月,毛泽东提出准备召开第四届全国人民代表大会并修改宪法,还建议不设国家主席。林彪集团把召开四届人大和修改宪法看成是夺取更多政治权力的机会,并同江青集团产生了尖锐的矛盾。毛泽东由此觉察到林彪集团的宗派活动,决定停止讨论林彪讲话,对陈伯达实行审查。1971年4月,中共中央召开批陈整风汇报会,责令有关人员检讨。

"九一三"事件发生后,周恩来协助毛泽东妥善地处理了这一严重事件,使全国政治局势保持了稳定。"九一三"事件是"文化大革命"推翻了党的一系列基本原则的结果,客观上宣告了"文化大革命"的理论和实践的失败。

4. 挫败"四人帮"、"组阁"图谋

中共十大后,毛泽东希望实现安定团结的政治局面,尽快地把国民经济搞上去。江青等人在1974年初开始的"批林批孔"运动中,把矛头指向周恩来。一时间派性斗争又起,极左思潮再度猖獗。江青等人还利用筹备全国四届人大之机,达到实现"组阁"的图谋。

1974年7月17日,毛泽东在中共中央政治局会议上批评江青,告诫她"不要搞成四人小宗派",并当众宣布:"她并不代表我,她只代表她自己。"随后,他建议周恩来继续担任国务院总理,由邓小平担任国务院第一副总理。江青等人的"组阁"图谋,遭到挫败。

5. 1975年整顿和"文化大革命"的结束

(1)邓小平1975年的全面整顿。为了实施1975年国民经济计划,邓小平根据毛泽东关于要安定团结、把国民经济搞上去的指示,明确提出:全国的工业、农业、商业、财贸、文教、科技、军队等各方面的工作都要整顿,核心是党的整顿,关键是领导班子。这次整顿以铁路为突破口带动整个工业的整顿,邓小平主持中央日常工作期间的全面整顿，获得了中央政治局和国务院许多领导人的支持，并迅速调动了广大群众的生产积极性，有效地扭转了社会生活和经济工作的混乱局面，使 1975 年的形势明显地好转。

（2）“批邓、反击右倾翻案风”运动。随着整顿的深入发展，逐渐涉及到“文化大革命”的指导思想及其政策本身。毛泽东不能容忍邓小平系统地纠正“文化大革命”的错误，在 1975 年底发动了所谓“批邓、反击右倾翻案风”运动。“四人帮”趁机想把一大批老一辈革命家和老干部重新打倒，全国又陷入混乱。

（3）悼念周总理、反对“四人帮”的群众运动。1976 年 1 月 8 日，周恩来逝世，举国悲痛。清明节前后，爆发了以天安门事件为代表的悼念周总理、反对“四人帮”的运动。这场运动实质上是拥护以邓小平为代表的中国共产党的正确领导，并为后来粉碎“四人帮”奠定了群众基础。当时，中共中央政治局和毛泽东受到“四人帮”的蒙蔽，对天安门事件的性质作出错误判断，错误地撤销了邓小平的党内外一切职务。毛泽东提议华国锋担任中共中央第一副主席、国务院总理。

（4）粉碎江青反革命集团。同年 9 月 9 日，毛泽东逝世。江青反革命集团加紧进行夺取党和国家最高领导权的阴谋活动。10 月 6 日晚，中共中央政治局执行党和人民的意志，毅然粉碎了江青反革命集团，结束了“文化大革命”。在这场斗争中，华国锋、叶剑英、李先念等起了重要作用，作出了重要贡献。10 月 14 日，中共中央公布粉碎“四人帮”的消息，举国上下一片欢腾。中国人民在经历了十年磨难和挫折之后，终于迎来了社会主义现代化事业发展的新时期。

6. “文化大革命”的性质

历史已经判明，“文化大革命”是一场由领导者错误发动，被反革命集团利用，给党、国家和各族人民带来严重灾难的内乱。“文化大革命”造成的这种历史悲剧，决不允许重演。

（三）严重的曲折，深刻的教训

1. 错误的性质

“大跃进”和“文化大革命”的错误，都是中国共产党在独立地寻找中国自己的社会主义建设道路过程中发生的严重偏差，属于探索中的错误，它们不是由社会主义制度本身所造成的。

毛泽东是伟大的马克思列宁主义者，但也是一位犯了严重错误而不自觉其为错误的马克思列宁主义者。他在犯严重错误的时候，还多次要求全党认真学习马克思、恩格斯、列宁的著作，还始终认为自己的理论和实践是马克思主义的，是为巩固无产阶级专政所必需的。就毛泽东的一生来说，他的功绩是第一位的。

2. 犯错误的原因

毛泽东作为伟大的无产阶级革命家之所以会犯像“文化大革命”这样的全局性严重错误，“文化大革命”之所以会发生并且持续十年之久，是有深刻的社会历史原因的。这些错误发生的原因是多方面的。

首先，由于社会主义运动的历史不长，社会主义国家的历史更短，中国的社会主义建设刚刚处于起始阶段；其次，党在观察和处理问题时出现了主观主义和教条主义；再次，党的民主集中制和集体领导制度遭到了严重破坏；最后，国际共产主义运动史上由于没有正确解决领袖和党的关系问题而出现过的一些严重偏差，对中国共产党也产生了消极的影响。

3. 对错误进行科学分析

对这一时期中国共产党所犯的错误，需要做具体的、历史的分析。

第一，中国共产党在犯严重错误的时候，其性质和宗旨都没有改变。人民群众依然把它看作是自己根本利益的代表者，对它表示信任并寄予希望。第二，中国共产党能够紧紧依靠广大党员、干部和人民群众，并在广大群众的支持和帮助下，发现错误，抵制错误，纠正错误。第三，即使在中国共产党和毛泽东犯了严重错误的历史时期，社会主义建设的各项事业仍然取得了举世公认的重要成就。

历史一再表明，中国人民是伟大的人民，中国共产党是伟大的党，社会主义制度具有顽强的生命力。

三、建设的成就，探索的成果

中国从开始全面建设社会主义以来，尽管经历过严重的曲折，还是取得了重大的显著的成就。这主要表现在以下几个方面：

（一）独立的、比较完整的工业体系和国民经济体系的基本建立

1. 较快的发展速度

1953 年到 1978 年的 25 年间，工农业总产值平均年增长率为 8.2%，其中工业年均增长 11.1%，农业年均增长 3.4%。

在这期间，国家经济实力显著增强。按照不变价格计算，1952 年国内生产总值为 679 亿元，1978 年增加到 2 943.7 亿元。人均国内生产总值从 1952 年的 119 元增加到 1976 年的 316 元。

2. 从根本上解决“从无到有”的问题

从“一五”计划开始，国家以苏联援建的 156 项重点工程、694 个大中型建设项目为中心，进行了大规模投资，从无到有建成了一批门类比较齐全的基础工业项目。

铁路、交通运输等基础设施建设方面也发展很快。到1976年,中国的铁路达到4.63万千米,公路达到82.34万千米,初步形成了全国的路网骨架。

从国防和国家安全的考虑出发,这一时期开展了大规模的"三线"建设。从1953年"一五"时期开始到1975年"四五"时期结束,共投资1 946.8亿元。

(二)人民生活水平的提高与文化、医疗、科技事业的发展

1. 保障人民的基本生活需要

中国共产党和人民政府始终十分关注人民群众的生活，把满足人民基本生活需要作为发展经济的根本目的。全国居民的人均消费水平，农民从1952年的62元增加到1976年的125元,城市居民同期从148元增加到340元。初步满足了占世界1/4人口的基本生活需求,这在当时被世界公认为是一个奇迹。

2. 提高人民的文化素质和健康水平

新中国成立后在文化建设方面的一件大事,就是扫除文盲、大力推广普通话,并加大对小学、中学和高等教育的投资。文学艺术工作"古为今用、洋为中用、百花齐放、推陈出新"的文艺方针。医疗事业蓬勃发展。全国人口的死亡率从1949年的20‰下降到1976年的7.25‰。

3. 取得一批重要的科技成果

1964年10月,中国爆炸了第一颗原子弹。1967年6月,爆炸了第一颗氢弹。1970年1月,第一枚中远程导弹发射成功。同年4月,第一颗人造地球卫星发射成功。1975年,可回收人造卫星试验成功。

新中国先后制定了两个科学技术长远发展规划。其中,1956年制定的第一个"十二年发展规划"提前实现。1963年又提前制定了"十年发展规划"。新中国还专门成立了中国科学院。

(三)国际地位的提高与国际环境的改善

新中国从建立之日起,就把坚持独立自主、维护世界和平、促进人类进步事业作为对外工作的目标,努力为国内和平建设创造良好的外部环境。

(1)提高了新中国的国际地位;(2)同发展中国家建立了友好关系;(3)中国外交格局发生了重大变化。

(四)探索中形成的建设社会主义的若干重要原则

在探索刚刚起步时,毛泽东就论述了必须实行马克思主义与中国实际"第二次结合"的基本思想,提出了社会主义社会矛盾的学说,阐明了建设社会主义的基本方针。此后,毛泽东等又进一步总结经验,对社会主义的发展阶段问题初步作出了正确的论述,提出了中国实现现代化的目标、步骤,并且阐述了社会主义建设的若干重要原则。

1. 关于社会主义的发展阶段

毛泽东认为，社会主义可以分为不发达和比较发达两个阶段。

2. 关于社会主义现代化建设的战略目标和步骤

第一代领导人提出两步走实现社会主义四个现代化等。

3. 在社会主义经济建设方面

毛泽东提出以农业为基础，以工业为主导的方针，强调正确处理农轻重的关系、积累和消费的关系，国民经济在综合平衡中前进等。

4. 在社会主义民主政治建设方面

强调处理人民内部矛盾成为中国政治生活的主题，强调坚持人民民主专政，巩固扩大爱国统一战线等。

5. 在社会主义文化建设方面

坚持马克思主义的指导地位，实行"百花齐放、百家争鸣"、"古为今用、洋为中用、百花齐放、推陈出新"的方针等。

6. 在国防建设和军队建设方面

加强国防现代化建设，国防建设要服从经济建设大局等。

7. 在执政条件下加强共产党自身建设方面

防止"和平演变"，保持"两个务必"，反对特权，消灭腐败等。

同步练习

一、单项选择题

1. 1956 年社会主义基本制度的全面确立，标志着 （ ）
   A. 社会主义改造的基本完成　　B.中国进入全面建设社会主义的历史阶段
   C. 社会主义建设任务的实现　　D. 找到中国特色社会主义建设道路
2. 1956 年毛泽东在《论十大关系》中提出进行社会主义建设的基本方针是 （ ）
   A. 中国共产党同民主党派长期共存、互相监督
   B. 坚持百花齐放、百家争鸣
   C. 调动一切积极因素，把我国建设成为一个强大的社会主义国家
   D. 调整、巩固、充实、提高
3. 中共八大提出的我国经济建设方针是 （ ）
   A. 大干快上，超英赶美　　B. 慢一点、稳一点
   C. 力争高速度压倒一切　　D. 既反保守又反冒进，在综合平衡中稳步前进

4. 毛泽东在《关于正确处理人民内部矛盾的问题》中提出解决社会主义社会基本矛盾的途径是 ( )

A. 进行新民主主义革命

B. 进行社会主义改造

C. 依靠社会主义制度本身的自我调整和自我完善

D. 进行无产阶级专政下的继续革命

5. 1958 年 9 月,全国范围内掀起了人民公社化运动,人民公社的基本特点是 ( )

A. 政社合一 B. 一大二公 C. 一平二调 D. 平均分配

6. 苏联开始暴露他们在社会主义建设中的一些缺点和错误是在 ( )

A. 1953 年斯大林逝世后 B. 赫鲁晓夫上台后

C. 苏共 20 大 D. 我国社会主义改在完成之时

7. 决定对国民经济实行"调整、巩固、充实、提高"的八字方针的会议是 ( )

A. 八届六中全会 B. 庐山会议 C. 八届九中全会 D. 七千人大会

8. 作为经济工作和其他一切工作的生命线的是 ( )

A. 技术工作 B. 思想政治工作 C. 群众工作 D. 组织工作

9. 由毛泽东主持起草,确定以生产队为基本核算单位,贯彻按劳分配原则,废除供给制,停办公共食堂的文件是 ( )

A.《关于人民公社的十八个问题》B.《十年总结》

C.《农村人民公社条例(草案)》 D.《关于农村人民公社当前政策的紧急指示信》

10. 在 1956 年 1 月召开的知识分子问题会议上,周恩来对知识分子阶级属性的表述是 ( )

A. 民族资产阶级 B. 小资产阶级

C. 知识分子的绝大部分已经是工人阶级的一部分 D. 社会中间派

11. 1956 年 4 月召开的中央书记处会议上,毛泽东提出了( )的任务。

A. 马克思主义与中国实际的第一次结合

B. 马克思主义与中国实际的第二次结合

C. 向现代科学进军

D. 全面开展社会主义建设

12. 1956 年 9 月党的八大提出的我国国内的主要矛盾是 ( )

A. 无产阶级同资产阶级的矛盾

B. 人民大众同反革命残余势力的矛盾

C. 开展社会主义道路与资本主义道路的决战

D. 人民对于经济文化迅速发展的需要同当前经济文化不能满足人民需要的状况

之间的矛盾

13. 生产资料的社会主义改造完成以后，国家政治生活的主题是 （　）

A. 进行政治体制和经济体制改革　B. 坚持思想基本原则

C. 正确处理人民内部矛盾　D. 开展阶级斗争

14. 正式宣布在不太长的时期内，把我国建设成为具有现代工业、现代农业、现代国防和现代科学技术的社会主义强国的会议是 （　）

A. 中国人民政治协商会议第一次会议　B. 第一届全国人民代表大会

C. 中共八大　D. 第三届全国人民代表大会

15. 毛泽东第一次系统阐述社会主义社会矛盾问题的著作是 （　）

A.《矛盾论》　B.《论十大关系》

C.《关于正确处理人民内部矛盾的问题》　D.《论人民民主专政》

16. 社会主义社会基本矛盾的性质是 （　）

A. 对抗性质的　B. 阶级之间的矛盾

C. 必须用暴力加以解决　D. 是非对抗性的

17. 毛泽东发动“文化大革命”的导火线是 （　）

A.《评新编历史剧〈海瑞罢官〉》　B. 五·一六通知

C.《炮打司令部——我的第一张大字报》　D.《关于无产阶级文化大革命的决定》

18. 以毛泽东为代表的中国共产党人开始探索中国自己的社会主义建设道路的标志是 （　）

A. 1956 年 1 月召开的最高国务会议

B.《论十大关系》的发表

C. 中共八大的召开

D.《关于正确处理人民内部矛盾的问题》的发表

19. 1975 年邓小平推动对党和国家各项工作进行全面整顿，其中，经济工作的整顿首先是从(　　)展开的。

A. 军队　B. 交通运输　C. 工业领域　D. 农业领域

20. 毛泽东最早改变八大决议中关于国内主要矛盾变化的正确分析，认为“无产阶级与资产阶级、社会主义道路与资本主义道路是主要矛盾”的会议是 （　）

A. 1957 年召开的八届三中全会　B. 1958 年召开的八大二次会议

C. 1959 年的庐山会议　D. 1962 年召开的八届十中全会

二、多项选择

1. 党的八大指出 ( )
   A. 经济上既反保守又反冒进，即在综合平衡中稳步前进
   B. 必须依法办事，做到有法可依，有法必依
   C. 重申共产党和各民主党派"长期共存，互相监督"的方针
   D. 强调党必须坚持实事求是、群众路线和民主集中制的原则
2.《论十大关系》中指出要正确处理经济关系，包括 ( )
   A. 重工业同农业、轻工业的关系　　B. 沿海工业和内地工业的关系
   C. 国防建设与经济建设的关系　　D. 中央与地方的关系
3. 毛泽东在《关于正确处理人民内部矛盾的问题》中认为社会主义社会两类不同性质的矛盾是 ( )
   A. 敌我矛盾　　B. 生产力和生产关系的矛盾
   C. 上层建筑和经济基础的矛盾　　D. 人民内部矛盾
4. 1957 年 4 月，中共中央下发《关于整风运动的指示》，指出要在全党范围内开展一场反对( )的运动
   A. 官僚主义　　B. 宗派主义　　C. 党八股　　D. 主观主义
5. 1958 年中共八大二次会议通过的社会主义建设总路线的表述是 ( )
   A. 鼓足干劲　　B. 力争上游
   C. 多快好省地建设社会主义　　D. 在综合平衡中稳步前进
6. 在"大跃进"和人民公社化运动，中共中央和毛泽东努力遏制和纠正"左"倾错误的会议有 ( )
   A. 第一次郑州会议　　B. 八届六中全会
   C. 第二次郑州会议　　D. 1958 年 11 月在武昌召开的中共中央政治局会议
7. 在探索社会主义建设道路的初期，以毛泽东为代表的党的第一代领导集体在国家经济发展上提出的思想有 ( )
   A. 划分中央和地方的管理职权，使企业享有适当的自主权
   B. "三个主体，三个补充"的思想
   C. 消灭资本主义，又搞资本主义
   D. 要实行以农业为基础，以工业为主导的方针，正确处理重工业、轻工业、农业的关系
8. 毛泽东提出的两个"务必"的思想是指 ( )
   A. 务必继续地保持谦虚、谨慎、不骄、不躁的作风

B. 务必继续地保持同人民群众血肉联系的作风

C. 务必继续地保持批评与自我批评的作风

D. 务必继续地保持艰苦奋斗的作风

9. 以毛泽东为主要代表的中国共产党人在创建新中国和探索适合中国国情的社会主义建设道路过程中,形成的建设社会主义的若干原则包括 ( )

A. 社会主义可以分为不发达的社会主义和比较发达的社会主义两个阶段

B. 提出四个现代化的战略目标。

C. 正确处理重工业、轻工业、农业的关系

D. 与各民主党派坚持长期共存、互相监督

10. 20 世纪 60 年代提出了我国社会主义现代化建设的战略目标，并提出了分两步走的发展战略,这两步走是指 ( )

A. 第一步,建立一个独立的比较完整的工业体系和国民经济体系

B. 第二步,全面实现农业、工业、国防和科学技术的现代化

C. 不发达的社会主义

D. 比较发达的社会主义

三、简答题

1. 简述毛泽东提出的马克思主义和中国实际的“第二次结合”的思想。

2. 简述《论十大关系》。

3. 简述 1957 年整风运动。

4. 简述“七千人大会”。

5. 简述邓小平 1975 年的全面整顿。

6. 简述中共八大的主要历史功绩。

四、论述题

1. 试述社会主义建设在探索中取得的成就和探索的成果。

2. 试述在探索中形成的建设社会主义的若干重要原则及其对邓小平理论形成的影响。

五、材料分析题

1. 阅读材料,回答问题。

1958—1960 年的“大跃进”狂澜席卷了全中国，这是我国经济建设中的一次严重

失误，它造成了国民经济主要比例严重失调，使社会主义经济遭到了重大损失，给党、国家和人民带来了深重的灾难。

经济上，造成了巨大损失，“大跃进”的主要表现是追求工农业生产和建设的高速度，制订不切实际的高指标。在农业方面，原定用12年时间实现的农业发展纲要规定目标，后来提出7年实现，有的省市更提出5年、3年甚至1年实现。伴随着高指标而生的就是浮夸风的泛滥。1958年7月23日，《人民日报》社论指出：“只要我们需要，要生产出多少就可以生产多少粮食来。”随后，提出“人有多大胆，地有多大产”的口号。在工业方面，毛泽东在莫斯科参加苏联十月革命40周年庆典时期提出，中国15年钢产量赶上或超过英国。北戴河会议号召全党全民为生产1 070万吨钢而奋斗。为了在剩下的4个月内完成620万吨（前8个月已完成450万吨）掀起了全民大炼钢铁运动。到1958年底全国钢产量为1 108万吨，但其中300万吨是无法使用的不合格钢。全民大炼钢铁，占用了大量农村劳动力，严重影响了农业生产。且土法炼钢，经济效益低，极大地浪费了人力、物力和财力，尤其是矿产和森林资源损失严重。在全民大炼钢铁的同时，1958年下半年掀起了人民公社化运动，这场生产关系的变革，实质是一场生产关系的“大跃进”。北戴河会议之后的短时期内，全国农村迅速实现了人民公社化，原来的高级农业生产合作社全部转变成了“一大二公”政社合一的人民公社。人民公社化运动后仅仅几个月的时间，农村生产大幅度下降，生产队的农产品很快被消耗空了，以致不久以后农村生活开始陷入极端的困难之中，许多地区出现了无米为炊、逃荒要饭、非正常死亡的现象。据资料统计，“大跃进”期间，仅直接经济损失就高达1 200多亿元。至于在五六十年代许多国家和地区经济纷纷起飞的情况下，因3年“跃进”、5年调整而贻误8年的发展时间所造成的经济损失，更是大得无法统计。

政治上，导致了严重的后果。“大跃进”期间和“大跃进”之后，作为“大跃进”运动的主要领导者和发动者的毛泽东，始终不愿意承认“大跃进”的错误，一直以对“大跃进”的态度来作为判定人们是否革命的标准。这不但使他在庐山会议后期错误地发动了对彭德怀等人的批判和全国范围内的“反右倾”运动，而且还错误地把社会各界对“大跃进”造成的困难形势的不满以及部分地区为缓解经济困难而实行的农业生产责任制等办法，看成是资本主义势力的进攻、阶级斗争的表现，从而在党的八届十中全会上提出了所谓在社会主义阶段的基本路线，会后发动了一场“左”的对“走资本主义道路当权派”的社会主义教育运动，使大批基层干部受到了不应有的打击，并成了他发动“文化大革命”的一个重要根源。

理论上，造成了极大的混乱。“大跃进”期间出现了一系列“左”的错误观点，如社会主义改造完成后阶级斗争仍是社会主要矛盾；我国社会仍然存在剥削阶级，知识分子是其主要部分;"左"比"右"好,趁穷过渡;批判资产阶级法权;批判利润挂帅;提倡"正确"的个人崇拜;党的政策可以代替法律;人多是好事。这些"左"的错误观点,给其后的社会主义建设造成了严重的危害。

谢春涛:《大跃进狂澜》,河南人民出版社

根据材料,请分析"大跃进"和人民公社化运动的主要错误以及为我们进行改革开放和现代化建设提供的教训。

2. 阅读材料,回答问题。

材料1 "一方面是在一些工作中仍然有右倾保守思想在作怪,另一方面是在最近一个时期在有些工作中又发生了急躁冒进的倾向,有些事情做的太急了,有些计划定得太高了,没有充分考虑到实际的可能性。这是在反保守主义之后所发生的一种新情况。这种情况是值得我们严重注意的。……就农业工作来说,全国农业发展纲要四十条本来是要在五年、七年和十二年内分别加以实现的,但有些同志因为心急图快,企图在两三年内即把这些事情全部做好。"

《人民日报》1956年6月20日社论

材料2 "湖北红安土质贫瘠,生产条件不好,今年平均亩产也达到843斤,比1952年增长了一倍以上。……值得注意的是这些大量增产的地区,有的是十分贫瘠的,在那里能够提早十年实现农业发展纲要草案的指标,那么条件与它们相同或者比它们好的地方,难道反而不能做到吗?有些人不了解农业合作化以后,我们就有条件也有必要在生产上来一个大的跃进,这是符合客观规律的。"

《人民日报》1957年11月13日社论

材料3 1958年5月,在北京召开八大的第二次会议。……武断地认为1956年下半年的反冒进造成我国经济发展的"马鞍型"。即1956年的高潮,1957年的低潮(实际上并不是低潮),1958年更大的高潮;对反冒进负有责任的周恩来、陈云等领导人在会上作了检讨。……八大二次会议通过的第二个五年计划指标,比八大一次会议建议的指标,工业方面普遍提高一倍,博内工业方面普遍提高20%~50%。……这样,第二个五年计划一开始就跑开了八大一次会议通过的《建议》,转上了大跃进的道路。

胡绳主编:《中国共产党的七十年》

根据以上材料回答:

(1)根据材料1,概括当时党在经济建设上的指导方针并分析其影响。

(2)根据材料2,分析当时党在指导农业生产的方针上与材料1相比发生了什么变化?

(3)根据材料3,分析八大二次会议是如何总结八大以来党领导经济建设的经验,这种认识导致了什么结果?

参考答案

一、单项选择题

1. B *2.* C *3.* D *4.* C *5.* B *6.* C *7.* C *8.* B *9.* C *10.* C *11.* B *12.* D *13.* C *14.* D *15.* C *16.* D *17.* A *18.* B *19.* B *20.* A

二、多项选择题

1. ABCD *2.* ABCD *3.* AD *4.* ABD *5.* ABC *6.* ABCD *7.* ABCD *8.* AD *9.* ABCD *10.* AB

三、简答题

1. [答案要点] 1956年社会主义基本制度的全面确立,标志着中国进入开始全面建设社会主义的历史阶段。中国已经是一个社会主义国家,但又是一个经济文化落后、人口众多、幅员辽阔、发展极不平衡的国家。怎样建设社会主义、怎样巩固和发展社会主义,并没有现成的道路可循,必须在实践中进行艰苦的探索。

1956年4月初,在中共中央书记处会议上,毛泽东提出:我认为最重要的教训是独立自主,调查研究,摸清本国国情,把马克思列宁主义基本原理同我国革命和建设的具体实际结合起来,制定我们的路线、方针、政策。现在是社会主义革命和建设时期,我们要进行第二次结合,找出在中国进行社会主义革命和建设的正确道路。毛泽东提出的关于实行马克思主义同中国实际的"第二次结合"的任务,为探索适合我国情况的社会主义建设道路,提供了基本的指导原则。

2. [答案要点] 从1956年初开始,以毛泽东为主要代表的中国共产党人,对中国的社会主义建设道路进行了艰苦的探索,并取得了积极的成果。为准备召开中国共产党第八次全国代表大会,毛泽东、刘少奇等领导人进行了大规模的调查研究工作。在听取汇报的基础上,毛泽东逐渐形成《论十大关系》的基本思路,并先后在4月5日的中央政治局扩大会议和5月2日最高国务会议上作《论十大关系》的报告。这十大关系,围绕一个基本方针,即"一定要努力把党内党外、国内国外的一切积极的因素,直接的、间接的积极因素,全部调动起来,把我国建设成为一个强大的社会主义国家"。成为9月召开的中共八大的指导思想。

《论十大关系》是以毛泽东为主要代表的中国共产党人开始探索中国自己的社会主义建设道路的标志。它在新的历史条件下从经济方面和政治方面提出了新的指导方针，为中共八大的召开作了理论准备。

3. **[答案要点]** 1957年4月27日，中共中央下发《关于整风运动得指示》，指出：由于党在全国范围内处于执政地位，有必要在全党进行一次但对官僚主义、宗派主义和主观主义的整风运动。采取整风运动的办法来全面加强党的思想、组织、作风建设，是中国共产党的一个创造。在执政的条件下，党容易产生脱离群众的官僚主义等错误倾向，更需要采取整风的办法来加以解决，根据中共中央的设想，这次整风应当是一次即严肃认真有和风细雨的思想教育运动，是一次认真开展批评和自我批评的自我教育运动，通过发动群众向党员和党的各级组织提意见，帮助党来纠正官僚主义等问题。

这场运动采取开门整风的形式。各级党组织纷纷召开座谈会和小组会，听取党内外群众的意见，迅速在全社会形成一个“鸣放”的高潮。毛泽东和中共中央真诚的希望通过这种方式，加强党外人士对共产党员特别是党员领导干部的批评、监督，进一步密切党同群众的关系。进行整风是中共八大路线的继续和发展，使党探索社会主义建设道路的新成果。

4. **[答案要点]** 1962年1、2月间召开的扩大的中共中央工作会议，即“七千人大会”。在三年调整时期具有关键性的作用。当时，调整初见成效，但困难依然很大，党内的高级干部对形势和问题的看法还很不一致。为了统一思想，会议采取充分发扬党内民主的做法。来自中央、大区、省市自治区、地区、县五级的党政军领导干部七千余人，围绕讨论和修改刘少奇1月27日向大会提交的书面报告，畅所欲言，开展批评与自我批评。毛泽东在讲话中着重阐述了民主集中制的极端重要性，并带头做了自我批评。这次会议恢复和发扬了党内的民主精神和自我批评精神，统一了全党的认识，对全面贯彻国民经济的“调整、巩固、充实、提高”的八字方针起了极其重要的推动作用。

5. **[答案要点]** 1975年四届人大之后，邓小平在毛泽东的支持下，全面主持党中央和国务院的日常工作。邓小平以巨大的革命魄力和卓越的领导才干，开始了对党和国家各项工作的全面整顿。整顿首先是从军队开始的。而经济领域的工作首先是从整顿交通运输入手，随后深入到整个工业领域。在此期间，农业、科技、文化、教育等方面也大力进行了整顿。而各项整顿的核心是党的整顿，重点是整顿各级领导班子。党组织的整顿，表明整顿工作的深化。邓小平主持的全面整顿扭转了“批林批孔”运动造成的国民经济停滞和社会动荡局面，使国民经济工作趋于正常，工农业生产得到恢复。形势开始有了明显好转。这次整顿实际上是后来拨乱反正的预演。

6. **[答案要点]**1956年9月15日至27日，中国共产党第八次全国代表大会在北京举行。中共八大正确分析了社会主义改造完成后中国社会的主要矛盾和主要任务，指出：社会主义制度在我国已经基本建立起来；我们还必须为解放台湾、为彻底完成社

会主义改造、最后消灭剥削制度和继续肃清反革命残余势力而斗争,但是国内主要矛盾已经不再是工人阶级和资产阶级的矛盾，而是人民对于经济文化迅速发展的需要同当前经济文化不能满足人民需要的状况之间的矛盾；全国人民的主要任务是集中力量发展发展社会生产力,实现国家工业化,逐步满足人民日益增长的物质和文化需要;虽然还有阶级斗争,还要加强人民民主专政,但其根本任务已经是在新的生产关系下面保护和发展生产力。

在经济建设上,大会坚持既反保守又反冒进即在综合平衡中稳步前进的方针。在政治建设上,提出要扩大社会主义民主、健全社会主义法制,使党和政府的活动做到“有法可依”和“有法必依”。在执政党建设上,强调要提高全党的马克思列宁主义思想水平,健全党内民主集中制,坚持集体领导制度,反对个人崇拜,发展党内民主和人民民主,加强党和群众的联系。在大会发言中,陈云提出“三个主体,三个补充”的思想。中共八大的路线是正确的,它为社会主义事业的发展和党的建设指明了方向。

四、论述题

1. [答案要点] 中国从开始全面建设社会主义以来,尽管经历过严重的曲折,还是取得了重大的显著的成就,这主要表现在:

(1)独立的、比较完整的工业体系和国民经济体系基本建立。一是经济发展保持了较快的发展速度,1952 年到 1978 年,工农业总产值平均年增长率为 8.2%,其中工业年均增长 11.2%。谷物和主要工业产品产量在世界上的排名明显提前。二是从根本上解决“从无到有”的问题 基本建立了独立的、比较完整的工业体系和国民经济体系,从根本上解决了工业化中“从无到有”的问题。

(2)人民生活水平的提高与文化、医疗、科技事业的发展。一保障了人民的基本生活需要。通过兴修水利、开展农田基本建设、培育推广良种、提倡科学种田,较大幅度的提高了粮食生产水平和抵御自然灾害的能力。二提高人民的文化素质和健康水平,扫除文盲、大力推广普通话,并加大对小学、中学和高等教育的投资。文学艺术工作在“古为今用、洋为中用、百花齐放、推陈出新”文艺方针的指引下,仍然取得了不少的成就。医疗事业也得到蓬勃发展。新中国高度重视发展体育事业,提出了“发展体育运动,增前人民体质”的指导方针。

(3)取得了一批重要的科技成果。新中国在核技术、人造卫星和运载火箭等尖端科学技术领域,取得一系列重要的成就。先后制定了两个科学技术长远发展规划。

(4)国际地位的提高与国际环境的改善。新中国在成立初期,一面奉行独立自主基础上的“一边倒”政策,积极争取苏联和其他社会主义国家对中国国内建设与外交工作的支持、援助；一面不失时机发展同西方国家的民间交往。1950年至1953年抗美援朝战争，以及随后召开的日内瓦国际会议和万隆会议，极大的提高了新中国的国际地位。中国同印度、缅甸等国共同倡导的和平共处五项原则，更成为处理国与国关系的公认的国际准则。

(5)探索中形成了建设社会主义的若干重要原则。

2.**[答案要点]** 以毛泽东为代表的中国共产党人，在创建新中国和探索适合中国情况的社会主义建设道路过程中，逐步形成或进一步完善了具有中国特色的社会主义根本制度。在此基础上，毛泽东的等领导人作出了一系列重要的理论创造。

关于社会主义的发展阶段，毛泽东指出：社会主义这个阶段，有可能分为两个阶段，第一个阶段是不发达的社会主义，第二个阶段是比较发达的社会主义。后一阶段可能比前一阶段需要更成的时间。关于社会主义现代化建设的战越目标和步骤，毛泽东强调：为了建设社会主义，必须大力推进中国的现代化事业。社会主义现代化建设的战越目标，是要把中国建设成为一个具有现代农业、现代工业、现代国防和现代科学技术的强国。在社会主义经济建设方面，毛泽东提出，要实行以农业为基础、以工业为主导的方针，正确处理重工业、轻工业和农业的关系，以农、轻、重为序发展国民经济。

在社会主义民主政治建设方面，毛泽东提出，要把"造成一个又有集中又有民主，又有纪律又有自由，又有统一意志、又有个人心情舒畅、生动活泼，那样一种政治局面"作为努力的目标；把正确处理人民内部矛盾作为国家政治生活的主题，坚持人民民主，尽可能团结一切可以团结的力量；处理好中国共产党同各民主党派的关系，坚持长期共存、互相监督的方针，巩固和扩大爱国统一战线。

在社会主义文化建设方面，毛泽东提出，要坚持马克思主义的指导地位，实行"百花齐放、百家争鸣"的方针，对古今中外的优秀文化实行"古为今用、洋为中用、百花齐放、推陈出新"的方针；思想政治工作是经济工作和其他一切工作的生命线。

在国防建设和军队建设方面，毛泽东提出必须加强国防、建设现代化正规化国防军和发展现代化国防技术的重要指导思想。

在执政条件下加强共产党自身建设方面，毛泽东最早觉察到帝国主义的"和平演变"战略的危险，号召共产党人提高警惕，同这种危险作斗争。同时，他又十分警惕党在执政以后可能产生的种种消极现象。为此，他提出：共产党员必须坚持共产主义的远大理想，务必继续地保持谦虚、谨慎、不骄、不躁的作风，继续地保持艰苦奋斗的作风。

这些理论原则或者被邓小平理论所继承，成为邓小平理论的重要组成部分，或者为邓小平理论所吸收，成为邓小平理论的重要思想来源。而探索中所经历的曲折，也从正反两方面为中共十一届三中全会后建设中国特色社会主义道路的开辟，提供了极为宝贵的经验和教训。

五、材料分析题

1.【答案要点】“大跃进”和人民公社化运动是以高指标、瞎指挥、浮夸风、“共产风”为标志的“左”倾错误，在经济建设方面主要表现为急于求成，盲目求快，企图用不断反对右倾保守和大搞众运动的办法推动生产力的高速发展；在经济关系方面主要表现为急于过渡，同样用不断反对右倾保守和大搞群众运动的办法，推动生产关系向所谓更高级的形式过渡，企图建立一种“纯洁”而实为空想的社会主义模式。

“大跃进”和人民公社化运动给我们的教训是：第一，社会主义经济建设必须从我国国情出发，量力而行，按照客观经济规律和自然规律办事，有步骤分阶段实现现代化目标。第二，社会主义生产关系的变革和完善必须适应生产力的状况，有利于生产力的发展，必须坚持科学社会主义，反对空想社会主义，努力根据现实生产力发展的程度和要求，建立和不断创造与之相适应的生产关系及其具体形式。第三，经济建设必须兼顾人民生活，社会主义生产的目的归根结底是为了使人民共同富裕。第四，经济建设必须坚持与“左”的指导思想作斗争。第五，加强执政党的建设，密切联系群众，坚持民主集中制和集体领导的体制。

2.【答案要点】(1)当时党在指导经济建设上的方针：既反保守，又反冒进。重点在反对当时出现的冒进倾向，这为八大制定“既反保守，又反冒进，在综合平衡中稳步前进”的经济建设方针作了准备。

(2)和材料1相比，材料2表明当时的经济指导思想发生了很大的变化，强调提早实现农业发展纲要草案的指标，显示了快速发展农业经济的思想，揭开了“大跃进”的序幕。

(3)八大二次会议认为八大制定的反冒进方针导致了国民经济发展的低潮，1957年提出的高指标推动了经济建设高潮的出现。在这种认识下，第二个五年计划抛开了八大制定的在综合平衡中稳步前进的经济建设方针，使经济建设上的“左”倾错误严重泛滥开来。

第十章 改革开放与现代化建设新时期

学习目标

通过本章学习,了解改革开放的伟大历程、成就,了解改革开放进程中伟大的理论创新,坚定走中国特色社会主义道路的自觉性。

学习要点

一、历史性的伟大转折和改革开放的起步

(一)伟大的历史性转折

1. 在徘徊中前进和关于真理标准问题的讨论

(1)华国锋坚持“两个凡是”的错误方针。华国锋在粉碎“四人帮”、开展揭批“四人帮”运动等方面发挥了积极作用,但他坚持“两个凡是”的错误方针,在 1977 年 2 月 7 日,《人民日报》、《红旗》杂志、《解放军报》发表社论《学好文件抓住纲》,公开提出“两个凡是”的错误方针,即“凡是毛主席作出的决策,我们都坚决维护;凡是毛主席的指示,我们都始终不渝地遵循”。使彻底纠正“文化大革命”错误的要求和愿望遇到严重阻碍,党和国家的工作出现了在徘徊中前进的局面。

(2)邓小平公开批判“两个凡是”。为了冲破“两个凡是”的严重束缚,邓小平提出要完整地、准确地理解毛泽东思想的科学体系,强调毛泽东思想的精髓就是实事求是,旗帜鲜明地提出“两个凡是”不符合马克思主义。

(3)开展关于真理标准问题的大讨论。这场讨论,是继延安整风之后又一场马克思主义思想解放运动,成为拨乱反正和改革开放的思想先导,为党重新确立实事求是的思想路线,纠正长期以来的“左”倾错误,实现历史性的转折作了思想理论准备。

2. 中共十一届三中全会的伟大转折

(1)中央工作会议奠定重要基础。1978 年 11 月 10 日至 12 月 15 日,中共中央在北京召开工作会议。会议原定是讨论经济工作。中央工作会议开始后,陈云在分组讨论中提出要系统地解决历史遗留问题的意见,得到与会者的响应,从而改变了会议议

程。在与会者的强烈要求下,11 月 25 日,中央政治局作出为“天安门事件”、“反击右倾翻案风”等重大错案平反的决定。12 月 13 日,邓小平在中央工作会议闭幕会上作了题为《解放思想,实事求是,团结一致向前看》的讲话。这个讲话实际上是三中全会的主题报告,它为全会实现具有划时代意义的伟大转折奠定了重要基础。

(2)中共十一届三中全会。1978 年 12 月 18 日至 22 日,中共十一届三中全会在北京召开。全会冲破长期“左”的错误的严重束缚,彻底否定了“两个凡是”的错误方针,高度评价了关于真理标准问题的讨论,并且断然否定“以阶级斗争为纲”的指导思想,作出了把工作重点转移到社会主义现代化建设上来和实行改革开放的战略决策,重新确立了马克思主义的思想路线、政治路线和组织路线。全会恢复了党的民主集中制的优良传统,审查解决了历史上遗留的一批重大问题和一些重要领导人的功过是非问题。

中共十一届三中全会是新中国成立以来党的历史上具有深远意义的伟大转折。全会结束了粉碎“四人帮”后两年在徘徊中前进的局面,开始了中国共产党在思想、政治、组织等领域的全面拨乱反正,形成了以邓小平为核心的党的中央领导集体,揭开了社会主义改革开放的序幕。以这次全会为起点,中国进入了改革开放和社会主义现代化建设的历史新时期。

(二)改革开放的起步

1. 拨乱反正的推进和国民经济的调整

(1)平反大量冤、假、错案。中共十一届三中全会后,党和国家按照实事求是、有错必纠的原则加快了平反冤、假、错案的步伐。同时,还采取措施调整各种社会关系,摘掉地主、富农分子的帽子,为国民党投诚起义人员落实政策,将小商、小贩、小手工业者等劳动者同原工商业者区别开来,支持各民主党派恢复活动,认真落实民族政策和宗教政策,重申侨务政策,等等。

(2)提出调整国民经济八字方针。在此期间,针对 1977 年至 1978 年这两年中出现的国民经济比例失调的情况,中共中央工作会议,提出对国民经济实行“调整、改革、整顿、提高”的方针,坚决纠正前两年经济工作中的失误,认真清理过去在这方面长期存在的“左”倾错误影响。

2. 农村改革的突破性进展

(1)改革在农村的突破性进展。1979 年 9 月,中共十一届四中全会通过了《关于加快农业发展若干问题的决定》,提出要保障基层干部和农民因时因地制宜的自主权,发挥其主动性。1980 年 5 月,邓小平发表《关于农村政策问题》的谈话,肯定了“包产到户”的做法。

在中共中央的支持和推动下,以包产到户、包干到户为主要形式的家庭联产承包责任制,在全国各地逐渐推广开来。

"统分结合"的农村家庭联产承包责任制的普遍实行,促进了"政社合一"的人民公社体制的解体。1983 年 10 月,中央作出决定,废除人民公社,建立乡(镇)政府作为基层政权,同时成立村民委员会作为村民自治组织。

(2)以城市为重点的经济体制改革。这期间,城市经济体制改革也开始进行探索。如逐步扩大国有企业经营自主权,把部分中央和省属企业下放给城市管理,开始实行政企分开,进行城市经济体制综合改革试点等。对外开放也迈出了较大的步伐。

(3)政治体制和其他方面体制的改革。在推进经济体制改革的同时,也开始了政治体制和其他体制的改革和建设。逐步废除干部领导职务实际上存在的终身制,推进干部队伍的革命化、年轻化、知识化、专业化。加强各级人民代表大会的工作,省、县两级人代会增设常设机构,县级和县级以下人民代表普遍实行由选民直接选举的制度。恢复、制订和施行了一系列重要的法律法规,加强了司法、检察和公安机关的工作。

3. 对外政策的调整

1978 年 8 月 12 日,中日两国签署了《中华人民共和国和日本国和平友好条约》。同年 10 月,邓小平访问日本。中日睦邻友好关系发展到一个新起点。1979 年 1 月 1 日,中美两国正式建立外交关系。同年 1 月,邓小平访问美国,实现了中国领导人对美国的首次国事访问。这些外交成就,为进行改革开放和现代化建设提供了有利的外部条件。

根据新的国际局势,1980 年 1 月,邓小平在《目前的形势和任务》的讲话中做出重要判断:"如果反霸权主义斗争搞得好,可以延缓战争的爆发,争取更长一点时间的和平。"还提出:"我们的对外政策,就本国来说,是要寻求一个和平的环境来实现四个现代化。"这为中国调整外交战略提供了重要的思路。

(三)拨乱反正任务的胜利完成

1. 阐明必须坚持四项基本原则

在拨乱反正的过程中,广大干部和群众从过去一个时期内盛行的个人崇拜和教条主义的精神枷锁中解脱出来,党内外思想活跃,出现了努力研究新情况和解决新问题的生动景象。但与此同时,出现了一些值得引起注意和警觉的现象。极少数人利用中国共产党进行拨乱反正的时机,打着"解放思想"的幌子,对新中国成立以来党的错误加以夸大和渲染,企图从根本上否定毛泽东思想、中国共产党的领导、人民民主专政和社会主义道路。在中国共产党内,也有极少数人对这股资产阶级自由化思潮给以支持。这种情况如果任其发展,必将导致迷失政治方向、破坏安定团结、妨碍集中力量进行改革开放和现代化建设。

针对这种情况,1979 年 3 月 30 日，邓小平在理论工作务虚会上发表的讲话中指出:坚持社会主义道路,坚持人民民主专政,坚持共产党的领导,坚持马克思列宁主义、毛泽东思想这四项基本原则,强调四项基本原则是实现四个现代化的根本前提。

2. 全面总结新中国的历史,科学评价毛泽东和毛泽东思想

从 1979 年 11 月起,在邓小平主持下,中共中央着手起草《关于建国以来党的若干历史问题的决议》,1981 年十一届六中全会通过。

决议科学地评价了毛泽东和毛泽东思想的历史地位。决议对毛泽东思想的科学体系和活的灵魂(实事求是、群众路线、独立自主)作了概括,指出:毛泽东思想是马克思列宁主义在中国的运用和发展，是被实践证明了的关于中国革命和建设的正确的理论原则和经验总结,是中国共产党集体智慧的结晶。决议强调:“毛泽东思想是我们党的宝贵的精神财富,它将长期指导我们的行动。”

历史决议的通过,标志着党和国家在指导思想上拨乱反正的胜利完成。

二、改革开放和现代化建设新局面的展开

(一)改革开放的全面展开

1. 社会主义现代化建设宏伟纲领的制定

1982 年 9 月 1 日至 11 日,中国共产党第十二次全国代表大会在北京召开。邓小平在开幕词中提出,“把马克思主义的普遍真理同我国的具体实际结合起来，走自己的道路,建设有中国特色的社会主义”。这是总结党的长期历史经验得出的基本结论,成为新时期指引全党和全国人民前进的基本口号。根据邓小平的设想,进一步提出了国内工农业生产总值在本世纪末“翻两番”的奋斗目标,即由 1980 年的 7 100 亿元增加到 2000 年的 2.8 万亿元左右,人民的物质文化生活达到小康水平。

中共十二大以后不久,1982 年 11 月至 12 月召开的第五届全国人大第五次会议,完成了修改《中华人民共和国宪法》的工作。这部新宪法,彻底纠正了 1975 年第四届全国人大一次会议通过的宪法和 1978 年第五届全国人大一次会议通过的宪法中存在的问题，充分体现了十一届三中全会以来党和国家在社会主义现代化建设和社会主义民主法制建设方面的新思想、新举措和新要求。

2. 改革重点从农村转向城市

1984 年 10 月,中共十二届三中全会通过《关于经济体制改革的决定》。《决定》总结了新中国成立以来特别是十一届三中全会以来经济体制改革的经验，比较系统地提出和阐明了经济体制改革中的一系列重大理论和实践问题。《决定》突破把计划经

济同商品经济对立起来的观点，指出我国社会主义经济是在公有制基础上的有计划的商品经济。

《决定》的作出和实施，使经济体制改革以城市为重点全面展开，在一些方面取得重要进展。所有制结构突破单一公有制结构，形成以公有制为主体、多种经济成分开始发展的局面。国有企业的经营自主权逐步扩大，所有权和经营权适当分离。改革高度集中的计划管理体制，经济杠杆在国家宏观调控中的作用明显增强。

3. 多层次对外开放格局的形成

在继续推进城乡改革的同时，对外开放也进一步扩大。1983 年 4 月，中共中央和国务院决定对海南岛实行经济特区的某些政策，给予较多的自主权，以加速海南岛的开发，并于 1988 年 4 月建立海南省，将全海南岛辟为经济特区。

1984 年 1 月，邓小平视察深圳、珠海、厦门等地，对经济特区的发展给予充分肯定。根据他的建议，同年 5 月，中共中央决定进一步开放天津、上海、大连、秦皇岛、烟台、青岛、连云港、南通、宁波、温州、福州、广州、湛江、北海 14 个沿海港口城市。1985 年 2 月，决定把长江三角洲、珠江三角洲、闽南厦门泉州漳州三角地区开辟为沿海经济开放区。

这样，就逐步形成了"经济特区—沿海开放城市—沿海经济开放区—内地"这样一个多层次、有重点、点面结合的对外开放格局，在引进外资、先进技术和设备以及提高出口创汇能力方面取得显著成效。到 1987 年，全国累计签订利用外资协议(合同)项目 10 350 项，累计协议金额 625.091 亿美元。

4. 整党和精神文明建设

中共十二大决定，从 1983 年下半年开始，用三年时间分期分批对党员作风和党的组织进行一次全面整顿。这次整党历时三年半，到 1987 年 5 月基本结束。经过整党，全党在思想、作风、组织、纪律等方面都有了进步，并积累了在新时期正确处理党内矛盾和问题的经验，推进了党的建设。

随着改革开放的全面展开，加强社会主义精神文明建设的任务被进一步提上了日程。1986 年 9 月，中共十二届六中全会作出《关于社会主义精神文明建设指导方针的决议》，阐述了社会主义精神文明建设的战略地位和根本任务、基本方针，指出社会主义精神文明建设的根本任务，是适应社会主义现代化建设的需要，培养有理想、有道德、有文化、有纪律的社会主义公民，提高整个中华民族的思想道德素质和科学文化素质。

(二)改革开放和现代化建设的深入推进

1. 社会主义初级阶段理论和党的基本路线的提出

1987年10月25日至11月1日，中国共产党第十三次全国代表大会在北京举行。大会比较系统地阐述了关于社会主义初级阶段的理论，完整地概括了中国共产党在社会主义初级阶段"一个中心、两个基本点"的基本路线，制定了下一步经济体制改革和政治体制改革的基本任务和奋斗目标。

大会指出，我国正处在社会主义的初级阶段。这个论断，包括两层含义。第一，我国社会已经是社会主义社会。我们必须坚持而不能离开社会主义。第二，我国的社会主义社会还处在初级阶段。我们必须从这个实际出发，而不能超越这个阶段。党在社会主义初级阶段的基本路线是，领导和团结全国各族人民，以经济建设为中心，坚持四项基本原则，坚持改革开放，自力更生，艰苦创业，为把我国建设成为富强、民主、文明的社会主义现代化国家而奋斗。

2. "三步走"发展战略的制定和实施

中共十一届三中全会以后，随着改革开放的不断深入，邓小平对经济发展战略的思考不断趋于成熟。十三大正式制定了社会主义现代化建设"三步走"的战略部署：第一步，实现国民生产总值比1980年翻一番，解决人民的温饱问题，这个任务已经基本实现；第二步，到20世纪末，使国民生产总值再增长一倍，人民生活达到小康水平；第三步，到21世纪中叶，人均国民生产总值达到中等发达国家水平，人民生活比较富裕，基本实现现代化。"三步走"的发展战略，既表明党和国家制定的不是一个过急的目标，又表明中国人民决心用一百年左右的时间，走完发达国家用几百年走过的路程，体现了中国社会主义现代化建设的长期性和中国人民的雄心壮志。

为了更好地实现"三步走"的战略，邓小平提出了"台阶式"发展的思想，要求抓住机遇，加快发展，争取每隔几年使国民经济上一个新台阶。同时，还进一步阐明了允许和鼓励一部分地区、一部分人先富起来，逐步达到共同富裕的政策。

3. 政治体制改革基本思路的提出

1980年8月，邓小平在中共中央政治局扩大会议上发表《党和国家领导制度的改革》的讲话，分析了党和国家领导体制中存在的问题和弊端，提出了政治体制改革的基本任务。1986年，他又在多次讲话中阐明了政治体制改革的基本思路。他指出：政治体制改革要以四项基本原则为指导，遵循统一领导、循序渐进的原则，在中国共产党的领导下有步骤、有秩序地推进；必须坚持从本国国情出发，总结本国的实践经验，同时借鉴人类政治文明的有益成果，绝不应照搬西方政治制度的模式，绝不能搞资产阶级自由化。

(三)中国特色社会主义事业的继续推进

1. 1989 年政治风波的发生与平息

1989 年春夏发生的政治风波，是极少数敌对势力利用党在工作中的失误，利用人民群众对腐败现象的不满，掀起的一场有计划、有组织、有预谋的政治动乱。在关键时刻，中共中央总书记赵紫阳犯了支持动乱和分裂党的严重错误。中共中央政治局在邓小平和其他老一辈革命家坚决有力的支持下，采取果断措施，在 6 月 4 日平息了这场政治风波，捍卫了社会主义国家政权。

6 月 9 日，邓小平接见首都戒严部队军以上干部，并发表讲话。他指出极少数敌对势力反对共产党、反对社会主义的目的“是要建立一个完全西方附庸化的资产阶级共和国”。他强调要坚定不移地执行党的十一届三中全会以来制定的一系列路线、方针、政策，要认真总结经验，对的要继续坚持，失误的要纠正，不足的要加点劲。这篇讲话在关键时刻坚定了全国人民对于贯彻落实中共十一届三中全会以来制定的“一个中心、两个基本点”的基本路线的信心和决心，坚定了进一步推进改革开放和现代化建设的信心和决心。

2. 向新的中共中央领导集体的顺利过渡

1989 年 6 月 23 日至 24 日，中共十三届四中全会举行。全会决定撤销赵紫阳的中共中央总书记等职务，选举江泽民为中共中央总书记，增选江泽民、宋平、李瑞环为中共中央政治局常委。江泽民在会上讲话，强调要继续坚决执行党的十一届三中全会以来的路线、方针和政策，继续坚决执行党的十三大确定的“一个中心、两个基本点”的基本路线。四项基本原则是立国之本，必须毫不动摇、始终一贯地加以坚持；改革开放是强国之路，必须坚定不移、一如既往地贯彻执行，绝不能回到闭关锁国的老路上去。

1989 年 11 月召开的中共十三届五中全会接受了邓小平辞去中央军委主席职务的请求，决定由江泽民任中共中央军事委员会主席。全会高度评价邓小平对党和国家建立的卓著功勋。

3. 继续开展国民经济的治理整顿工作

中共十三届四中全会后，中共中央把一度被延误的国民经济治理整顿工作重新提上日程。1989 年 11 月 6 日至 9 日召开的中共十三届五中全会，通过了《关于进一步治理整顿和深化改革的决定》，明确了治理整顿的主要目标和必须抓好的重要环节。治理整顿在实践中进展顺利，到 1990 年底就取得了明显的成效。

4. 对外工作在打破对华“制裁”中全方位推进

为打破 1989 年政治风波后以美国为首的西方国家对华的“制裁”，中国政府作了多方面的努力。

中国政府既坚持原则，顶住压力，又利用矛盾，多做工作，积极开展睦邻外交，稳定同周边国家的关系，加强同第三世界国家的友好合作，继续发展同西方发达国家的关系。这一时期，中国同沙特阿拉伯、新加坡、文莱、以色列、韩国、独联体各国建立了外交关系，中越关系实现正常化，同印度尼西亚恢复了外交关系。

与此同时，中国政府继续坚持全方位对外开放的方针。继 1985 年和 1988 年中国吸收外商直接投资的两次高潮之后，在 1991 年出现了第三次投资高潮。到 1992 年，中国已同 200 多个国家和地区发展贸易、科技、文化交流与合作，赢得了更加有利的国际环境和周边环境。

5. 全面推进中国共产党的自身建设

党要管党、从严治党，是以江泽民为核心的中央领导集体紧抓不放的一件大事。1990 年 3 月召开的中共十三届六中全会，通过了《关于加强党同人民群众联系的决定》，强调能否始终保持和发展党同人民群众的血肉联系，直接关系到党和国家的盛衰兴亡；提出在党内普遍深入地进行马克思主义群众观点和群众路线的再教育，克服党内存在的各种腐败现象。这次全会以后，中共中央政治局常委带头，深入基层，深入群众，认真开展调查研究工作，为全党转变工作作风起了极大的推动作用。

三、改革开放和现代化建设发展的新阶段

（一）改革开放新的历史性突破

1. 邓小平南方谈话

1992 年 1 月 18 日至 2 月 21 日，邓小平先后视察武昌、深圳、珠海、上海等地，发表重要谈话。

邓小平强调，革命是解放生产力，改革也是解放生产力。

邓小平指出，计划多一点还是市场多一点，不是社会主义与资本主义的本质区别。计划经济不等于社会主义，资本主义也有计划；市场经济不等于资本主义，社会主义也有市场。计划和市场都是经济手段。社会主义的本质，是解放生产力，发展生产力，消灭剥削，消除两极分化，最终达到共同富裕。他强调，右可以葬送社会主义，“左”也可以葬送社会主义。中国要警惕右，但主要是防止“左”。

邓小平强调，发展才是硬道理。抓住时机，发展自己，关键是发展经济。我国的经济发展，总要力争隔几年上一个台阶。

中国要出问题，还是出在共产党内部。对这个问题要清醒。要坚持两手抓，一手抓改革开放，一手抓打击各种犯罪活动。这两只手都要硬。在整个改革开放过程中都要反对腐败。

邓小平的南方谈话，在重大历史关头，科学地总结了十一届三中全会以来党的基本实践和基本经验，明确回答了长期困扰和束缚人们思想的许多重大认识问题，对整个社会主义现代化建设事业产生了重大而深远的影响。

2. 确立社会主义市场经济体制的改革目标

1992 年 10 月 12 日至 18 日，中国共产党第十四次全国代表大会在北京召开。

大会确立了邓小平建设有中国特色社会主义理论在全党的指导地位，概括了建设有中国特色社会主义理论的主要内容，指出这个理论第一次比较系统地初步回答了中国这样的经济文化比较落后的国家如何建设、巩固和发展社会主义的一系列根本性问题，是马克思列宁主义基本原理同当代中国实际和时代特征相结合的产物，是毛泽东思想的继承和发展，是全党和全国人民集体智慧的结晶，是中国共产党和中国人民最可宝贵的精神财富。

大会提出，我国经济体制改革的目标是建立社会主义市场经济体制。

（二）进一步推进改革开放和现代化建设

1.经济体制改革的深入推进

1993 年 11 月召开的中共十四届三中全会，通过了《关于建立社会主义市场经济体制若干问题的决定》，将十四大提出的社会主义市场经济体制改革的目标和基本原则具体化，进一步勾画了社会主义市场经济体制的基本框架，明确了国有企业改革的基本方向，成为 20 世纪 90 年代进行经济体制改革的行动纲领。

这一时期，对外开放也迈出了重大步伐。建立起一批经济技术开发区和保税区，开放了哈尔滨等 4 个边境、沿海省会城市和太原等 11 个内陆省会城市及一大批内陆市县。到 1997 年，中国对外开放的一类口岸达到 235 个，二类口岸达到 350 个，逐步形成了从沿海到沿江、从沿边到内陆，多层次、多渠道、多种形式的全方位对外开放的新格局。

2. 正确处理改革、发展、稳定的关系

1993 年底，中共中央根据十四大的精神，立足改革发展的实际，提出了“抓住机遇、深化改革、扩大开放、促进发展、保持稳定”的基本方针，要求全党在各项工作中认真加以贯彻。1994 年 5 月，江泽民进一步提出：稳定是前提，改革是动力，发展是目的，三者相互促进。

3. 精神文明建设与民主法制建设不断加强

1996 年 10 月，中共十四届六中全会作出了《关于加强社会主义精神文明建设若干重要问题的决议》，对新形势下的精神文明建设作出了具体部署和规划，强调要以科学的理论武装人，以正确的舆论引导人，以高尚的精神塑造人，以优秀的作品鼓舞人，培养有理想、有道德、有文化、有纪律的社会主义公民。这个决议的贯彻，使社会主义精神文明建设得到进一步加强，为继续深化改革、加快发展创造了良好氛围。

社会主义民主法制建设也取得重大进展。

（三）中国特色社会主义事业的跨世纪发展

1. 高举邓小乎理论伟大旗帜，提出跨世纪发展战略

1997年9月12日至18日，中国共产党第十五次全国代表大会在北京召开。大会的主题是：高举邓小平理论伟大旗帜，把建设有中国特色社会主义事业全面推向二十一世纪。大会把邓小平理论同马克思列宁主义、毛泽东思想一道确立为中国共产党的指导思想，并写入修改后的《中国共产党章程》。

大会阐明了建设中国特色社会主义的经济、政治和文化的基本目标和基本政策，提出了党在社会主义初级阶段的基本纲领。这是党的基本路线在经济、政治、文化等方面的展开，是这些年来最主要经验的总结。

中共十五大在世纪之交的关键时刻，继承邓小平遗志，承前启后、继往开来，明确回答了中国的改革开放和现代化建设继续向前发展的一系列重大理论问题和政策问题，从思想上、政治上、组织上为中国特色社会主义事业的跨世纪发展提供了根本保证。

2. 改革开放和现代化建设在经受风险考验中前进

1997年爆发的亚洲金融危机，对中国经济产生了严重冲击。1998年，长江、嫩江和松花江等流域发生了历史上罕见的洪涝灾害。1999年，又接连发生以美国为首的北大西洋公约集团（简称北约）袭击中国驻南斯拉夫使馆、李登辉抛出“两国论”、“法轮功”邪教组织策划和煽动非法聚众闹事。面对这些风险和考验，中共中央、国务院冷静分析，正确把握，果断决策，采取一系列措施，取得了一个又一个胜利，保证了改革开放和现代化建设的航船沿着正确的方向破浪前进。

2001年12月11日，经过长达15年的艰苦谈判，中国正式加入世界贸易组织，标志着对外开放进人一个新阶段。

3. 祖国统一大业的推进

完成祖国和平统一大业，是中华民族的根本利益所在，是全中国人民包括台湾同胞、港澳同胞和海外侨胞在内的共同愿望。

根据“一国两制”的构想，中国政府先后同英国和葡萄牙政府举行谈判，并分别于1984年12月和1987年4月签署了中英《关于香港问题的联合声明》和中葡《关于澳门问题的联合声明》。1997年7月1日，中国和英国两国政府举行了香港交接仪式，宣告中国对香港恢复行使主权，中华人民共和国香港特别行政区正式成立。1999年12月20日，澳门也回归祖国，澳门特别行政区正式成立。香港、澳门的回归，使“一国两

制"从科学构想变为现实，标志着祖国统一大业又向前迈出了重要的一步。

中国政府还加强大陆同台湾的经济技术合作与交流，促进双方人员往来。1992年10月，大陆海峡两岸关系协会与台湾海峡交流基金会举行商谈，达成"九二共识"。1993年4月，在新加坡举行"汪辜会谈"，标志着两岸关系发展中迈出了历史性的重要一步。1995年1月30日，江泽民发表《为促进祖国统一大业的完成而继续奋斗》的讲话，提出了发展两岸关系、推进祖国和平统一的八项主张。经过海峡两岸同胞的共同努力，两岸往来日渐频繁，民间交流不断扩大，经贸合作蓬勃发展。

4. 推进党的建设新的伟大工程

中共十四大以后，以江泽民为核心的中央领导集体在继续抓好经济建设的同时，十分重视加强党的建设，坚持党要管党、从严治党的方针，切实解决提高党的领导水平和执政水平、提高拒腐防变和抵御风险能力这两大历史性课题。把以邓小平理论武装全党、教育干部和人民作为一项重要的战略任务，全党贯彻执行党的基本路线的自觉性和坚定性进一步增强。

1998年11月21日，根据中共十五大的部署，中央决定在县级以上党政领导班子、领导干部中深入开展"三讲"教育，历时近两年，使各级领导干部普遍受到了一次深刻的马克思主义教育，党的思想、政治、组织、作风建设明显加强。实践证明，进行"三讲"教育，是加强党的建设特别是领导班子、领导干部思想政治建设的一次创造性探索和成功实践。

5. "三个代表"重要思想的提出

中共十三届四中全会以来，以江泽民为主要代表的中国共产党人，高举邓小平理论伟大旗帜，准确把握时代特征，科学判断中国共产党所处的历史方位，围绕建设中国特色社会主义这个主题，集中全党智慧，以马克思主义的巨大勇气进行理论创新，逐步形成了"三个代表"重要思想这一系统的科学理论。

四、全面建设小康社会

（一）全面建设小康社会行动纲领的制定

2002年11月8日至14日，中国共产党第十六次全国代表大会在北京召开。大会高度评价"三个代表"重要思想的历史地位和重要作用，把"三个代表"重要思想同马克思列宁主义、毛泽东思想、邓小平理论一道确立为中国共产党必须长期坚持的指导思想，并写入党章，实现了党的指导思想的又一次与时俱进。

大会从十个方面总结概括了党领导人民建设中国特色社会主义的基本经验。这十条基本经验，集中体现了中国共产党在中国特色社会主义实践中形成的重大认识和重大方针，同党的基本理论、基本路线、基本纲领一道，对于党和国家事业的发展具有长远的指导作用。

大会明确了全面建设小康社会的奋斗目标。提出要在本世纪头二十年，紧紧抓住这一重要战略机遇期，集中力量，全面建设惠及十几亿人口的更高水平的小康社会，使经济更加发展、民主更加健全、科教更加进步、文化更加繁荣、社会更加和谐、人民生活更加殷实。这是实现现代化建设第三步战略目标必经的承上启下的发展阶段，也是完善社会主义市场经济体制和扩大对外开放的关键阶段。

（二）以科学发展观统领经济社会发展全局

1. 树立和落实科学发展观

2003 年春，一场“非典”（非典型性肺炎）疫病灾害突然袭来，中共中央和国务院领导全国人民取得了防治“非典”和促进发展的双胜利，积累了应对突发公共事件的经验。同年 6 月，胡锦涛在全国抗击“非典”总结大会上，阐述了加强经济社会协调发展、统筹城乡经济社会发展的要求。这年 10 月召开的中共十六届三中全会，正式提出了坚持以人为本、全面协调可持续的科学发展观。

科学发展观是以胡锦涛为总书记的中共中央坚持以邓小平理论和“三个代表”重要思想为指导，从新世纪新阶段党和国家事业发展全局出发提出的重大战略思想。科学发展观同马克思列宁主义、毛泽东思想、邓小平理论、“三个代表”重要思想关于发展的思想一脉相承，是对经济社会发展一般规律的认识的进一步深化，是指导发展的世界观和方法论的集中体现，是推进社会主义经济建设、政治建设、文化建设、社会建设全面发展的指导方针。

2. 构建社会主义和谐社会

2004 年 9 月，中共十六届四中全会提出构建社会主义和谐社会的战略任务。2005 年 2 月，胡锦涛在中央党校省部级主要领导干部专题研讨班上，对构建社会主义和谐社会的重大战略思想作了全面论述，深刻阐明了社会主义和谐社会的主要特征是民主法治、公平正义、诚信友爱、充满活力、安定有序、人与自然和谐相处。构建社会主义和谐社会战略思想的提出，使中国特色社会主义事业的总体布局由社会主义经济建设、政治建设、文化建设三位一体发展为社会主义经济建设、政治建设、文化建设、社会建设四位一体，反映出中国共产党对中国特色社会主义发展战略的理解和把握更加全面、深刻、协调、均衡，丰富和发展了马克思主义关于社会主义社会建设的理论。2006 年 10 月，中共十六届六中全会审议通过了《中共中央关于构建社会主义和谐社会若干重大问题的决定》。

3. 推动经济又好又快地发展和促进社会全面进步

2003年10月召开的中共十六届三中全会，通过了《关于完善社会主义市场经济体制若干问题的决定》，明确了完善社会主义市场经济体制的目标和任务。《决定》提出要按照统筹城乡发展、统筹区域发展、统筹经济社会发展、统筹人与自然和谐发展、统筹国内发展和对外开放的要求，更大程度地发挥市场在资源配置中的基础性作用，增强企业活力和竞争力，健全国家宏观调控，完善政府社会管理和公共服务职能，为全面建设小康社会提供强有力的体制保障。按照《决定》的部署，大力推进农村税费改革、粮食流通体制改革、国有资产管理体制改革、投资体制改革、金融体制改革等各项改革事业。

（1）推进建设社会主义新农村。中共十六大后，党和国家按照统筹城乡发展的要求，采取一系列更直接、更有力、更有效的政策措施，加快农业和农村发展。2005年10月召开的中共十六届五中全会，提出了建设社会主义新农村的战略任务，提出了“生产发展、生活宽裕、乡风文明、村容整洁、管理民主”的要求。同年12月，中央发布了《关于推进社会主义新农村建设的若干意见》。2006年1月1日起，正式废除农业税。随后，国务院颁布了《关于解决农民工问题的若干意见》。各地按照中央的部署和要求，从实际出发，尊重农民意愿，扎实推进新农村建设的各项工作，使农村经济和农村面貌发生新的深刻变化。

（2）大力建设创新型国家。2005年10月，胡锦涛在中共十六届五中全会上的讲话中，明确提出建设创新型国家的任务。2006年1月，他在全国科学技术大会上指出，要坚持走中国特色自主创新道路，用十五年左右的时间把中国建设成为创新型国家，阐述了“自主创新、重点跨越、支撑发展、引领未来”的指导方针，并提出了要突出抓好的重点工作。随后，中央下发了《关于实施科技规划纲要增强自主创新能力的决定》、《国家中长期科学和技术发展规划纲要(2006—2020年)》，建设创新型国家的战略正式启动。

（3）进一步加强社会主义民主法制建设。2003年2月，中共十六届二中全会审议通过了《关于深化行政管理体制和机构改革的意见》，提出形成行为规范、运转协调、公正透明、廉洁高效的行政管理体制的要求。2004年3月，制定了《全面推进依法行政实施纲要》，明确了建设法治政府的目标和任务。2005年1月，提出进一步加强中国共产党领导的多党合作和政治协商制度建设的意见。同年5月，提出进一步发挥全国人大代表作用、加强全国人大常委会制度建设的意见。积极推进基层民主建设，进一步健全村务公开和村民自治制度，继续完善城市社区居民自治和基层管理体制。《行政许可法》等一批法律法规相继制定或修改实施，中国特色社会主义法律体系进一步完善。

(4)繁荣发展社会主义先进文化。2003 年 6 月,中央召开全国文化体制改革试点工作会议,部署在北京、上海等九个省市和一批文化单位展开试点工作。2005 年 12 月,在总结试点工作成功经验的基础上,中共中央、国务院颁布《关于深化文化体制改革的若干意见》,确定文化体制改革的指导思想、原则要求和目标任务,文化体制改革在全国逐步推开。2006 年 3 月 4 日,胡锦涛在看望全国政协委员时提出了以"八荣八耻"为主要内容的社会主义荣辱观。

(5)制定和实施"十一五"规划。2005 年,"十五"计划确定的主要发展目标提前实现,经济社会和各项事业的发展迈上了一个新的台阶,使中国站在一个新的历史起点上。2005 年 10 月,中共十六届五中全会通过了《关于制定国民经济和社会发展第十一个五年规划的建议》,为"十一五"发展指明了方向。2006 年 3 月,十届全国人大四次会议通过了《国民经济和社会发展第十一个五年规划纲要》。

(三)走和平发展的道路

中共十六大以后,党和国家在坚持一贯奉行的独立自主的和平外交政策的同时,提出了坚持走和平发展道路的主张。2004 年 8 月,胡锦涛在纪念邓小平同志诞辰一百周年大会上的讲话中提出,要高举和平、发展、合作的旗帜,坚持走和平发展的道路。2005 年 11 月,他在英国伦敦金融城发表演讲,系统地阐述了走和平发展道路的基本内涵和重大意义。坚持走和平发展的道路,就是中国既通过争取和平的国际环境来发展自己,又通过自己的发展来促进世界和平,永远做维护世界和平、促进共同发展的坚定力量;主要依靠自身力量和改革创新来实现发展,同时坚持对外开放的基本国策,在平等互利的基础上同世界各国开展交流合作,努力实现互利共赢。

中国遵循走和平发展道路的要求,按照大国是关键、周边是首要、发展中国家是基础的外交工作部署,全方位开展对外交往,积极参与国际事务,努力为全面建设小康社会争取和平良好的国际环境和周边环境。中国还同国际社会其他成员携手努力,为实现各国和谐相处、全球经济和谐发展、不同文明和谐进步的美好前景发挥积极作用,共同致力于建设一个持久和平、共同繁荣的和谐世界。

(四)加强党的执政能力建设和先进性建设

2004 年 9 月,中共十六届四中全会通过的《关于加强党的执政能力建设的决定》,深刻阐述了加强党的执政能力建设的重要性和紧迫性,全面总结了半个多世纪以来党执政的主要经验,指出当前和今后一个时期加强党的执政能力建设的主要任务是,按照推动社会主义物质文明、政治文明、精神文明协调发展的要求,不断提高驾驭社会主义市场经济的能力、发展社会主义民主政治的能力、建设社会主义先进文化的能力、构建社会主义和谐社会的能力、应对国际局势和处理国际事务的能力。

(五)高举中国特色社会主义旗帜,夺取全面建设小康社会新胜利

2007年10月,中共十七大召开。大会概括了中国特色社会主义理论体系,总结了改革开放的历史进程和基本经验,提出了全面建设小康社会奋斗目标的新要求,强调深入贯彻落实科学发展观。同时,强调以改革创新精神加强党的建设。

五、改革开放和社会主义现代化建设的成就

中共十一届三中全会以来,改革开放和现代化建设取得了巨大成就。这是社会主义制度优越性的生动体现,是中华民族发展史上的一个新的里程碑。

(1)国民经济保持持续健康快速发展,现代化建设事业稳步推进,综合国力和国际竞争力显著提高,人民生活总体上达到小康水平。

(2)社会主义市场经济体制初步建立并不断完善,各项改革事业取得重大进展。

(3)全方位对外开放取得新突破,形成全方位、多层次、宽领域的对外开放格局。

(4)社会主义民主政治建设取得重要进展。

(5)社会主义精神文明建设成效显著。

(6)民族政策和宗教政策得到全面贯彻。

(7)祖国统一大业取得重大进展。

(8)国防和军队建设迈出新步伐。

(9)积极开展全方位外交。

(10)全面推进党的建设新的伟大工程。

六、新中国成立以来的历史性成就

从新中国成立到现在, 中国人民沿着社会主义道路, 经过半个多世纪的艰苦奋斗,取得了举世瞩目的巨大成就。

(一)成　就

(1)从争取经济独立到建设社会主义现代化国家;(2)从赢得政治独立到建设社会主义民主政治;(3)从发展新民主主义文化到建设中国特色社会主义文化;(4)从打破封锁到全方位对外开放;(5)从“小米加步枪”到逐步实现国防现代化。

(二)取得成就的根本原因

开拓了中国特色社会主义道路,形成了中国特色社会主义理论体系。

同步练习

一、单项选择题

1. 冲破“两个凡是”思想禁锢,揭开了全国规模的马克思主义思想解放运动序幕的是 ( )
   A. 粉碎“四人帮” B. 真理标准问题大讨论
   C. 十一届三中全会的召开 D. 十一届六中全会的召开
2. 决定恢复邓小平在 1976 年被撤销的一切职务的会议是 ( )
   A. 中共十届二中全 B. 中共十届三中全会
   C. 中共十一大 D. 中共十一届三中全会
3. 宣告“文化大革命”结束、但仍然肯定“文化大革命”错误理论与实践的会议是 ( )
   A. 中共十大 B. 中共十届三中全会
   C. 中共十一大 D. 中共十一届三中全会
4. 1978 年开始的关于真理标准问题大讨论,强调的是 ( )
   A. 实践是检验真理的唯一标准 B. 拨乱反正
   C. 改革开放 D. “两个凡是”
5. 实际上成为中共十一届三中全会的主题报告是 ( )
   A.《光明日报》特约评论员文章《实践是检验真理的唯一标准》
   B. 华国锋在中共十一大上的讲话
   C. 邓小平关于要完整准确地理解毛泽东思想科学体系的讲话
   D. 邓小平在中央工作会议闭幕会上作的《解放思想,实事求是,团结一致向前看》的讲话
6. 实现新中国成立以来党的历史上具有深远意义伟大转折的会议是 ( )
   A. 中共十届三中全会 B. 中共十一届三中全会
   C. 中共十一届六中全会 D. 中共十二大
7. 邓小平提出“走自己的路,建设有中国特色的社会主义”是在 ( )
   A. 中共十一大上 B. 中共十一届三中全会上
   C. 中共十一届六中全会上 D. 中共十二大上
8. 首次突破把计划经济同商品经济对立起来的观点，指出我国社会主义经济是在公有制基础上的有计划的商品经济的文献是 ( )
   A. 1981 年《关于建国以来党的若干历史问题的决议》
   B. 1982 年《中华人民共和国宪法》

C. 1984 年《关于经济体制改革的决定》

D. 1985 年《关于科学技术体制改革的决定》

9. 1992 年 10 月中共十四大的主要内容是 ( )

A. 把邓小平理论写入党章

B. 明确提出我国经济体制改革的目标是建立社会主义市场经济体制

C. 决定设立中央顾问委员会

D. 通过了《关于建立社会主义市场经济体制若干问题的决定》

10. 把邓小平理论同马克思列宁主义、毛泽东思想一道确立为中国共产党指导思想并写入《中国共产党章程》是在 ( )

A.中共十三大 B.中共十四大 C.中共十五大 D.中共十六大

11. 1997 年中共十五大提出党领导人民治理国家的基本理念是 ( )

A. 依法治国 B. 以德治国 C. 发展市场经济 D. 建设精神文明

12. 香港、澳门的回归,使“一国两制” ( )

A. 开始酝酿 B. 正式提出 C. 从科学构想变成现实 D. 完成历史使命

13. 2001 年 12 月 11 日,中国正式加入 ( )

A. 联合国 B. 世界贸易组织 C. 世界卫生组织 D. 世界银行

14. 中共十六届四中全会通过了 ( )

A.《关于完善社会主义市场经济体制若干问题的决定》

B.《关于加强党的执政能力建设的决定》

C.《关于推进社会主义新农村建设的若干意见》

D.《关于构建社会主义和谐社会若干重大问题的决定》

15. 2005 年起,确定用一年左右的时间开展了一场以实践“三个代表”重要思想为主要内容的 ( )

A. 保持共产党员先进性教育活动 B. 加强党的执政能力建设活动

C. 反腐败斗争 D. 党风廉政建设活动

16. 新世纪新阶段党的建设的主线是 ( )

A. 党的思想建设和理论建设 B. 党的组织建设和纪律建设

C. 党的作风建设和制度建设 D. 党的执政能力建设和先进性建设

17. 到 2006 年,我国的经济总量已经居世界第四位,进出口贸易总额跃居第三位,外汇储备 ( )

A. 第一位 B. 第二位 C. 第三位 D. 第四位

18. 2005年3月14日，十届全国人大三次会议高票通过的法律是 （ ）

A.《对外贸易法》 B.《反分裂国家法》

C.《行政许可法》 D.《国民经济和社会发展第十一个五年规划纲要》

19. 四项基本原则是邓小平同志在（ ）提出的

A. 1979年3月理论工作务虚会上的讲话中 B. 十一届三中全会上

C. 对"两个凡是"方针的批评的基础上 D. 十一届六中全会上

20. 邓小平同志指出："计划经济不等于社会主义，资本主义也有计划；市场经济也不等于资本主义，社会主义也有市场。"这一科学论断是在（ ）提出的

A. 党的十一届三中全会上 B. 党的十一届六中全会上

C. 党的十二届三中全会上 D. 1992年南方谈话上

21. 通过《中共中央关于经济体制改革的决定》，标志着经济体制改革进入了以城市为中心的全面改革的探索阶段的会议是 （ ）

A. 十一届三中全会 B. 十一届六中全会

C. 十二届三中全会 D. 十二届四中全会

22. 党的十五大确立的社会主义初级阶段的基本经济制度是 （ ）

A. 以公有制经济为主体，多种所有制经济为补充

B. 以公有制经济为主体，多种所有制经济为辅助

C. 以公有制经济为主体，多种所有制经济共同发展

D. 以计划经济为主体，市场经济为补充

二、多项选择

1. 党的十一届三中全会以来，国家把对外开放作为一项基本国策。1980年，国家在广东省设立的经济特区有 （ ）

A. 深圳市 B. 珠海市 C. 汕头市 D. 广州市

2. 1981年，在党的十一届六中全会上，审议和通过了《关于建国以来党的若干历史问题的决议》，《决议》功绩是 （ ）

A. 对"文化大革命"进行了科学分析，做出了正确总结

B. 充分论述了毛泽东思想的指导意义

C. 实事求是地评价了毛泽东的历史地位

D. 标志着党和国家在指导思想上拨乱反正的胜利完成

3. 1978年后我国家庭联产承包责任制的主要形式是 （ ）

A. 包产到组 B. 包产到户 C. 包干到户 D. 统分结合

4. 为吸引和利用外资,学习国外先进技术和管理经验,中央于 1980 年 5 月决定设立经济特区,它们是 ( )

A. 深圳 B. 珠海 C. 汕头 D. 厦门

5. 1979 年 3 月,邓小平在理论务虚会上提出了我国实现现代化必须坚持的基本原则,它们是 ( )

A. 坚持社会主义道路 B. 坚持人民民主专政

C. 坚持共产党的领导 D. 坚持马列主义、毛泽东思想

6. 1987 年中共十三大 ( )

A. 作出了《关于社会主义精神文明建设指导方针的决议》

B. 比较系统阐述了关于社会主义初级阶段的理论

C. 完整地概括了"一个中心、两个基本点"的基本路线

D. 制定了下一步经济体制改革和政治体制改革的基本任务和奋斗目标

7. 中国共产党在社会主义初级阶段的基本路线的主要内容是 ( )

A. 以经济建设为中心 B. 坚持四项基本原则

C. 坚持改革开放 D. 坚持自力更生艰苦奋斗

8. 1996 年中共十四届六中全会作出的《关于加强社会主义精神文明建设若干重要问题的决议》强调 ( )

A. 以科学的理论武装人 B. 以正确的舆论引导人

C. 以高尚的精神塑造人 D. 以优秀的作品鼓舞人

9. 2000 年江泽民提出的"三个代表"是中国共产党要始终做到 ( )

A. 代表中国先进生产力的发展要求 B. 代表中国先进文化的前进方向

C. 代表中国最广大人民的根本利益 D. 代表世界发展的方向

10. 胡锦涛在全国科学技术大会上提出了走中国特色自主创新道路,建设创新型国家的指导方针,即 ( )

A.自主创新 B.重点跨越 C.支撑发展 D.引领未来

11. 中共十六大以来,党中央以科学发展观作为我国经济社会发展的重要指导方针,提出了一系列重大战略思想,其中包括 ( )

A. 构建社会主义和谐社会 B. 建设社会主义新农村

C. 大力建设创新国家 D. 社会主义荣辱观

12. 建设社会主义新农村的要求除了生产发展,还有 ( )

A. 生活宽裕 B. 乡风文明 C. 村容整洁 D. 管理民主

13. 新世纪我国外交工作的基本部署是 ( )

A. 大国是关键　B. 周边是首要

C. 发展中国家是基础　D. 反对霸权主义和强权政治

14. 为保持香港和澳门特别行政区的繁荣和稳定，中央政府严格执行的方针是 ( )

A. "一国两制"　B. "港人治港"　C. "澳人治澳"　D. 高度自治

三、简答题

1. 简述1978年开始的关于真理标准问题大讨论的意义。

2. 简述毛泽东的历史地位。

3. 简述中共十三大阐述的社会主义初级阶段理论和基本路线。

4. 简述邓小平提出的"三步走"战略"

5. 简述中共十六大提出的全面建设小康社会的奋斗目标。

6. 简述中共十六届三中全会《关于完善社会主义市场经济体制若干问题的决定》的主要内容。

7. 简述中国共产党提出的坚持走和平发展道路的基本内容。

8. 简述中共十七大关于党的建设的部署

四、论述题

1. 试述党的十一届三中全会的主要内容及其意义。

2. 试述中共十一届六中全会通过的《关于建国以来党的若干历史问题的决议》的主要内容及其意义。

3. 试述邓小平南方谈话的主要内容及其意义

4. 试述构建社会主义和谐社会战略思想的提出及其意义。

5. 试述改革开放和现代化建设的历史进程和基本经验。

6. 中共十一届三中全会以来中国特色社会主义事业取得了哪些主要成就？取得这些成绩和进步的根本原因是什么？

五、材料题

1. 阅读材料，回答问题。

邓小平是伟大的马克思主义者，他为中华民族的独立和解放，为中国社会主义制度的建立，为中国改革开放和现代化建设，建立了不朽的功勋。他把毕生心血都献给了中国人民，一切以人民的利益为出发点和归宿。他对党、对人民、对马克思主义的最大贡献，他留给我们的珍贵遗产，就是邓小平理论。这个理论，集中体现在十一届三中全会以来邓小平著作以及党和国家的重要文献中。

在把我们的事业全面推向二十一世纪的历史时刻，必须郑重指出：全党要毫不动摇地坚持党在社会主义初级阶段的基本路线，把以经济建设为中心同四项基本原则、改革开放这两个基本点统一于建设有中国特色社会主义的伟大实践。这是近二十年来我们党最可贵的经验，是我们事业胜利前进最可靠的保证。一要警惕右，但主要是防止“左”，保持清醒头脑，克服各种干扰，坚持邓小平理论和基本路线不动摇。根据这个理论和基本路线，围绕建设富强民主文明的社会主义现代化国家的目标，进一步明确什么是社会主义初级阶段有中国特色社会主义的经济、政治和文化，怎样建设这样的经济、政治和文化，是必要的。……上述建设有中国特色社会主义的经济、政治和文化的基本目标和基本政策，有机统一，不可分割，构成党在社会主义初级阶段的基本纲领。

江泽民：《高举邓小平理论伟大旗帜，把建设有中国特色社会主义事业全面推向二十一世纪》(1997 年 9 月)

根据材料回答问题：

(1)党的十五大的主题是什么？

(2)怎样评价邓小平和邓小平理论？

(3)江泽民同志在十五大报告中论述的党在社会主义初级阶段的基本纲领是什么？

(4)党的十五大的重大历史意义是什么？

2. 阅读材料，回答问题。

材料 1 我们的政治路线，是把四个现代化建设作为重点，坚持发展生产力，始终扭住这个根本环节不放松，除非打起世界战争。即使打世界战争，打完了还搞建设。

《邓小平文选》第 3 卷，人民出版社 1993 年版，第 64 页

材料 2 坚持党的基本路线不动摇，必须把改革开放同四项基本原则统一起来。有中国特色的社会主义所以具有蓬勃的生命力，就在于它是实行改革开放的社会主义。我们的改革开放所以能够健康发展，就在于它是有利于巩固和发展社会主义的改革开放。坚持四项基本原则，坚持改革开放，都是为了更好地解放和发展生产力。

江泽民：《加快改革开放和现代化建设步伐，夺取有中国特色社会主义事业的更大胜利》(1992 年 10 月 12 日)

材料 3 新时期最鲜明的特点是改革开放。从农村到城市、从经济领域到其他各个领域，全面改革的进程势不可当地展开了；从沿海到沿江沿边，从东部到中西部，对外开放的大门毅然决然地打开了。这场历史上从未有过的大改革大开放，极大地调动

了亿万人民的积极性，使我国成功实现了从高度集中的计划经济体制到充满活力的社会主义市场经济体制、从封闭半封闭到全方位开放的伟大历史转折。今天，一个面向现代化、面向世界、面向未来的社会主义中国巍然屹立在世界东方。

胡锦涛:《高举中国特色社会主义伟大旗帜　为夺取全面建设小康社会新胜利而奋斗》(2007 年 10 月 15 日)

请根据以上材料思考以下问题：

(1)中国共产党在社会主义初级阶段的基本路线是什么？

(2)中共十一届三中全会后，中国为什么能够取得举世瞩目的成就？

(3)怎样才能使中国特色社会主义道路越走越宽广？

参考答案

一、单项选择

1. B　*2.* B　*3.* C　*4.* A　*5.* D　*6.* B　*7.* D　*8.* C　*9.* B　*10.* C　*11.* A　*12.* C　*13.* B　*14.* B　*15.* A　*16.* D　*17.* A　*18.* B　*19.* A　*20.* D　*21.* C　*22.* C

二、多项选择

1. ABC　*2.* ABCD　*3.* BC　*4.* ABCD　*5.* ABCD　*6.* BCD　*7.* ABC　*8.* ABCD　*9.* ABC　*10.* ABCD　*11.* ABCD　*12.* ABCD　*13.* ABC　*14.* ABCD

三、简答题

1. **[答案要点]** 1978 年开始的关于真理标准问题的大讨论，强调实践是检验真理的唯一标准。这场讨论，是继延安整风之后又一场马克思主义思想解放运动，成为拨乱反正和改革开放的思想先导，为中国共产党重新确立实事求是的思想路线，纠正长期以来的“左”倾错误，实现历史性的转折，做了思想理论准备。

2. **[答案要点]** 毛泽东是伟大的马克思主义者，是伟大的无产阶级革命家、战略家和理论家。他虽然在“文化大革命”中犯了严重错误，但是就他的一生来看，他对中国革命的功绩远远大于他的过失，他的功绩是第一位的，错误是第二位的。他为中国共产党和中国人民解放军的创立和发展，为中国各族人民解放事业的顺利，为中华人民共和国的缔造和中国社会主义事业的发展，建立了永远不可磨灭的功勋。

3. **[答案要点]** 中共十三大指出，我国目前正处于社会主义初级阶段。这个论断包括两层含义。第一，我国社会已经是社会主义社会。我们必须坚持而不能离开社会主

义。第二,我国的社会主义社会还处在初级阶段。我们必须从这个实际出发,而不能超越这个阶段。党在社会主义初级阶段的基本路线是:领导和团结全国各族人民,以经济建设为中心,坚持四项基本原则,坚持改革开放,自力更生,艰苦创业,为把我国建设成为富强、民主、文明的社会主义现代化国家而奋斗。

4. **[答案要点]** 邓小平提出的"三步走"战略是:第一步,实现国民生产总值比1980年翻一番,解决人民的温饱问题,这个任务已经基本完成;第二步,到20世纪末,使国民生产总值再增长一倍,人民生活达到小康水平;第三步,到21世纪中叶,使国民生产总值达到中等发达国家水平,人民生活比较富裕,基本实现现代化。

5. **[答案要点]** 2002年11月召开的党的十六大明确提出了全面建设小康社会的目标,指出:21世纪头20年,对我国来说,是一个必须紧紧抓住并且可以大有作为的重要战略机遇期。我们要在本世纪头20年,集中力量,全面建设惠及十几亿人口的更高水平的小康社会,使经济更加发展、民主更加健全、科教更加进步、文化更加繁荣、社会更加和谐、人民生活更加殷实。这是实现现代化建设第三步战略目标必经的承上启下的发展阶段,也是完善社会主义市场经济体制和扩大对外开放的关键阶段。经过这个阶段的建设,再继续奋斗几十年,到本世纪中叶基本实现现代化,把我国建成富强民主文明的社会主义国家。

6. **[答案要点]** 2003年10月召开的中共十六届三中全会,通过了《关于完善社会主义市场经济体制若干问题的决定》,明确了完善社会主义市场经济体制的目标和任务。《决定》提出要按照统筹城乡发展、统筹区域发展、统筹经济社会发展、统筹人与自然和谐发展、统筹国内发展和对外开放的要求,更大程度地发挥市场在资源配置中的基础性作用,增强企业活力和竞争力,健全国家宏观调控,完善政府社会管理和公共服务职能,为全面建设小康社会提供强有力的体制保障。

7. **[答案要点]** 2005年11月,胡锦涛在英国伦敦金融城发表演讲,系统阐述了走和平发展道路的基本内容。坚持走和平发展道路,就是在国际通过争取和平的国际环境来发展自己,又通过自己的发展来促进世界和平,永远在维护世界和平、促进共同发展的坚定力量;主要依靠自己力量和改革创新来实现发展,同时坚持对外开放的基本国策,在平等互利的基础上同世界各国开展合作交流,努力实现互利共赢。

8. **[答案要点]** 必须以改革创新精神加强党的建设。必须把党的执政能力建设和先进性建设作为主线,坚持党要管党、从严治党,贯彻为民、务实、清廉的要求,以坚定理想信念为重点加强思想建设,以造就高素质党员、干部队伍为重点加强组织建设,以保持党同人民群众的血肉联系为重点加强作风建设,以健全民主集中制为重点加强制度建设,以完善惩治和预防腐败体系为重点加强反腐倡廉建设,使党始终成为立

党为公、执政为民，求真务实、改革创新，艰苦奋斗、清正廉洁，富有活力、团结和谐的马克思主义执政党。

四、论述题

1. [答案要点] 1978 年 12 月 18 日至 22 日，中国共产党十一届三中全会在北京召开。全会讨论了关系党和国家命运的各项重大问题，作出了一系列重大决策。这次全会冲破长期“左”倾错误的严重束缚，彻底否定“两个凡是”的错误方针，重新确立解放思想、实事求是的指导思想，实现了思想路线的拨乱反正；停止使用“以阶级斗争为纲”的口号，作出了把党和国家的工作着重点转移到社会主义现代化建设上来的决策，实现了政治路线的拨乱反正；形成以邓小平为核心的党中央领导集体，取得了组织路线拨乱反正的最重要成果；恢复党的民主集中制的优良传统，提出使民主制度化、法律化的重要任务；审查和解决历史上遗留的一批重大问题和一些重要领导人的功过是非问题，开始了系统清理重大历史是非的拨乱反正。会议还提出要正确对待毛泽东的历史地位和毛泽东思想的科学体系，为纠正毛泽东晚年的错误，为正确评价毛泽东，坚持毛泽东思想创造了条件。

这次全会作出实行改革开放的新决策，开始了中国从“以阶级斗争为纲”到以经济建设为中心、从僵化半僵化到全面改革、从封闭半封闭到对外开放的历史性转变。中共十一届三中全会是新中国成立以来中国共产党历史上具有深远意义的伟大转折。全会结束了粉碎“四人帮”后两年我国在徘徊中前进的局面，开始了党在思想、政治、组织等领域的拨乱反正，形成了以邓小平为核心的党的中央领导集体，揭开了我国社会主义改革开放的序幕。以这次全会为起点，我国进入了改革开放和社会主义现代化建设的新时期。

2. [答案要点] 主要内容：决议科学评价了毛泽东和毛泽东思想的历史地位，指出：毛泽东同志是伟大的马克思主义者，是伟大的无产阶级革命家、战略家和理论家。他虽然在“文化大革命”中犯了严重错误，但是就他的一生来看，他对中国革命的功绩远远大于他的过失，他的功绩是第一位的，错误是第二位的。他为中国共产党和中国人民解放军的创立和发展，为中国各族人民解放事业的顺利，为中华人民共和国的缔造和中国社会主义事业的发展，建立了永远不可磨灭的功勋。毛泽东思想是马克思列宁主义在中国的运用和发展，是被实践证明了的关于中国革命和建设的正确的理论原则和经验总结，是中国共产党集体智慧的结晶。决议对毛泽东思想的科学体系和活的灵魂作了概括，强调毛泽东思想是我们党的宝贵的精神财富，它将长期指导我们的行动。《决议》从根本上否定了“文化大革命”的理论和实践，对新中国成立以来的重大历史事件作出了基本结论。决议还肯定了十一届三中全会以来逐步确立的适合我国情况的建设社会主义现代化强国的道路，进一步指明了中国社会主义事业和党的工作继续前进的方向。

意义：《决议》的通过，标志着党和国家在指导思想上的拨乱反正任务的胜利完成，它推进了十一届三中全会以来的伟大历史转折，对于改革开放和社会主义现代化事业的发展具有重要的指导意义。

3. **[答案要点]** 主要内容：(1)革命是解放生产力，改革也是解放生产力。不坚持社会主义，不改革开放，不发展经济，不改善人民生活，只能是死路一条。基本路线要管一百年，动摇不得。改革开放胆子要大一些，敢于试验。看准了的，就大胆地试，大胆地闯。判断的标准，应该主要看是否有利于发展社会主义社会的生产力，是否有利于增强社会主义国家的综合国力，是否有利于提高人民的生活水平。(2)计划多一点还是市场多一点，不是社会主义与资本主义的本质区别。计划和市场都是经济手段。社会主义的本质，是解放生产力，发展生产力，消灭剥削，消除两极分化，最终达到共同富裕。社会主义要赢得与资本主义相比较的优势，就必须大胆吸收和借鉴人类社会创造的一切文明成果，吸收和借鉴当今世界各国包括资本主义发达国家的一切反映现代化社会化生产规律的先进经营方式、管理方式。右可以葬送社会主义，“左”也可以葬送社会主义。中国要警惕右，但主要是防止“左”。(3)发展才是硬道理。抓住时机，发展自己，关键是发展经济，要力争经济发展隔几年上一个台阶。要讲效益、讲质量、搞外向型经济。经济发展得快一点，必须依靠科技和教育。(4)中国的事情能不能办好，从一定意义上说，关键在人。中国要出问题还是出在共产党内部。对这个问题要清醒，要注意培养人，要按照干部“四化”的标准，选拔德才兼备的人才进班子。要坚持两手抓，一手抓改革开放，一手抓打击各种犯罪活动。在整个改革开放过程中，都要反腐败。(5)我们搞社会主义才几十年，还处在初级阶段。巩固和发展社会主义制度，还需要一个很长的历史阶段，需要我们几代人、十几代人，甚至几十代人坚持不懈地努力奋斗，决不能掉以轻心。世界上赞成马克思主义的人最终会多起来，社会主义经过某些挫折将会向着更加健康的方向发展。我们要在建设有中国特色社会主义道路上继续前进。

意义：邓小平南方谈话，是把改革开放和现代化建设推进到新阶段的又一个解放思想的宣言书。它在国际国内政治风波严峻考验的重大历史关头，科学总结了十一届三中全会以来的基本实践和经验，明确回答了长期困扰和束缚人们思想的许多重大认识问题，极大地鼓舞了全党和全国人民，对现代化建设和改革开放产生了重大而深远的影响。

4. [答案要点] 2002年11月中共十六大提出全面建设小康社会的目标,其中包括“社会更加和谐”。2004年9月中共十四届六中全会提出构建社会主义和谐社会的战略任务。2005年2月胡锦涛在中央党校省部级主要领导干部专题研讨班上,对构建社会主义和谐社会的重大战略思想作了全面论述,深刻充满了社会主义和谐社会的主要特征是民主法治、公平正义、诚信友爱、充满活力、安定有序、人与自然和谐相处。2006年10月,中共十六届六中全会审议通过了《中共中央关于构建社会主义和谐社会若干重大问题的决定》,指出:社会和谐是中国特色社会主义的本质属性,是国家富强、民族振兴、人民幸福的重要保证。构建社会主义和谐社会是一个不断化解社会矛盾的持续过程。要更加积极主动地正视矛盾、化解矛盾,不断促进社会和谐。我们要构建的社会主义和谐社会,是在中国特色社会主义道路上,中国共产党领导全国人民共同建设、共同享有的和谐社会。《决定》首次将“和谐”列入现代化建设的奋斗目标。《决定》提出了到2010年我国构建社会主义和谐社会的目标和主要任务。

构建社会主义和谐社会战略思想的提出,使中国特色社会主义事业的总体布局由社会主义经济建设、政治建设、文化建设三位一体发展为社会主义经济建设、政治建设、文化建设、社会建设四位一体,反映出中国共产党对中国特色社会主义发展战略的理解和把握更加全面、深刻、协调、均衡,丰富和发展了马克思主义关于社会主义社会建设的理论。

5. [答案要点] (1)历史进程。历史进程改革开放伟大事业,是以邓小平为核心的党的第二代中央领导集体带领全党全国各族人民开创的。面对十年“文化大革命”造成的危难局面,党的第二代中央领导集体坚持解放思想、实事求是,以巨大的政治勇气和理论勇气,科学评价毛泽东和毛泽东思想,彻底否定“以阶级斗争为纲”的错误理论和实践,作出把党和国家工作中心转移到经济建设上来、实行改革开放的历史性决策,确立社会主义初级阶段基本路线,吹响走自己的路、建设中国特色社会主义的时代号角,创立邓小平理论,指引全党全国各族人民在改革开放的伟大征程上阔步前进。

改革开放伟大事业,是以江泽民为核心的党的第三代中央领导集体带领全党全国各族人民继承、发展并成功推向二十一世纪的。从十三届四中全会到十六大,受命于重大历史关头的党的第三代中央领导集体,高举邓小平理论伟大旗帜,坚持改革开放、与时俱进,在国内外政治风波、经济风险等严峻考验面前,依靠党和人民,捍卫中国特色社会主义,创建社会主义市场经济新体制,开创全面开放新局面,推进党的建设新的伟大工程,创立“三个代表”重要思想,继续引领改革开放的航船沿着正确方向破浪前进。

十六大以来,我们以邓小平理论和“三个代表”重要思想为指导,顺应国内外形势发展变化，抓住重要战略机遇期，发扬求真务实、开拓进取精神，坚持理论创新和实践创新，着力推动科学发展、促进社会和谐，完善社会主义市场经济体制，在全面建设小康社会实践中坚定不移地把改革开放伟大事业继续推向前进。

（2）基本经验。在改革开放的历史进程中，我们党把坚持马克思主义基本原理同推进马克思主义中国化结合起来，把坚持四项基本原则同坚持改革开放结合起来，把尊重人民首创精神同加强和改善党的领导结合起来，把坚持社会主义基本制度同发展市场经济结合起来，把推动经济基础变革同推动上层建筑改革结合起来，把发展社会生产力同提高全民族文明素质结合起来，把提高效率同促进社会公平结合起来，把坚持独立自主同参与经济全球化结合起来，把促进改革发展同保持社会稳定结合起来，把推进中国特色社会主义伟大事业同推进党的建设新的伟大工程结合起来，取得了我们这样一个十几亿人口的发展中大国摆脱贫困、加快实现现代化、巩固和发展社会主义的宝贵经验。

6. **[答案要点]** 主要成就：国民经济保持持续快速健康发展，现代化建设事业稳步推进，综合国力和国际竞争力显著提高，人民生活总体上达到小康水平；社会主义市场经济体制初步建立并不断完善，各项改革事业取得重大进展；全方位对外开放取得新突破，形成全方位、多层次、宽领域的对外开放格局；社会主义民主政治建设取得重要进展；社会主义精神文明建设成效显著；民族政策和宗教政策得到全面贯彻；国防和军队建设取得历史性成就；祖国统一大业取得重大进展；积极开展全方位外交；全面推进党的建设新的伟大工程。

根本原因：改革开放以来我们取得一切成绩和进步的根本原因，归结起来就是：开辟了中国特色社会主义道路，形成了中国特色社会主义理论体系。高举中国特色社会主义伟大旗帜，最根本的就是要坚持这条道路和这个理论体系。

五、材料分析题

1. **[答案要点]** （1）在1979年召开的党的十一届六中全会上，审议并通过了《关于建国以来党的若干历史问题的决议》。《决议》的主要内容有三个方面：

①运用马克思主义观点对建国以来进行的历次重大历史事件，特别是“文化大革命”，从党的指导思想、主观原因和社会原因等多方面进行了科学的分析，并做出了正确总结。

②实事求是地评价了毛泽东在中国革命中的历史地位，充分论述了毛泽东思想作为党的指导思想的重大意义。

③肯定了中共十一届三中全会以来逐步确立的一条适合中国国情的社会主义现

代化建设的正确道路。

(2)《决议》对毛泽东和毛泽东思想的评价是其核心内容。《决议》实事求是地评价了毛泽东的历史地位。《决议》充分论述了毛泽东思想的指导意义。

(3)《决议》的意义:《关于建国以来党的若干历史问题的决议》的通过,标志着中国共产党在指导思想上的拨乱反正任务的完成。这对于统一思想,开辟有中国特色的社会主义建设道路,保证社会主义事业的健康发展,具有重大的历史意义。

2. **[答案要点]** (1)中国共产党在社会主义初级阶段的基本路线是:领导和团结全国各族人民,以经济建设为中心,坚持四项基本原则,坚持改革开放,自力更生,艰苦创业,为把我国建设成为富强民主文明和谐的社会主义现代化国家而奋斗。

(2)改革开放以来我们取得一切成绩和进步的根本原因,归结起来就是:开辟了中国特色社会主义道路,形成了中国特色社会主义理论体系。高举中国特色社会主义伟大旗帜,最根本的就是要坚持这条道路和这个理论体系。

(3)要倍加珍惜、长期坚持和不断发展中国共产党历经艰辛开创的中国特色社会主义道路和中国特色社会主义理论体系,坚持解放思想、实事求是、与时俱进,勇于变革、勇于创新,永不僵化、永不停滞,不为任何风险所惧,不被任何干扰所惑,使中国特色社会主义道路越走越宽广,让当代中国化的马克思主义放射出更加灿烂的真理光芒。